Margit Simon

Verloren im Okawango Delta

Ein Abenteuer in Afrika

für Tino und Fabio

Vor ein paar Jahren machten mein Mann, Sabine und Karl-Werner zwei abenteuerliche Reisen nach Namibia und Botswana. Sofort haben mich die Länder in ihren Bann gezogen und ich merkte, dass mich der „Afrika Virus" nicht mehr los lässt.

So entstand die Geschichte von Johanna und Peter. Auch sie sind von der Natur und der Tierwelt fasziniert, aber sie erfahren auch, das Tiere und Menschen nicht immer friedlich sind in diesem Paradies.

Peter wird in der Wildnis ausgesetzt, erlebt die Grausamkeit der Wildnis. Johanna ist den Menschen ausgeliefert. Beide kämpfen sich durch alle Widrigkeiten, immer mit der Sorge, was ist mit dem anderem passiert?

Werden sie den Kampf gewinnen?

Margit Simon©
Umschlag: Hans-Rainer Simon
Grafik Umschlag: Bianca Simon
tredition Taschenbuch 2016
Alle Rechte vorbehalten
Verlag: tredition GmbH Hamburg
www. tredition.de
Printed in Germany
ISBN 978-3-7345-4571-9
ISBN 978-37345-5422-3

Prolog

Stefan steht an der Terrassentür, schaut in den winterlichen Garten, leise fallen die Schneeflocken, der Garten liegt unter einer Schicht Schnee vergraben, die Äste hängen schon tief unter der Last des Schnees. Ruhig ist es, „man glaubt, die Welt hält den Atem an. Ich mag diese Stille, dieses lautlose Fallen der Flocken. Wenn sie doch meine dummen Gedanken begraben würden", geht es ihm durch den Kopf. Wieder schweifen seine Gedanken in die Vergangenheit. Gerade in der letzten Zeit, seit er es weiß, dass Johanna und Peter nach Afrika wollen. Genauer gesagt, nach Namibia und Botswana. In ihm ist das Gefühl, als würde die Zeit zurück gedreht. Sabine und er werden immer unruhiger, je näher der Tag des Abflugs rückt. Warum, das kann er sich nicht erklären. Es passt so gar nicht zu ihm, Sie müssten sich freuen, dass Johanna dieses wundervolle Land kennen lernt. Immer wenn er unruhig wird, kommen Bilder. Marietta! Er sieht sie so deutlich vor sich, als wäre sie eben noch hier gewesen. Sie, die sie damals in dem Ort *Gobabis* trafen, wo Sabine und er ihr Glück

1

fanden. Oder an diesen unangenehmen Menschen, der ihnen versicherte, dass alles legal sei. Er, Stefan, müsse sich keine Sorgen machen. Er könne die „Ware" liefern. Ja, Ware sagte er dieser schmierige Typ! Er sei nur als Vertreter hier, von der Behörde für Adoptionen. Er stellte Fragen, manchmal recht merkwürdige. Wie die, ob sie auch dafür sorgen würden, dass dieses Kind wenigsten einmal am Tag etwas zu essen bekäme. Noch merkwürdiger die Frage, ob es für sie eine Ecke zum Schlafen gäbe. Wirklich Ecke sagte dieser Mensch, ein Widerling war das, aber sie sahen damals darüber hinweg und schwiegen. Dann kam das Treffen mit Marietta, die ihnen so eine traurige Geschichte erzählte. Für sie beide war es aber der schönste Tag. Ihr größter Wunsch wurde wahr. Es war alles legal und richtig. Wie oft hatte er nachgehakt. Immer wurde ihm zugesichert, dass alles geregelt sei und er könne die ‚Ware' danach sofort bekommen. Alles gesetzlich und abgesichert. Zu gerne glaubte er das und es wurde ihnen doch auch so gesagt. Sie hatten ja auch die ‚amtlichen' Papiere. Stefan dachte an die ersten Tage, als sie Johanna bekamen, so winzig, so süß, sie

2

konnten das Glück kaum fassen, dieses süße Wesen im Arm zu halten. Jedes Lächeln von ihr war ein Geschenk und alle liebten sie. Ihre ‚Nanny' bewachte sie wie ein Wachhund. Manchmal waren sie einen kleinen Moment lang eifersüchtig. Wie eine kleine Gazelle hüpfte sie im Garten umher. Er sieht das glückliche Gesicht seiner Frau vor sich, kein Hauch von Traurigkeit mehr in ihren Augen, nur ein Strahlen. Aber richtig glücklich waren sie erst hier in München, zwar ohne eine ‚Nanny', die sie umsorgte, hier waren sie zu Hause. Alles andere war Vergangenheit. Keine Sorgen, bis heute! Nur die Frage, warum machen sie sich jetzt Sorgen.....?

Vorbereitung

Es ist so heiß, die Sonne brennt Johanna ins Gesicht und sie will unter den großen Baum in den Schatten laufen. Vor ihr liegt ein Fluss, der träge glitzernd dahin fließt. Er ist nicht breit, eher ein breiter Bach. Gerade als sie darüber springen will, tauchen diese Hände auf, sie greifen nach ihr. Das eine paar Hände will sie zurück halten, die anderen möchte sie mit fortziehen. Sie weiß nicht, wie sie sich wehren kann, diese Hände, sie kommen näher, fast haben sie sie erreicht, sie will weglaufen, aber es geht einfach nicht. Da krallen sich Hände in ihr Kleid, sie schreit auf.

Johanna schlägt die Augen auf, setzt sich auf und schaut irritiert um sich. Sie blinzelt den Schlaf mit diesem schrecklichen Traum weg und sie ist schlagartig hell wach. „So ein blöder Traum!" Murmelt sie leise. Sie schüttelt sich, um die Erinnerung abzuschütteln. „Was für einen Quatsch man träumen kann, richtig gruselig war das und es fühlte sich so real an. Wie eine Warnung. So ein Quatsch! Das kommt davon, weil ich mich so auf diese Reise freue!" Heute geht es nun endlich los! Wie lange haben sie schon geträumt von dieser Reise, Peter und sie! Sie denkt daran, dass Peter fast mit seinem Beruf verheiratet ist und ohne seinen Computer nicht sein kann. Er entwickelt mit fünf anderen Kollegen verschiedene Programme für Firmen. Er und seine Kollegen, sie sind ein Team, da gibt es keine feste Zeiten, was Feierabend angeht. So manche Nachtschicht gab es schon von der Peter erst morgens nachhause kam. Wenn ein Projekt abgeschlossen und ein Erfolg wurde, dann waren die ‚Jungens' so richtig gut drauf und feierten ihren Erfolg. Bei dieser Reise ist Peter sogar bereit, kein Laptop mitzunehmen, um nicht doch noch schnell etwas zu arbeiten. Außer seinem Smartphone soll kein technisches Gerät mit, was ihm sehr schwer fällt. Keine E-Mails am Morgen abfragen oder schnell eine Nachricht schreiben an seine Leute. Ihm ist schon klar, dass es dort oft keinen Empfang gibt, er fragt sich, ob er das nicht bereuen wird. Aber es gibt ja Internet-Cafés, die er besuchen kann, während Johanna in den Geschäften herum stöbert. Johanna, die im Krankenhaus als OP - Schwester arbeitet, hatte ihren Chef mit viel Überredungskunst dazu gebracht, ihr sechs Wochen Urlaub zu genehmigten. Es ist ihr erster gemeinsamer langer Urlaub und sie möchte diese Zeit nutzen, auch für sich selber zu entscheiden, ob es eine gemeinsame Zukunft für sie beide geben wird.

Ein Lächeln schleicht sich über ihr Gesicht, als sie daran denkt, wie sie sich kennen gelernt hatten. Es war so ein lustiger Abend, sie war mit Freunden in der *Disco Music Hall*, sie saßen an der Bar, Klaus erzählte einen Witz nach dem anderen, sie lachten sich schief und wollten immer noch einen Witz hören. Sie drehte sich um, sah einen Mann, der sie gerade anlächelte, als eine stürmische Frau ihn anrempelte und schon war der Rotwein auf ihrem Kleid. „Oh je, das tut mir leid, kann ich irgendwie helfen? Am besten kippen wir einen Weißwein darauf, dann ist der Rotweinfleck weg", witzelte er. Sie schaute den Mann an und im Stillen dachte sie sofort, ‚gut sieht der aus, genau mein Typ!' Schlank, leger mit einem umwerfenden Lächeln, es lag schon eine bissige Bemerkung auf ihren Lippen, als sie laut los lachte. „Ich versuche es lieber mit Wasser, aber ich denke, wenn ich zurückkomme, ist wohl ein Drink als Entschädigung drin, oder?"

„Ich warte hier auf Sie und freue mich, dass ich so glimpflich davon komme und ich danke der jungen

Dame, die für den Rotweinfleck zuständig ist. Bis gleich", erwidert er. Ja, das war der Anfang ihrer Geschichte! Nach diesem Drink tanzten sie beide ohne Unterlass. Am andern Abend trafen sie sich und am nächsten Abend und so ging es weiter. Es war so, als hätten sie sich endlich gesucht und gefunden. Sie kuschelt sich an Peter, der wir ein Frettchen zusammengerollt mit seinem blonden Wuschelkopf neben ihr liegt und noch fest schläft. Sanft küsst sie ihn, schleicht sich aus dem Bett, geht erst einmal in die Küche, um Kaffee zu kochen. Während die Kaffeemaschine leise vor sich hin brodelt, holt sie ihre Lieblingstassen aus dem Schrank. Peters Tasse, - ich bin nicht perfekt, aber nahe dran -. Beim Eingießen schaut sie auf ihren Spruch auf ihrem Becher, - lächle, du kannst nicht alle trösten -. Sechs Wochen nur lachen, da brauche ich keinen trösten", sagt sie leise vor sich hin und geht mit den zwei Tassen duftendem Kaffee in das Schlafzimmer zurück. Sie bleibt am Fenster stehen und macht die Gardinen auf. Ein recht kalter und trüber Januartag. Eigentlich ein Tag um ihn im Bett zu verbringen, zu kuscheln, lesen und einfach die graue Welt da draußen auszusperren. So grau und abweisend ist das Wetter. Ein heftiger Wind rüttelt an den Bäumen und Schneeflocken wirbeln umher. In Gedanken schaut sie zu, wie einzelne Schneeflocken an die Scheibe fliegen langsam schmelzen und als kleines Rinnsal die Scheibe herunter laufen. Der große knorrige Baum gegenüber, steht fest auf seinen Wurzeln mit seinen weit ausbreitenden Ästen da, er trotzt dem Wind, es sieht aus als habe er seine ‚Beine' breit auf die Erde gestellt. Nur seine Äste gehen im Wind auf und nieder. Der kleine Vogel der auf einem Ast sitzt, den stört das auf und nieder überhaupt nicht, er sitzt einfach da und putzt sein Gefieder. Nach einer Weile schwingt er sich mit einem lauten Piepsen in den grauen Himmel. Sie schaut den Schneeflocken zu, wie der Wind sie umher wirbelt wie Tänzer bei einem stürmischen Tanz. Der nicht genug bekommen kann. Er hält die Schneeflocken fest im Arm und sie tanzen nach   seiner Musik. Ein recht stürmischer Tänzer, denkt sie lächelnd, wie der Wind die Schneeflocke von sich stößt um sie gleich wieder einzufangen. Ein wilder Tanz, der da vor ihren Augen getanzt wird und kein Ende nimmt. Grinsend denkt sie, „bald wird es ihnen sehr heiß werden und sie schmelzen in seinen

8

stürmischen Armen dahin. Ja, so ist es mit den wilden Tänzern!" Sie wendet sich dem Zimmer zu und ihre Augen bekommen einen glücklichen Glanz. Ihr Gesicht fängt an zu strahlen als sie zu dem Bett schaut, von wo das wohlige Brummen kommt.

Sie küsst ihn sanft und krault sein Haar, prompt wird sein Brummen noch lauter. „Hier riecht es, als hätte jemand einen Kaffee gekocht", murmelt er und macht Anstalten, Johanna ins Bett zu ziehen.

„Vorsicht junger Mann, der Kaffee ist heiß! Guten Morgen, mein Liebster! Genieße diesen Kaffee, es dürfte für lange Zeit der letzte Kaffee sein, den wir in einem zivilisierten Schlafzimmer trinken" und gibt ihm einen zärtlichen Kuss.

„Ich kann es noch gar nicht glauben, dass wir in acht Stunden im Flugzeug sitzen und Afrika nimmt uns mit offenen Armen auf. Wie wird es in *Namibia* sein, im *Etoscha Park*, ich freue mich schon sehr darauf mit dir abends am Wasserloch zu sitzen. Gefährlich kann es ja gar nicht werden, dass stimmt doch? Wir haben viel gelesen und gehört, wie schön es ist, wenn die Tiere in der Abenddämmerung herbei kommen."

„Ob wir auch so riesige Webervögelnester sehen, ein

Haus mit vielen Wohnungen. Hast du das auch gelesen, so ein - Haus - kann wegen zu großer Last einfach vom Baum fallen? Wie gut, dass ich kein Webervogel bin, ich baue hoffentlich nur ein Haus für uns". Er lächelt Johanna zu, murmelt in ihr Haar, „bewundernswert, sie bauen es einfach wieder auf."

„Ja, „dann geht es zum *Waterberg*, später runter an die Küste nach *Cap Cross*, zu den Seelöwen, *Swakopmund, Sossusvlei*, zu den großen Sanddünen. Ich hoffe ich schaffe das wirklich, im tiefen Sand zu fahren", kommt es von Johanna. „Aber wir wollen auch zu den Victoriafällen, da müssen wir nach Botswana", bemerkt Peter.

„Jawohl mein Schatz, wir haben genug Zeit eingeplant und sicher wird es eine tolle Zeit werden, wir beide in einem Auto und in einem Zelt auf dem Autodach. Wir werden richtige Abenteurer, wir planen schließlich alles selber und wir haben nur uns beide." Damit nimmt er Johanna in die Arme. Ja, seufzt sie innerlich, dass wird wirklich sehr abenteuerlich was sie vorhaben! Aber Gefahr für uns beide, die gibt es zum Glück nicht. Wenn sie da an die lustig gemeinten Worte von den Freunden denkt. „Hoffentlich geht dir deine Frau dort nicht verloren, oder, ihr werdet doch wieder zurück kommen? Passt bloß auf euch auf!"

Peter setzt sich auf, küsst Johanna und fragt: „ Willst du das wirklich tun? Wenn dich ein Löwe sieht, der findet dich so am frühen Morgen ganz bestimmt zum Fressen gut!" Und schon reißt er seinen Mund auf und stürzt sich auf sie, die gleich aufschreit. „Du böser, böser Löwe", lass mich los!" Sein Mund findet den ihren, er frisst sie nicht auf, aber er küsst sie sehr lange und ausgiebig. Bis Johanna ihn sanft fort stupst und sie endlich ihren Kaffee trinken kann.

Genüsslich sitzen sie beide im Bett mit ihren Tassen in der Hand und gehen noch einmal den Tag durch, was sie noch alles zu erledigen müssen. „Dann komm jetzt endlich mal in die Puschen, ich stehe jetzt auf!" Sie steht auf und geht betont die Hüften schwingend an ihm vorbei und wirft ihm einen Blick zu, der vieles verspricht. Er lacht, will nach ihr greifen, sie weicht lachend aus und meint trocken, „mach nur so weiter, du wirst dich wundern!" Mit einer Kusshand kommt ein „No my Darling" und verschwindet im Badezimmer. Sie schaut sich im Spiegel an, blickt in ihr braunes Gesicht mit dem schwarzen Lockenkopf, die fast schwarzen

Augen und findet, dass ihre etwas dunklere Hautfarbe so gar nicht zu diesem Januartag passt. Sie dreht sich hin und her sagt zu sich, „so schlecht sehe ich gar nicht aus." Alles ist genau richtig, wie Peter zu ihr sagt! Beim Anschauen kommen wieder diese Gedanken. Diese Reise, sie ist so wichtig für mich, es ist als ob ich etwas suche. Ich weiß auch nicht, warum ich das Gefühl habe, diese Reise die muss einfach sein. Es ist wie ein Drang, dem ich nachgeben muss. Dieses, ich muss dorthin, es wurde seit sie ihren Urlaub planten immer stärker! Sie wusste ja, dass ihre Eltern sie adoptierten, als sie ein Baby war, aber eigentlich haben sie nie etwas erzählt, wo sie herkam und wie sie überhaupt auf sie gekommen sind. Immer wichen sie ihren Fragen aus und sagten: „Das ist doch nicht wichtig, du bist unser Baby, nur das zählt!" Das einzige was sie erfahren hatte war, dass ihre Mutter bei ihrer Geburt gestorben war.

Sie dachte an ihre Eltern, die sie so sehr liebte, sie waren immer für sie da, hatten für alles Verständnis, es war einfach schön, mit ihnen zusammen zu sein. Sie wunderte sich nur, dass ihre Eltern so gar nicht begeistert waren, von dieser Reise. Fast wirkten sie geschockt, aber sagen wollten sie auch nichts. Außer, „es ist nichts, es sind wohl nur die Erinnerung, an unser Leben dort." Sie hatten sogar den Vorschlag gemacht, ihnen eine Amerikareise zu spendieren. Amerika! Das findet sie ja auch toll, aber nichts konnte sie abhalten und zum Glück machte auch Peter keine anderen Vorschläge. Als spürte er ihren Drang. Darüber geredet hat sie mit Peter auch nicht, warum eigentlich nicht? Ist es mir peinlich, dass dieser Reisewunsch so wichtig ist? Komisch? Aber was soll's! Heute geht es los und nichts kann meine Vorfreude trüben!

Aus der Dusche kommt Peters morgendlicher Gesang: ‚It`s My Life…', Johanna denkt lächelnd, wie schön das Leben doch ist! Mit ihm hat sie den Mann ihrer Träume gefunden, er ist so lieb, hilfsbereit, hört zu, ist erfolgreich in seinem Job. Sie ist OP- Schwester mit netten Kollegen mit einer verantwortungsvollen Aufgabe. Sie kennen sich nun seit anderthalb Jahren und wohnen 6 Monate zusammen in ihrer Wohnung, die einfach größer ist. Sie muss lächeln, es war damals wirklich eine große Umstellung, als er zu ihr zog! Sie mit ihrem romantischen eigenen Stil. Na ja, ein wenig mädchenhaft war ja schon alles, aber sie haben es gut geschafft, aus der Wohnung ein gemütliches Zuhause für sie beide zu schaffen. Jeder hat seine kleine Nische, um sich zurückzuziehen, was für sie beide auch wichtig ist. Ihre Devise: „ Keiner kann 24 Stunden lang jeden Tag ununterbrochen den anderen lieben!" Wie wahr das ist! Wenn sie aus dem Krankenhaus kommt, dann braucht sie ihre Nische, wie schön es ist, ohne große Erklärungen einfach abtauchen zu können. Zum Glück geht es Peter genauso. Sie lernten beide miteinander umzugehen und den anderen auch so zu nehmen, wie er eben ist!

Ohne Frühstücken geht Peter noch einmal in sein Büro. „Ich muss doch noch einmal meinen Computer streicheln" meint er lächelnd. Sie rechnet es ihm hoch an, dass er tatsächlich ohne Computer sechs Wochen sein will. Na gut, sein Smartphone hat ja alles. Er will es aber selber ausprobieren, einmal ‚ohne' zu sein. Es tut ihm auch einmal echt gut zu erleben, dass es auch noch etwas anderes gibt. Jetzt muss ich mich aber sputen, wenn ich noch alles erledigen will. „Johanna trödle nicht herum"! Nach gut einer Stunde hat sie alles Notwendige eingekauft und legt es auf ihr Bett. Gerade hat sie ihre Tasche ausgeleert, da klingelt das Telefon und ihre Mutter ist am Apparat. „Hallo mein Schatz, bist du schon aufgeregt? Vergiss nicht, genug Sonnencreme mitzunehmen. Du weißt, die Sonne ist dort viel stärker, auch wenn du nicht aussiehst wie ein Bleichgesicht. Hast du genug Medikamente, Pflaster und…" Johanna hört schon gar nicht mehr genau zu, sie wusste, jetzt folgt mindestens fünf Minuten lang, was sie alles nicht vergessen soll. „Ja Mami, ich habe hier schon alles liegen und wenn du noch mehr aufzählst verpasse ich wegen dir noch meinen Flieger!"

„Ist ja schon gut, ich sage ja gar nichts mehr. Ach, ich werde dich so vermissen, aber ich denke halt, vielleicht wäre Amerika auch nicht schlecht für euch gewesen?"

"Mama bitte, wir haben genug darüber geredet. Schluss jetzt und in eine paar Wochen sind wir zurück"

„Melde dich, so wie wir es abgemacht haben, bitte alle zwei Tage abends so um 19 Uhr. Probleme mit der Zeitverschiebung gibt es ja kaum. Eure Reiseroute, die haben wir und auch den Reiseunternehmer, besser gesagt, es ist ja nur die Autovermietung. Ja, dann mach's mal gut meine Kleine und viel Spaß euch, bis in sechs Wochen dann. Papa lässt dich auch grüßen! "

Ein Klicken, und lächelnd legt Johanna den Hörer auf. ‚Ach Mama' denkt sie, sie denkt immer noch, sie muss für mich alles regeln!' Wieder klingelt es, Johanna seufzt, „wenn das jetzt so weiter geht, werde ich es heute nicht mehr schaffen alles in die Taschen einzupacken!"

„Hallo, oh Eva, dass ist schön, dich noch zu hören!"

„Ach Johanna, ich mach mir wirklich ein wenig Sorgen, dich sechs Wochen in der Wildnis zu wissen. Weißt du, was alles passieren kann? Wenn ihr nun verloren geht? Du oder Peter entführt werdet?"

„Eva, deine Phantasie geht mit dir durch! Wir leben doch nicht wie vor hundert Jahren, wo das alles noch ein Abenteuer war. Heute ist das kein weißer Fleck auf der Landkarte, den wir erobern. Es gibt Telefon, Internet und nicht zu vergessen, das geliebte Handy! Also, freue dich mit uns und du wirst uns noch verfluchen, wenn du dir all die Fotos anschauen musst, mit all den Kommentaren dazu!"

„Ja, ja ich weiß es ja, ich drück dich ganz doll und wünsche dir und Peter viel Spaß! Tschüss, bis denn...!" Johanna schüttelt den Kopf und muss grinsen. Das ist wieder typisch Eva, immer in Sorge was alles passieren kann. Sie lebt am liebsten auf ihrer Erdscholle, da fühlt sie sich wohl. Verreisen? Höchstens mal eine Städtereise, das reicht ihr. Entführt? Verloren gehen? Wie kommt Eva immer gleich auf solche verrückten Gedanken?

Uff, jetzt aber an die Reisetaschen, Peter wird bald kommen und bevor ein Chaos entsteht. Schon vor einigen Wochen hatten sie sich kakifarbene Safariekleidung gekauft. Hier mit solchen Klamotten herum zu laufen, echt gewöhnungsbedürftig! So wandern die T-Shirts, Hosen und die Boots in die Reisetaschen. Keine schicken Klamotten, alles praktisch und lächelt sie, die sehen auch mit Staub noch gut aus. Belustigt setzt sie sich den Sonnenhut einen richtigen Safari Hut auf, nimmt das Fernrohr, ihr Gesicht bekommt einen überraschten, ängstlichen Ausdruck. „Mein Gott, ein Elefant", ruft sie und lacht laut vor sich hin, legt das Fernrohr mit dem Hut zu den Hosen. „Johanna, du bist albern" ermahnt sie sich, „packe weiter. Wir gehen dann alles noch einmal in Ruhe durch." Sie setzt sich auf ihr Bett und schaut sich in ihrer vertrauten Umgebung um. Ja, es gefällt ihr alles sehr gut, Peter und sie haben einen ähnlichen

Geschmack und so wurde aus ihrer Wohnung auch seine Wohnung. Die Zimmer haben alle sehr warme Farben, das Wohnzimmer ist sparsam und doch sehr gemütlich mit dem großen Kuschelsofa, hier im Schlafzimmer bekommt sie oft das Gefühl, in einer sonnendurchfluteten Oase zu sein, alles in gelb, orange und rötlichen Tönen. Johanna ermahnt sie sich, „bummle nicht, überlege lieber, ob du alles hast!"

Gut gelaunt erscheint Peter, wie immer laut und präsent und meint erst einmal knurrend, „ich habe Hunger!" „Möchtest du gerne ein Gnu- Impala- oder Oryxsteak? Dann mach aber mal schnell und ab mit dir in den Busch und komme mir nicht ohne zwei ordentliche Gnusteaks, möglichst mit Beilagen und fertig gekocht wieder!"

„Ach, ich nehme auch Spagetti, ala Johanna' kontert er. „Schade, wenn du in den nächsten Wochen auch so wenig auf die Jagd gehst, werden wir wohl leider verhungern und man wird uns als Skelette finden".

„Das ist wohl wahr, denn zum Glück schießen Kameras keine Böcke, sondern nur Bilder.

„Sag mal Peter, hast du dich eigentlich bei deinen Eltern abgemeldet?" Peter schaut sie an und seufzt,

„jetzt erwischst du mich total auf dem falschen Fuß. Ja natürlich habe ich das! Aber es wäre besser gewesen, ich hätte es nicht getan! Es war wieder so erbaulich! Ich konnte es mir ja denken, dass wieder so ‚nette' Bemerkungen fallen. Aber gestern haben sie mit ihrer Einstellung die Krone aufgesetzt!"

„Ach darum bist du danach erst einmal an den Computer, um dich bei einem Spiel abzureagieren!"

„Ja, es ist einfach unglaublich, was für eine Vorstellung in ihren Köpfen herrscht. Ihr erster Satz war, na endlich bringst du sie dorthin wo sie hingehört. Endlich wirst du vernünftig, such dir eine von hier, wie sich das gehört, wir haben in unserem Land genug nette Mädels! Die gehört doch nach Afrika in ihr Dorf. Wie oft habe ich ihnen von dir erzählt, dass du hier aufgewachsen bist. Aber sie hören einfach nicht zu. Es passt nicht in ihr Bild! Dann ging es natürlich in dieser Leier weiter. Es sind sowieso viel zu viele Fremde hier, sie leben von unserem schwer verdienten Geld, sie sind Schmarotzer, nehmen unseren Leuten die Arbeit weg, bald gibt es keine Deutschen mehr u.s.w.! Natürlich gab ich auch meine Meinung dazu ab und so wurde ein ‚wunderschönes Streitgespräch' daraus. Ich warf ihnen vor, dass sie in unsere dunkle Vergangenheit passen und dass ich es schlimm finde, wenn solches Gedankengut heute wieder hoch kommt. Als die Gastarbeiter damals kamen, was hat man ihnen das Leben hier schwergemacht. Aber wir brauchten sie! Damals, war sich doch ein Deutscher zu schade, um Mülltonnen zu leeren. Heute herrscht wieder ein Mangel in manchen Berufen. Also werden auch da ‚Fremde' eingesetzt. Natürlich kann ich verstehen, dass es beängstigend ist, dass so viele Menschen zu uns nach Europa flüchten, aber das gab es alles schon einmal. Nur waren da die Menschen weiß. Ich weiß einfach nicht, warum wir solche Angst vor anderen Kulturen haben? Wir sind, außer der Hautfarbe alle gleich. Wir lieben gleich, wir bekommen unsere Kinder gleich. Wir beten zu einem Gott. Wie der nun heißt, ist doch so etwas von egal! Vielleicht sind viele von uns so hochnäsig geworden, weil es uns, den meisten jedenfalls, gut geht, weil wir uns nicht die Mühe machen, andere Kulturen zu verstehen und befürchten, von Ausländern überrollt zu werden, oder das die uns etwas von unserem Wohlstand wegnehmen.

Ach Johanna, jetzt hast du wieder einmal meinen

ganzen Frust über meine Eltern, ihre Borniertheit, abbekommen. Es tut mir leid! Ich weiß auch, dass nicht nur die Deutschen fremdenfeindlich sind.

Es erschreckt mich, wie manche Länder handeln. Ich dachte immer, durch unsere Geschichte wären wir reifer und klüger geworden. Aber egal wo, es werden Zäune gebaut, da werden Entscheidungen getroffen, wir übergeben der Türkei die „Verantwortung" und so sind wir das Problem los! Dann liest jeder, seit Monaten gibt es kaum noch Flüchtlinge! Das Schicksal der Menschen, wen interessiert es, sie werden zum Spielball der Politiker. Nicht nur das, die Länder streiten sich, ein schwaches Bild, was da Europa abgibt. Zum Glück gibt es auch genug andere, auf die können wir nur bauen, dass sich die Geschichte nicht wiederholt. Generell ist es für mich schon so, wenn ich mir einen großen Teil in der Welt anschaue, dann graust es mir!"

„Du, es ist völlig in Ordnung, wenn du mir davon erzählst. Du hast Recht, was auf unserer Erde geschieht, was wir Menschen da treiben, es ist mehr als traurig! Sollten wir einmal Kinder haben, wo wachsen sie da hinein? Wird es noch schlimmer, oder schaffen es kluge Köpfe diesem Wahnsinn ein Ende zu machen? Leider eher nicht, denn was habe ich gerade vor kurzen gelesen: In jedem Menschen steckt auch die Bereitschaft zur Gewalt. Natürlich bei einigen mehr, bei anderen weniger. Was mir sehr zu schaffen macht, dass es immer so war, aber muss es immer so bleiben? Es macht mir auch Sorgen wie das Verhältnis zwischen deinen Eltern und mir einmal werden wird? Werden sie, falls wir heiraten, sich damit abfinden, dass es mich gibt? Oder wie wird das gehen? Aber das lassen wir jetzt!" „Ich hab's", sagt Peter mit einem schadenfrohen Lächeln, „wir nehmen meine Eltern, fahren in ein Dorf in Namibia und lassen sie dann als Fremde dort! Sie dürften dort sicher eine Gehirnwäsche bekommen!"

„Peter, du spinnst total", lacht Johanna, „wenn ich mir die beiden dort so vorstelle? Aber ich wette, ihnen beiden würde es gelingen, aus dem Dorf ein typisch deutsches Dorf zu machen, mit deinem Vater als Chef der für Recht, Ordnung und Sauberkeit sorgt. Aber jetzt ist unser Gepäck dran!"

Abflug und Ankunft

„Wir sind richtige Exoten" lacht Johanna im Taxi, als sie durch die Straßen mit dem Schneegestöber fahren. „Ein richtiges Sauwetter ist das heute. Sie haben einen richtigen ausgewachsenen Schneesturm angesagt", mault der Taxifahrer. „So wie Sie angezogen sind, sieht das nach einem Urlaub im Süden aus." „Da haben Sie Recht, wir entfliehen für eine Weile diesem Wetter hier!"

Im Flughafen ist nichts mehr vom Schnee zu merken. Vielen ist anzusehen, dass die Reise in wärmere Gefilde gehen wird. Am Schalter der NAMIBIA AIRLINES erwartet sie schon eine recht lange Schlange. „Oh, das wird eine Weile dauern hier", meint Peter. Sie schauen sich aus lauter Langeweile die umstehenden Mitreisenden an, am Firstclass - Schalter Geschäftsleute mit blank geputzten Schuhen und schicken Bordcase. In der langen Schlange überwiegen Kakifarben, Rucksäcke und Outdoor-Schuhe. „Schau mal Peter, diese beiden da in der anderen Reihe, die scheinen sich für uns zu interessieren!"

„Wieso?"

„Ach ich weiß nicht, die haben so ein merkwürdiges Verhalten an sich. Sie tun so, als langweilten sie sich, dabei schauen sie ständig ‚rein zufällig' zu uns rüber."

„Johanna, was du dir einbildest, die sind höchsten genervt, weil wir hier alle so lange stehen. Oder sollten das etwa Gangster sein, die darauf warten, dich zu entführen um dich dann auf dem Sklavenmarkt meistbietend zu verkaufen? Mein Schatz, ich denke, sie freuen sich eher, weil du nach Sonne und Wärme aussiehst!"

„Na, ist ja auch egal, was gehen uns die Leute an", entscheidet sie und gibt Peter schnell einen flüchtigen Kuss. Aber es irritiert sie, sie schüttelt den Kopf. An einem Kiosk kauft sie eine Zeitschrift, *die schönsten Ferienziele der Welt,* mit zwei Kaffee im Pappbecher suchen sie sich einen Platz und sie schauen dem Treiben der ankommenden und der abfliegenden Maschinen zu. Peter liest ihr noch einmal die ersten Unternehmungen in Namibia vor. „Also, in *Windhoek* werden wir von der Firma ASLO abgeholt man fährt uns direkt zu unserem Leihauto. Dann kaufen wir noch Proviant ein und ab geht es Richtung Botswana,

irgendwo schlafen wir das erste Mal auf unserem Auto.
Ich habe noch nie in einem Autodachzelt geschlafen.
Ob wir da schon irgendwelche Tiere sehen werden?
Ach, ich bin so aufgeregt!"

„Wollten wir nicht zuerst in den *Etoscha Park*?" Sie
schaut Peter erstaunt an. „Ja das stimmt, aber wir
haben uns dann doch für Botswana entschieden."

„Ist schon alles klar, Hauptsache wir haben so richtige
Abenteuer."

„Passagiere des Namibia Flugs NA 386, Sie kommen
bitte zum Gate 8", so die Durchsage.

„Dann mal auf in das Abenteuer, Afrika ruft und wir
kommen!"

„Möchtest du am Fenster sitzen?"

„Nein du darfst, ich sitze dann auf dem Rückflug am
Fenster" sagt Peter. Sie schaut aus dem Fenster, die
Schneeflocken fliegen an die kleine Scheibe und
werden zu kleinen Wassertropfen. Beim Start sieht
man die Lichter der Stadt unter sich, dann tauchen sie
ein in die grauen Wolken, die wie riesige dicke
Wattebäusche aussehen. Die Stewardess bringt ein
Glas Rotwein. Johanna legt ihren Kopf auf Peters
Schulter und meint dann etwas trocken, „wenn einer

eine Reise tut, dann kann er was erleben. Was, meinst du, werden wir alles erleben? So etwas richtig Aufregendes, etwas womit wir nie rechnen würden"?

„Ich weiß, dass ich mich vor jeden Löwen werfe, wenn er es wagen würde, dich anzugreifen," murmelt er in ihr Haar.

„Da bin ich sehr beruhigt", grinst sie ihn an, „also mein Schatz, dann wollen wir uns mal so richtig in's Abenteuer stürzen. Hoffentlich können wir beide ein bisschen schlafen, bequem ist etwas anderes." Johanna klemmt sich das Kissen ans Ohr und kuschelt sich an ihren Liebsten. Sie träumt von Afrika, sie sieht sich auf einem Wasser und sie fühlt, wie sie verfolgt wird und sie will fort ganz schnell fort, aber sie kommt kaum von der Stelle. Erschrocken schlägt sie die Augen auf und schaut auf den schlafenden Peter und hört das monotone Brummen der Triebwerke.

Zehn Stunden später stehen beide steif und müde vor dem Flughafen in *Windhoek* in der Morgensonne und es lässt sich schon erahnen, wie warm der Tag werden wird. Mehrere andere Passagiere warten auch, die wohl auch zu ASLO wollen oder von einem Reiseleiter abgeholt werden. Da kommt auch schon ein Kleinbus. Ein junger Mann springt aus dem Auto und begrüßt sie alle freudig.

„Hallo, ich bin John. Ich hoffe, Sie hatten einen guten Flug! Herzlich willkommen in Afrika". Als alles Gepäck verstaut ist und Peter und Johanna im Auto sitzen, da fällt Johanna wieder das merkwürdige Paar auf. Alle anderen Fahrgäste plaudern und man macht sich bekannt. „Wo kommt ihr her? Wo wollt ihr hin?" Nur dieses eigenartige Paar schweigt!

„Peter ich sag doch, die sind echt komisch!"

"Sie planen sicher schon deine Entführung", grinst Peter zurück. „Ich denke, die haben den ersten Krach. Sie will in die Stadt, er will schlafen", meint Peter lachend und nimmt sie in den Arm.

„Vielleicht?"

Es ist mitten im Frühling im Süden Afrikas, noch blühen Bäume und Bougainvillea Sträucher und die wunderschönen Jacaranda - Bäume mit ihren -purpur und malvenfarbenen Blüten. Johanna kann sich nicht satt sehen, nach den kahlen Bäumen in Deutschland. Warm und bunt erscheint ihr das alles in diesem

Moment. Sie weiß schon, dass sich die Farben Afrikas bald ändern werden, aber im Moment ist die Farbenfülle einfach nur schön. Schließlich ist es ja Frühling!

Ihr fallen die vielen Häuser mit hohen Mauern herum auf mit sichtbaren elektrischen Alarmanlagen.

Der Fahrer bemerkt ihren Blick und erklärt ihr, dass es viele Einbrüche gibt. Vor allem seit Namibia politisch für sich selber verantwortlich ist. „Es braucht halt alles seine Zeit, wir haben es schwer, plötzlich alles alleine selbständig zu bewältigen. Aber wir schaffen das!"

Bei ASLO herrscht lebhaftes Treiben, Autos werden hin und her gefahren, Autos werden be - und entladen.

„Peter, welcher von den vielen Wagen ist wohl unser Auto?"

„Hallo, guten Tag, ich bin Tim, da vorne ist Ihr Auto, wir gehen gleich alles durch, machen die Papiere fertig, dann können Sie losfahren!" Noch gute Ratschläge gibt es, zum Beispiel ist es besser, nicht nachts zu fahren. Auf den Straßen, vor allem den Nebenstraßen, die eigentlich Pisten sind, nicht zu schnell zu fahren, sonst ist die Reise bald zu Ende. Zur Demonstration steht ein Wagen da. Peter will und kann sich gar nicht vorstellen, wie so ein Unfall passierte. Ein Schild am Auto weist darauf hin, dass sich das bei 60 Stundenkilometer auf einer ,Rüttelpiste' ereignete, was bedeutet, es gibt sehr viele Querrillen. Fährt man zu schnell kann der Fahrer das Auto nicht mehr halten. In so einem Fall, zahlt die Versicherung keinen Cent! Da bekommt Peter ein mulmiges Gefühl und ihm kommt der Gedanke, "nennt man das schon Abenteuer?"

Johanna überlässt die erste Fahrtstrecke gerne Peter, links fahren denkt sie, das überlass ich erst einmal meinem Helden!

Sie hat die Straßenkarte auf dem Schoß und Peter fährt aus *Windhoek* hinaus. Vorher hatten sie in einem modernen Supermarkt ihren Kühlschrank gut bestückt. Sie waren erstaunt, über das umfangreiche Sortiment und die vielen Dinge, die man auch in Europa bekommt. Sie brauchten nur in die Regale zu greifen. Johanna hatte schon zuhause eine Liste geschrieben für mehre Tage Vorräte. Es gibt nicht überall so einen Supermarkt, wurde ihnen auch erklärt bei ASLO. Ihr ,Kühlschrank' ist jedenfalls sehr voll!

In der Einkaufstraße gönnen sie sich noch ein leckeres Mahl mit Gnusteaks und einem köstlichen Bier, was nach deutschem Reinheitsgebot hier gebraut wird. Ein Andenken an deutsche Zeiten. Sie bewunderten das lebhafte Treiben auf der Straße und einem Markt, der viel Handwerkliches vor allem aus Holz hatte, wo die Kunden lautstark angelockt wurden. „Ich hier könnte stundenlang zuschauen, alles ist so exotisch."

Eine schöne Stadt, recht lebhaft, so manche alte Baulücke wird mit modernen Geschäftshäusern geschlossen. Peter gewöhnt sich an den Linksverkehr und schon geht es ab in Richtung Botswana. Erste Warzenschweine stehen am Straßenrand und sogar Trappenvögel gehen gemächlich über die Straße. Lachend sagt Johanna „Ja", hier haben wohl alle Tiere Vorfahrt."

„Was wohl auch gesünder ist", kommt es von Peter.

„Schau dir das an Peter, hier turnen die Affen und es sieht aus, als machen sie Werbung für die *Lodges*." Hinter *Gobabis* biegt Peter dann links ab und ins *Kahoi Ari Camp*. Sie fahren durch ein Tor in eine versteppten Landschaft mit kahlen Sträuchern und einem kleinen Wasserloch für Wildtiere. Nicht sehr einladend. Dort könnten sie auch campen, aber sie wollen doch lieber etwas mehr Komfort genießen. Plötzlich ist alles grün und gepflegt. Peter meldet sie bei der Rezeption an und Johanna schaut sich um, ganz begeistert über die wunderschönen Blumen. Große Bougainvillea - Büsche ranken sich pink über eine ganzen Haushälfte. Peter kommt mit dem Zimmerschlüssel und weiß, dass es um 19 Uhr Abendessen gibt.

„Ach Peter, es ist einfach wunderschön. Komm wir gehen noch schnell eine Runde im Pool schwimmen und trinken an der Bar auf uns und Afrika."

Am Pool liegen bereits einige Gäste in den bequemen Liegestühlen mit denen sie ins Gespräch kommen. Ein Ehepaar aus Hamburg erzählt ihnen von riesigen Zebra -Herden, die vor ihnen über die Straße liefen.

Später, beim Abendessen schaut sich Johanna um und stutzt plötzlich.

„Schau mal vorsichtig zu dem hinteren Tisch am Fenster. Das glaube ich jetzt aber wirklich nicht! Da sitzt das komische Ehepaar, sie schauen immer mal zu uns und tun dann so, als gäbe es uns nicht."

„Schatz, die sind vielleicht nur müde von der Fahrt und etwas genervt. Nicht alle sind so zufrieden wie wir beide! Oder du weißt ja, warten sie darauf dich zu rauben", lacht Peter.

„Aber, es ist doch komisch, dass sie genau in diesem Camp übernachten wie wir. Hast du bemerkt, dass sie hinter uns waren?"

„Hör mal, sie können doch auch vor uns schon hier gewesen sein", meint er. „Ich weiß nicht, welches Auto sie haben. Ich musste ja ständig anhalten, damit du Fotos schießen konntest. Mach dir doch keinen Kopf um diese beiden. Wir sind hier und genießen jeden Moment. Hast du schon den Nachtisch probiert?" versucht er Johanna abzulenken. „Einfach göttlich, wenn du den nicht magst, ich nehme ihn gerne, in meinem Reservetank ist da noch Platz!" „Von wegen! Ich werde das alles alleine wegputzen!"

Später, als Peter schon tief schläft, liegt Johanna immer noch wach und merkwürdige Gedanken beschäftigen sie und drängen sich in den Vordergrund. Sie lassen sich einfach nicht verdrängen, sie treiben sie um. Erinnerungen überfallen sie, sie lässt sich darin fallen. Sie sieht sich auf einer Wiese herumtollen, alle um sie herum tun so, als wären sie völlig außer Puste. Besonders eine dunkelfarbige Frau sieht sie vor sich, alles an ihr kam ihr rund vor. Einen Moment lang meint sie auch ihr Lachen und ihr Singen zu hören. Auch erinnert sie sich, dass sie fror. Sie hört ihre Mama, die ihr sagt, „Liebes, ziehe Strümpfe an, du frierst doch nur." Aber sie wollte keine Strümpfe anziehen und es gab Wortgefechte zwischen ihr und ihrer Mama. Aber immer siegte sie und Mama fiel erschöpft auf den Stuhl. „Du bist ein wildes ungestümes, drolliges Äffchen und Mamas Liebling", pflegte die Mama zu sagen. Das stimmt. Sie war wild. Wenn abends Papa nachhause kam, musste er erst einmal als Kletterbaum herhalten oder sie im ganzen Haus suchen. Ihr Lieblingsversteck war eine Holztruhe, darin roch es so gut nach Holz und sie fand alles sehr geheimnisvoll. Schön hatte sie es, ob es ihr auch so gut gegangen wäre bei ihrer leiblichen Mutter? Wie komme ich jetzt darauf? An so etwas habe ich noch nie gedacht!

Warum will ich unbedingt hierher, warum schleichen sich Bilder und Erinnerungen so in den Vordergrund, es ist als müsse ich etwas suchen und dem ich nachgeben muss. Warum verhalten sich ihre Eltern so merkwürdig und haben versucht, ihr diese Reise auszureden. Warum bloß? Es ist doch sonst nicht deren Art sich einzumischen, aber besonders seit der

Landung ist eine Unruhe in ihr, die sie nicht versteht. Als suche sie etwas. Was sollte sie denn suchen?

Sie steigt aus dem Bett öffnet leise die quietschende Terrassentür und geht hinaus, der Garten der von dem Mond sehr hell beleuchtet wird und der am Himmel hängt und der ganze Himmel ein einziges glitzerndes Sternenfeld ist. So einen Sternenhimmel, den gibt es zu Hause nicht. Der Ruf eines African Cukoos klingt einsam durch die Nacht. Dazu fällt Johanna ein, dass der Cukoo, wie unser Kuckuck, auch seine Eier mit Vorliebe in andere Nester legt, in die Nester der Webervögel. So will man bei den Papageiencukoos beobachtet haben, dass der Kuckucksvater ‚heimlich' seine Jungen füttert.

Es duftete nach Erde, nach Gras und in der Ferne ist ein schwaches Heulen zu hören. „Johanna du spinnst!" sagt sie leise zu sich selber, „nachts werden Gedanken einfach zu riesigen Gebirgen und die Gedanken verirren sich in Schluchten. Nichts suche ich, wir machen einfach nur tolle Ferien! Ich gehe jetzt in mein Bett und Schluss ist es mit den Gedanken." Sie dreht sich um und geht in das vom Mondlicht erleuchtete Zimmer und sieht nicht, wie sich ein Schatten von einem Baum löst und verschwindet.

Am nächsten Morgen nach einem üppigen und sehr gutem Frühstück geht Peter die Rechnung bezahlen und der Besitzer mit einem umwerfendem Lächeln, fragt ihn, wo sie denn hin wollen und ob er ein paar Tipps geben kann. Peter holt die Karte hervor und zeigt die Route, die sie nehmen wollen. „Heute soll es etwa bis *Ghanzi* gehen. Dann nach *Maun*. Dort möchten wir gerne eine Bootstour im *Okavango Delta*, im *Moremi Wildlife Reservat* machen". Der Besitzer weiß noch ein paar Tipps, wo sie sich in *Maun* kundig machen können und wünscht ihnen eine gute Fahrt.

Als Peter sich umdreht, stößt er mit dem Mann zusammen, den Johanna etwas merkwürdig findet.

„Entschuldigen Sie", sagt Peter.

„Oh, das macht nichts, " antwortet der Mann. „Ich bin Schuld, ich war so frei und habe Ihnen zugehört. Meine Frau und ich haben auch so etwas vor. Wir werden uns garantiert noch begegnen. Einen schönen Tag Ihnen beiden!" Peter stutzt einen Moment lang, es war ihm so, als habe in dem Satz so ein Ton gelegen, der ja was, etwas Bedrohliches enthielt? Er wendet sich kopfschüttelnd ab. ‚Jetzt hat Johanna mich auch schon angesteckt!' Etwas nachdenklich geht er zu Johanna, aber er erzählt ihr nichts von dem ‚Zusammenstoß'. Wer weiß, was sie wieder darin sehen würde, so erzählt er nur von den Tipps, die er bekommen hat.

Nach 25 km kommen sie an die Grenze und nach den Formalitäten dort waren sie in *Botswana*. Schon bald ändert sich das Landschaftsbild, es wirkt kahler und noch afrikanischer.
Ein Tag mit vielen Eindrücken und Fotopausen. „Peter, ich glaube wir sollten uns nach einem Camp umsehen, der Himmel verändert sich und wir wissen, dass es hier sehr schnell dunkel wird und sicher willst du da nicht fahren." „Dann schau dich nach einem Hinweis um, du bist dafür verantwortlich, mein Navigator."
„Ja gerade habe ich ein Schild gesehen, es kann nicht mehr weit sein. Da, schau, wir müssen links abbiegen."
„Na gut", „das sieht sehr einsam aus, dann schauen wir mal, was uns erwartet."
Sie finden ein Camp mit einer kleinen Farm. Hundegebell und eine nette Frau begrüßt sie. „Ihr

könnt euch weiter vorne einen Platz suchen."

Als sie ihr Dachzelt aufbauen und sich alles genauer anschauen, überraschte sie die Einsamkeit. „Ich glaube, wir sind die einzigen Gäste?" meint Peter beim Suchen eines schönen Platzes.

„Komm wir machen einen Rundgang" und als sie zu der kleinen Farm kommen, fragt die Farmersfrau, ob alles in Ordnung ist und wenn sie Lust haben, können sie auch im Farmhaus essen. Eine Frau, der man ihr Alter nicht ansieht, ein Gesicht, was von viel Erlebtem voller Mühsal spricht. Es spiegelt sich alles wieder, Traurigkeit und kleine Lachfalten, die so wunderbar zu dieser temperamentvollen Frau passen. Sie erzählt, dass ihr Mann vor fünf Jahren ums Leben kam, in den unruhigen Zeiten, dass sie und ihre Schwester beschlossen hatten, das alleine zu schaffen. „Haben Sie Kinder?" rutscht es Johanna heraus. „Ja einen Sohn, der lebt aber in *Johannisburg,* leider, und eine Tochter, sie arbeitet lieber in einem Hotel an den Victoriafällen." Die Lachfalten verschwinden, traurige Augen breiten sich aus und ihre Augen verlieren für einen Moment ihren Glanz. Daher die vielen Hunde, denkt Johanna, die springen auf dem Grundstück herum, bellen laut, sind sehr neugierig und passen gut auf!

„Heute haben wir außer Ihnen noch ein Paar hier, die schlafen aber im Haus. Um 19 Uhr gibt es Essen. Bis später!"

„Sehr gerne." Johanna ist neugierig, wie die Frauen hier in der Wildnis leben.

„Genießen Sie die Landschaft und heißes Wasser wird für Sie auch erledigt," lacht die Farmerin und wendet sich ab.

Wieder an ihrem Auto, holen sie Tisch und Stühle aus dem Wagen, Kaffeewasser brodelt auf dem kleinen Gaskocher. Johanna stellte Becher auf den Tisch, setzt sich und streckt die Beine weit von sich. Sie schaut Peter zu und sagt mit einem glücklichen Lächeln:

„Weißt du wie ich mich jetzt fühle?"

„Nein, woher soll ich das wissen?"

„Ich sitze hier in der afrikanischen Einsamkeit, alles um mich herum ist so still, so unendlich friedlich, ich könnte hier bleiben, so muss es im Paradies gewesen sein!"

Nach dem letzten Schluck Kaffee springt Johanna auf, „komm, laufen wir noch ein wenig auf dem Gelände umher. Komm jetzt, du Faultier!" Sie zerrt ihn am Arm um ihn von seinem Stuhl hoch zu bekommen. Sie erkunden das weite Land, das kein Ende zu haben scheint, laufen durch das hohe Gras. Plötzlich springt sie wie ein Reh durch das Gras und ruft Peter zu; „fang mich doch, ich bin eine Springböckin." Peter grinst und ruft ihr hinterher „und ich bin ein alter gemächlicher Löwe, ich bekomme heute etwas anderes vor mein Maul."

Am *Waschhaus* steht ein großer schwarzer Tank der gerade mit einer Ölfeuerung beheizt wird. „Sogar heißes Wasser zum Duschen, wenn das kein Komfort ist", freut sie sich. „Ich bewundere diese Frauen, die hier in dieser Einsamkeit ihren Alltag meistern, aber dazu muss man auch geschaffen sein, ich stelle es mir schwierig vor," meint Peter, der etwas nachdenklich durch das hohe Gras läuft.   „Was es für Schicksale gibt, sicher hatten sie sich ihr Leben auch anders vorgestellt. Was hält das Schicksal wohl für uns bereit? Was steht in unserem Buch des Lebens? Hoffentlich nur ein schönes Leben" lächelt er und schaut in den blauen Himmel, der sich unendlich über ihnen ausbreitet. Eine so friedliche Ruhe ist hier, es ist, als halte die Welt den Atem an. Zum Gesang der Vögel kommt das abendliche Farbenspiel, bis sich lange graue Schatten breit machen.

Am Farmhaus, mit seinem aufgeregten Hundegebell werden sie begrüßt. Ein lauter Pfiff ertönt und alle Hunde liegen wie brave Babys im Sand. Sie werden herzlich von Maria, der Farmerin begrüßt, ihre Augen blitzen wieder unternehmungslustig und die kleinen Lachfalten sie verzaubern ihr Gesicht.

Sie setzen sich an einen Tisch und genießen den kühlen Wein. Johanna schaut sich in dem Raum um, der eine schlichte, aber gemütliche Ausstrahlung hat. Ein großer Schrank, der obere offene Teil voller Teller, die aufgereiht hinter einer Leiste stehen. Darunter hängen Kaffeebecher an Haken. Ein großer Tisch mit einer weißen Tischdecke voller Utensilien. Fast unordentlich, denkt sie, aber gerade diese ‚Unordnung' passt so ganz zu den Besitzerinnen, die immer mal vorbei huschen und ihre Gäste mit einem Lächeln beglücken. Ein Raum zum Wohlfühlen, denkt sie und schaut erschrocken auf. Ein paar dunkle Augen mustern sie, fast glücklich und erleichtert. Diese Leute, die sie so merkwürdig findet, bleiben vor ihnen stehen und fragen, ob sie sich zu ihnen setzten dürfen. Nach kurzem Zögern, nickt Johanna und mustert das Paar unauffällig, sie wirken etwas verlegen, so als suchten sie nach Worten. Unsympathisch kann man sie eigentlich nicht nennen, denkt sie, aber sie strahlen etwas aus, was sie nicht einordnen kann. Ihr ist, als ob ein Puzzleteil von einem Rätsel in der Luft liegt. „Ich spinne total, aber es scheint mir als haben die etwas im Sinn!"

„Oh natürlich, es ist ja genug Platz da". Was für ein Quatsch rede ich, geht es ihr durch den Kopf, „es ist genug Platz da!" Erst schweigen sie sich alle an, aber das Ehepaar, das sich als Frau und Herr Friedrich vorstellen, schaffen es, sie in ein Gespräch zu verwickeln. Sie erzählen über Afrika, über die Menschen, die hier leben, was es alles zu erleben gibt. Johanna merkt gar nicht, dass sie und Peter anfangen sich eifrig mit ihnen zu unterhalten und es auch echt witzig wird. Nach der zweiten Flasche Wein laden die Friedrichs sie dann auf eine große Farm mit einem sehr netten Ehepaar in *Kongola* ein. Von der schwärmen sie in den höchsten Tönen und machen Johanna und Peter richtig neugierig. Frau Friedrich gibt ihnen Adresse und Telefonnummer und sie schaut Peter und Johanna dabei sehr intensiv, fast eindringlich in die Augen. „Aber Sie müssen uns versprechen, auch ganz wirklich nach *Kongola* zu fahren, wir melden Sie an, Sie werden dort erwartet! Hier die Telefonnummer, falls Sie etwas brauchen und auch Hilfe benötigen, rufen Sie einfach an, wir sind immer für Sie da." Einen Sekunde lang stutzt Johanna, wieso werden wir erwartet? Wieso wir? Warum diese diese Eindringlichkeit? Lächelnd sagt sie „das machen wir sehr gerne und Versprechen, die halten wir immer".

„Also, bis in ca. einer Woche, dann sehen wir uns wieder" und sie reichen den Friedrichs die Hand. Kichernd verabschieden sie sich. Johanna hängt sich an Peters Arm. „Ups, ich habe wohl einen kleinen Schwips." Sie scherzen, lachen noch, als sie den Weg zu ihrem Auto im dunklem, durch das Gras laufen.

„Die sind gar nicht so übel, wie ich glaubte. Peter, ich habe mich total in den beiden geirrt! Sie sind echt gesellig, diese Einladung nehmen wir doch an? Sie haben es richtig ernst gemeint, nicht nur so aus einer Urlaubslaune heraus, es klang richtig eindringlich, fandest du das auch so"?

„Stimmt, ich empfand das auch, als ob es für sie sehr wichtig ist und wenn du das möchtest, mein Schatz, dein Wunsch ist mir doch Befehl! Es ist zwar komisch, so schnell und so eindringlich lade ich doch keinen Bekanntschaften ein. Andere Länder andere Sitten, aber nun komm in meine Arme, ich bin noch nicht ‚zu' müde. Weißt du", murmelt er zwischen Streicheln von Johannas Brust und Küssen, „heute ist Premiere! Es ist das erste Mal, dass wir uns in luftiger Höhe lieben."

„Ja das stimmt, wir sind den Sternen viel näher", murmelt sie erregt, „und du holst sie mir alle vom Himmel."

Die afrikanische Sonne dringt durch ein dunkles Wolkenband und ein weiches Morgenlicht begrüßt sie. Die Landschaft ändert sich, am Straßenrand sind jetzt öfters Hütten, Krals genannt, aus Lehm mit Gras- oder Ried-Dächern zu sehen, die aber immer eine kleine Dorfgemeinschaft mit Umzäunungen aus Pfählen zäunen sind. Alles wirkt recht karg. Die Ziegen haben jeden Grashalm verputzt. Manchmal gibt es einen Brunnen und darum herum sind immer Frauen und Kinder. Wäsche wird gewaschen, die Frauen erzählen,

Lachen dringt beim Vorbeifahren zu ihnen. Sie sehen nicht einsam oder unzufrieden aus. Aber nach europäischen Maßstäben wirkt alles ärmlich und sicher ist das Leben sehr einfach und recht mühsam.

„Peter, halt doch mal, ich muss das fotografieren!"

„Johanna, ich kann doch nicht bei jedem kleinem Dorf anhalten, so kommen wir doch nie an!" „Aber, es ist so faszinierend zu sehen, wie die Frauen so leben können und sie machen nicht den Eindruck, als vermissten sie etwas", staunt sie.

„Ich weiß nicht, ob du das so beim Vorbeifahren beurteilen kannst. Es ist ein kleiner Moment, ohne genau zu wissen, wie diese Menschen leben und ob sie wirklich zufrieden sind. Sie leben so, weil sie da hineingeboren wurden und es schon immer so war. Vielleicht geht es ihnen nicht so gut, wenn sie sehen, wie wir Touristen in schicken Autos vorbeifahren und unsere Kameras immer parat haben, um sie zu fotografieren."

„Du hast ja recht, es ist schwierig, sich aus einem Moment heraus ein Bild zu machen", stimmt sie zu. In Gedanken fügt sie hinzu, „trotzdem möchte ich in so einem Dorf einmal sein, es zieht mich magnetisch an."

Sie lacht leise und meint für sich, „vielleicht sind meine Wurzeln ja in so einem Dorf? Das wäre ja ein Ding!"

„Schau mal, noch 3 km bis *Maun*. Man merkt es schon, dass wir zu einer Stadt kommen."

„Peter hast du eigentlich bemerkt, dass wir ab und zu mal eine Schule gesehen haben und wie weit die Kinder laufen müssen!"

„Ja, mir fällt das auch auf!"

„Stell dir mal unsere Kinder vor, die mit Bussen oder von den Eltern zur Schule gefahren werden und das bei einer Entfernung von oft nur ein paar Straßen. Ob diese Kinder hier auch mit einem Pausenbrot und sonstigen Leckereien versehen werden? Ich glaube kaum, aber sicher sind die meisten froh, dass sie in die Schule gehen dürfen, denn so normal ist es nicht, das alle Kinder zur Schule gehen konnten. Es war teuer für die Eltern, die es sich oft nicht leisten konnten. Heute gibt es kein Schulgeld mehr".

„Ja, das sehe ich auch so und diese Ungerechtigkeit macht mich traurig. Kinder sind Kinder und sie sollten es auf der ganzen Welt gut haben. Aber trotz alledem, Peter, ich habe einen Riesenhunger und zu einem guten Cappuccino höre ich mich auch nicht NEIN sagen!"

„Wir fahren mitten in die Stadt und da werden wir schon etwas finden und vielleicht gibt es ja noch weitere Reisetipps."

Am Flughafen von *Maun*, der erst auf dem zweiten Blick als solcher zu erkennen ist, durch das Schild AIR PORT. Die Umgebung, die aus einer staubigen Straße besteht mit wenigen Parkplätzen. „Da ist ein Lokal, wo viele Leute verschiedenster Herkunft sitzen, das Essen auf den Tellern sieht verführerisch aus."

„Wo es viele Menschen gibt, da schmeckt es auch lecker. Ich parke in Sichtweite und in Fluchtrichtung", kommt es von Peter. „Wieso Fluchtrichtung?"

„Das ist nur ein Spruch von meinem Vater. Wenn wir im Urlaub waren, da parkte er seinen Wagen immer in Fluchtrichtung. Sicher ist sicher!"

Ein Stimmengewirr schallt ihnen entgegen. „Da ist noch ein freier Tisch, Peter." Etwas später bei einem großen Gnusteak mit Salat holt Peter die Karte hervor, um zu sehen, was sie als nächstes tun wollen.

„Kann ich Ihnen helfen?" Johanna und Peter schauen erstaunt auf, sie hatten gar nicht gemerkt, dass jemand an ihrem Tisch steht. Es ist ein Mann in Peters Alter, mit einem leichten Ansatz zum Bierbauch, den er unter einem bunten Hemd zu verstecken versucht. Eine Narbe auf der Stirn, von einer Haarsträhne etwas verdeckt, irritiert einen Moment. „Ich habe gehört, dass Sie Deutsche sind und über einer Karte brüten. Ich lebe hier schon mehrere Jahre und vielleicht kann ich helfen? Ich bin Sam, oder ich werde auch Sami gerufen!

„Oh gerne! Wir möchten mit einem Boot in das *Okavango Delta im Moremi Nationalpark* fahren. Es soll ein wunderbares einzigartiges Erlebnis sein."

„Ja, das ist es wirklich und ich habe da ein paar Tipps für Sie". Schon hängen sie alle über der Karte und Sam erzählt die tollsten Geschichten, was er und andere dort alles erlebt haben. „Das ist genau das Richtige für Sie, es wird wirklich ein unvergessliches Erlebnis. Am besten ist es mit einem kleinen Flieger ins Delta und von dort aus mit einem Führer im Einbaum in die Kanäle, verbunden mit einer Wanderung. Sie werden garantiert den Tieren sehr nahe sein und sich sehr einsam fühlen, weit weg von allem, nur Natur und Wildnis", fügt er hinzu.

Johanna ist, als laufe ihr ein Schauer über den

Rücken, sie stutzt kurz, sagt zu sich, „Mensch Johanna, was ist los mit dir, du spinnst total!"

„He Peter, dass ist genau das, was wir wollen! Wo können wir den Flug und den Eintritt buchen?"

„Dann los! Kommen Sie mit. Ich habe Zeit und helfe Ihnen gerne. Ich weiß, wo der Flieger und der Eintritt für den Nationalpark zu buchen ist. Da ich dort öfters unterwegs bin, begleite ich Sie gern, ich finde Sie sehr sympathisch! Natürlich nur, wenn es Ihnen recht ist?"

„Sam das finden wir toll von Ihnen, so etwas hätten wir nie erwartet." Sie laufen ein paar Straßen weiter und mit Sams Hilfe haben sie die Flugtickets und den Eintritt für den *Moremi Park* in der Tasche.

„Das war ja wirklich knapp, wir hätten garantiert vor verschlossenen Schaltern gestanden. Bis alles erklärt und ausgefüllt worden wäre, es ist ja schon nachmittags und die Büros schließen um 16 Uhr. Sami, Sie sind Klasse!" Sam grinst, meint, „morgen früh pünktlich 7 Uhr am Flughafen, dann werden Sie was erleben!"

Wieder kommt bei Johanna ganz kurz die Überlegung, wie meint er das, mit dem „erleben" und „sehr einsam? Ich spüre hinter jedem Worte eine große Gefahr aber schnell wischt den Gedanken fort Natürlich wollen wir was erleben! Dafür sind wir ja hier!

„Jetzt müssen wir darauf noch einen trinken gehen", sagt Sam, „ich kenne da eine kleine Bar, genau das Richtige zum Auftakt ihres Abenteuers. Ich freue mich, dass ich euch getroffen habe und ich euch ein kleines Stück von unserem Paradies zeigen kann. Ihr werdet staunen wie verloren man dort ist, man kann dort leicht unauffindbar sein." Wieder kommt sofort dieses für sie unangenehme Gefühl es macht sich in ihr breit aber denkt sie, Johanna was soll das? Seid wann reagierst du auf jedes Wort, was gesagt wird. Wieso duzt er uns plötzlich? Freue dich einfach!

„Oh, Entschuldigung, mir rutsche das Du so heraus, wir haben es mit dem „Sie" hier nicht so."

Peter lacht, hebt sein Glas, „ich bin Peter und das ist meine Frau Johanna."

„Du, Peter, wir müssen uns noch um ein Hotel oder ein Camp kümmern, es ist schon recht spät geworden."

„Du hast recht, vor lauter Begeisterung haben wir das fast vergessen!"

„Ich kenne da ein sehr schönes Camp, direkt am Fluss mit sehr schönen Bäumen, ein kleines blühendes

Paradies. Es liegt etwas außerhalb, ihr werdet es nicht bereuen. Ich begleite euch."

„Du weißt aber auch auf alles eine Antwort!" Sam hatte nicht zu viel versprochen. Das Camp erinnert an einen verwunschenen Garten, liebevoll gepflegt und doch sehr eigen. Eine richtige grüne Oase. Riesige Bäume und ein Blumenmeer mit verschiedensten Gesängen von Vögeln, die sich in dieser grünen Oase hörbar wohl fühlen. „Ich melde euch noch an, schaut euch nach einem guten Platz um". „Was haben wir ein Glück, so einen netten Menschen zu treffen, wir sind Glückskinder!" Sam reicht ihnen die Anmeldung und verabschiedet sich: „Bis morgen um 7 Uhr da treffen wir uns pünktlich am Flugplatz und ein Taxi holt euch um 6.30 Uhr hier ab!"

Lange sitzen sie mit einem Glas Wein am Abend vor ihrem Auto hören auf die Geräusche der Nacht und freuen sich auf den neuen Tag. Johanna gibt sich den Lauten der Nacht hin, so ungewohnte Tiergeräusche, in der Ferne bellen Hunde, leises Gelächter und vereinzelnd singt noch ein Vogel sein Abendlied. „Ich klettere schon nach oben, um mich von dem Tag zu verabschieden. Ich warte auf dich hier oben"! Sie findet es schön in dieser Höhe und sie fühlt sich den Sternen noch ein Stückchen näher. Das Moskitonetz an der Seite festgebunden, liegt sie auf dem Rücken und schaut in den Sternenhimmel. Es ist die beste Art Afrika zu erleben, etwas erhöht, mit dem Gefühl, Afrika liegt dir zu Füssen! Na ja, nicht ganz so, aber ein bisschen schon! So vermischen sich die Geräusche mit dem was sie im Traum erlebt. „Sie liegt in einem Bett und hört Frauen sich streiten, es wird laut und sie beugen sich über sie, sie greifen nach ihr. Sie will aufstehen, weglaufen, aber ihre Beine wollen nicht, sie steht da und kann keinen Schritt tun, die Frauen greifen wieder und wieder nach ihr und dann ist da dieser Wasserfall, sie hört Stimmen, die bedrohlich klingen. Sie steht an der Kante. Wieder greifen Arme nach ihr. Die Kante gibt nach und sie fällt in diesen Wasserfall, aber es ist nicht unangenehm, sie wird einfach von diesem weggetragen, sie schwebt davon und sie sieht die Arme die nach ihr greifen immer kleiner werden."

Im Okawango Delta

Vogelgezwitscher ist zu hören und weckt sie auf. Einen Moment lang liegt sie ganz still und denkt an diesen Traum, war ich das im Traum? Was hat das zu bedeuten? Immer diese Frage, warum muss das was zu bedeuten haben? Wenn das so weiter geht, träume ich jede Nacht etwas Abenteuerliches. Dann setzt sie sich schnell auf.

Sie beugt sich zu Peter, gibt ihm einen Kuss. „Hey du Schlafmütze wach auf, es ist Zeit wir müssen doch um 7 Uhr am Flugplatz sein."

Rucksack mit Wasserflasche, Pflaster, Kamera, Handy Tempos, eine dünne Jacke, Sonnencreme, Sonnenhut Sonnenhut, Handy und ihr kleines Fernrohr sind gepackt. Kaffeeduft kommt von dem kleinen Gaskocher. Peters strahlenden Augen umfangen sie mit einem zärtlichen Blick. „Darf ich Sie zu ihrem Platz begleiten Madame, heute auf der Terrasse mit Flussblick?"

„Gerne James, ich danke Ihnen!" „Mmm, die Marmelade schmeckt köstlich und Sie haben ein vorzügliches Rührei gebacken."

„Ich habe gekocht, du machst die Küche, ich die Betten und dann ab in das Delta."

„Jawohl Sire, wird gemacht", lacht sie, nimmt Tassen und Teller und verschwindet in die „Küche" zum Abwasch.

Das Taxi steht pünktlich 6.30 Uhr am Tor des Camps. Punkt 7 Uhr sind sie am Flugplatz, der noch ganz verlassen wirkt. Sam steht lässig am Eingang, Johanna die ihn zuerst sieht, erschrickt leicht. Sie meint in dem Blick, der Sam ihnen zuwirft, etwas Bösartiges zu sehen. Aber als sie noch einmal hinschaut, steht da nur ein freudig lächelnder Sam. Strahlend begrüßt er sie beide und er geht mit ihnen in die Halle. Nur vereinzelte Angestellte sind zu sehen. Es dauert ziemlich lange, bis sie zur Passkontrolle gebeten werden, wo der Inhalt ihrer Taschen verschwindet und der ihnen nach der Kontrolle wieder überreicht wird. Sie werden zu einem kleinen Flugzeug geführt und Sam erklärt ihnen, dass der Pilot noch nicht da ist. Nach einer halben Stunde kommt ein hübscher junger Mann mit einem umwerfenden Grinsen auf sie zu. „Ein toller Typ, der hat sicher zig

Mädels die ihn anhimmeln, man sieht es ihm an, das er bei den Mädels gut ankommt! Wo er wohl herkommt?" geht es ihr durch denn Kopf. „Es tut mir leid und bedauere, dass ihr auf mich so lange warten musstet, aber ich habe einfach verschlafen! Als Entschädigung, gibt es nachher Kaffee. So, meine Passagiere, bitte einsteigen, es geht los!" Sie steigen in die kleine Maschine, freuen sich, dass sie die einzigen Passiere sind, aber mehr hätten auch gar nicht in die Maschine gepasst.

„Peter, ich finde es einfach toll, schau doch nur, wie wir uns dem Delta nähern."

Erst sind nur vereinzelt Rinnsale zu sehen und auf einmal sind da die verschiedensten Grün-Töne mit einem weitläufigen Netz von Wasseradern.

„Du, es ist so schön." Ihre Begeisterung über diese Natur macht sie fassungslos. So hatte sie das nicht erwartet.

„Ich weiß, dass die Kamera nur ein Detail festhalten kann, aber ich werde alles immer in Erinnerung behalten."

„Johanna, schau mal nach rechts unten, da laufen Elefanten direkt auf das Wasser zu. Sie hinterlassen eine breite Spur in dem nassen Gras, was sich ein Stück hinter ihnen wieder schließt."

Nach 15 Minuten setzt der Pilot zur Landung an, sie steigen aus und werden von den Angestellten des „Odbill´s Camp" begrüßt. Zwei junge Frauen in schwarzen kurzen Röcken und kleinen weißen Schürzen lachen ihnen strahlend entgegen.

„Willkommen auf Odbill`s Camp. Folgen Sie uns, wir haben Sie schon erwartet." Johanna macht große Augen, als sie das Camp sieht. Ein offener, überdachter Raum mit bequemen Liegen, Sitzgruppen, schönen Skulpturen und einen gigantischem Blick auf einen Fluss mit Schilf und Gräsern. Am Ufer liegen mehrere Einbäume.

Eine Empore mit mehreren Sitzmöglichkeiten lädt zur Tierbeobachtung ein. „Darf ich Sie erst einmal zum Kaffee einladen?" fragt eine nette junge Frau. „Oh, dass ist eine tolle Idee, wir sind ja schon lange auf den Beinen. Johanna grinst den Piloten an und meint zu ihm, „das ist wohl Ihre Kaffee Einladung?" „Genau" lacht er zurück, „ich verziehe mich auf ein kleines Schläfchen, ich muss dann wieder zurück, ein Kollege von mir holt Sie am Nachmittag wieder ab und ich wünsche euch euch viel Spaß heute und geht nicht verloren im Paradies, das war nur ein Scherz von mir, was soll euch hier passieren? Keine Sorge"! Als er das erschrockene Gesicht von Johanna sieht. „Nach dem Kaffee schauen wir uns das Gelände mal näher an, es sieht alles so anders aus, einfach afrikanisch für Gäste." Gemütlich sitzen sie in tiefen Ledersesseln, schauen auf die Wasserebene mit den vielen Grüntönen und den blauen Wasserstreifen, den Einbäumen und auf die Männer, die umher huschen. „Der Kaffee schmeckt hier besonders gut in diesen bequemen Sesseln", meint sie lächelnd, „aber komm, wir schauen uns noch hier um.

Das ist einmal etwas anderes, „sieh dir das mal an, eine andere Art auf die Toilette zu gehen!" Ein ‚Haus' aus Bambus mit Zeltplane als Tür, aber ordentlich, alles sauber, sogar Duschen gibt es. „Hier, Johanna, schau dir mal die Zimmer an!" Es sind Zelte, die je auf einer kleinen Holzterrasse stehen, mit Blick auf das Delta. „Echt romantisch, mal etwas anderes, ich finde das toll hier! Es ist so ruhig und ich komme mir so klein zwischen den großen Bäumen vor, die aber auch etwas Beruhigendes ausstrahlen."

„Komm lass uns wieder zurück gehen, ich glaube, die wollen mit uns auf das Wasser." Am Wasser steht Sam und redete lebhaft mit einem Mann, der sicher ein Wildhüter ist und der dann etwas irritiert weggeht. Ein anderer Mann, der etwas abseits steht, kommt auf Sam zu. Johanna ist es einen Moment so, als ob etwas Bedrohliches auf sie zukommt. Sie möchte das Peter sagen, aber dann schimpft sie innerlich mit sich. Johanna, was ist los mit dir? Wo ist hier etwas Bedrohliches? Sehe ich etwas? Spinne nicht!

„Da seid ihr ja, wir wollen jetzt los, Peter, du steigst in das eine Boot mit deinem Führer. Johanna, komm steig hier ein, ich werde das Boot lenken." Johanna wirft Peter einen Blick zu und er zuckt mit den Schultern. Mit einem Plumps setzt sie sich und sie ist erstaunt, dass es sogar recht bequem ist. Die Führer bewegen die Einbäume mit langen Stangen, das Riedgras schlägt fast über ihren Köpfen zusammen. Das Boot mit Peter ist vor ihnen und sie schlängeln sich auf dem Wasser entlang. Johanna sitzt fasziniert und weiß nicht, wo sie zuerst hinschauen soll. Eine fast unheimliche Ruhe umgibt sie. Selbst das Eintauchen des Stabes hört man nicht. Sie gerät in einen Zustand zwischen Traum und Wirklichkeit entrückt von allem Zeitgefühl und des absoluten Friedens. Sie glaubt zu träumen und lässt sich einfach in diesem Delta treiben und fallen. Wasserlilien und Seerosen in weißen und rosa Farben, das leichte schaukeln von dem Boot und das sanfte wiegen des Seegrases machen dieses Gefühl der Vollkommenheit einfach perfekt. Ihr fällt ein, was sie über das Delta weiß. Diese größte Oase Afrikas, die ihren Ursprung in einen von Quellen gespeisten Wasserlauf im Angolanischen Hochland hat. Er nimmt andere Bäche auf und wird zu einem Fluss namens *Cubanyo*, der rund 1600 km nach Süden fließt und dann als *Okavango* den Norden Botswanas erreicht. 2mal im Jahr wird das Delta mit neuem Wasser aufgefüllt. Beim ersten Mal kommt eine stille Flut. Im Dezember lässt der Regen im Hochland Angolas den *Cubanyo* anschwellen, aber erst nach mehreren Monaten erreichen die Wellen den nördlichen Teil des Deltas. Der äußere Rand des *Okavangos* hat etwas Endgültiges. Die einen sagen, oben ist Sand und das Leben, unter dem Sand ist der Tod. Wendet man ihm den Rücken zu, steht man vor Dornen und Sand. Vor einem Land ohne Wasser!

Plötzlich schreckt sie auf, erschrocken von einem laut schimpfenden Vogel, der ein Stück von ihnen entfernt sich in den Himmel emporschwingt. Sie schaut nach vorne um nach Peter zu sehen, aber da ist das Boot nicht mehr zu sehen.

„Sam, sag mir bitte, wo ist das Boot mit Peter?"

„Na, da vorne, du kannst ihn nur nicht sehen, hier macht der Arm viele Windungen, keine Sorge, wir treffen ihn schon wieder!" Irgendetwas in ihrem Inneren wird unruhig, sie nennt sich selbst einen Närrin. Was sollt denn hier passieren? Aber, die Ruhe und das Sich- fallen- lassen, das ist nicht mehr da. Johanna macht Fotos, aber immer mehr suchen ihre Augen die Landschaft nach Peter ab. „Hallo Peter" ruft sie, aber nichts, keine Antwort!

„Sam, ich verstehe das nicht, wir wollten doch zusammenbleiben und nun hört er mich nicht einmal. Da stimmt doch etwas nicht!"

„Ach, komm, hier verschluckt das Schilf jeden Laut, gebe einfach Ruhe!" Dieser Satz, versetzt sie erst recht in Panik und sie überlegt, was sie tun kann. Dann fällt ihr ein, dass sie doch ihr Handy dabei hat. Sie versucht Peter anzurufen, aber so, dass Sam es nicht sieht, aber es gibt kein Netz! Aber, kommt es ihr auch gleich, wen soll ich außer Peter sonst anrufen? Die Nummer vom Camp hat sie auch nicht. Überhaupt keine Nummer! Ruhig Johanna, es wird alles gut werden, nur keine Panik. Wenn Peter merkt, dass wir nicht hinter ihm sind, wird er schon dafür sorgen, dass er uns findet. Nach außen hin bleibt Johanna ruhig, sie will auch mit Sam nicht reden, der auch plötzlich recht schweigsam ist, und sie versucht einfach das ungute Gefühl zu verdrängen.

Nach einer ganzen Weile, Johanna kommt es ewig vor, steuert Sam das Ufer an. „Warum ist Peter nicht hier?"

„Weiß nicht," kommt es kurz und sehr mürrisch als Antwort.

„Wir steigen jetzt hier aus und laufen."

„Warum denn das?" fragt sie zornig und etwas beunruhigt

„Na, vielleicht triffst du ja deinen Peter!" „Sam, was ist hier los? Da stimmt doch etwas nicht! Plötzlich bist du gar nicht mehr der so nette Sam? Was hast du auf einmal? Haben wir etwas falsch gemacht? Haben wir dich verletzt? Oder irre ich mich nur und bilde mir das ein, dass da falsche Töne sind?"

„Du wirst schon sehen! Los, steig schon aus!"

Johanna klettert aus dem Boot, Sam zieht das Boot an Land und versteckt es hinter ein paar Büsche.

„Wieso versteckst du das Boot? Wenn uns jemand sucht, dann sieht er doch das Boot nicht."

„Soll er ja auch nicht!"

„Sam, sag mir, was du willst, wir kennen uns doch gar nicht, willst du Geld? Dann sag es und wir versuchen das zu regeln."

„Nein, Geld will ich nicht, ich habe einen Auftrag und den erledige ich. Sagen wir es so, ich begleite dich!"

„Wohin willst du mich begleiten?"

Das wirst du schon sehen, wir haben einen langen Weg und es ist besser, du fragst nicht soviel, es nervt nur.

„Du hast Nerven mit deinem „es nervt nur" meinst du ich halte meinen Mund? Ich glaube eher, du nervst hier! Erst biederst du dich an, der nette Kerl, der gute Tipps auf Lager hat und dann diese Nummer hier."

„Ja, es hat ja keiner von Euch verlangt, von dem ‚netten Kerl' Tipps anzunehmen. Das war ganz alleine eure Entscheidung! Wir hatten euch schon eine Weile im Visier, aber ihr wurdet ja auch noch von anderen beobachtet, so konnten wir euch erst in *Maun* besser kennenlernen."

„Wozu das ganze? Wir sind normale Touristen und sehen auch nicht so aus, als würden wir in Geld schwimmen."

„Nein, ihr nicht, aber wir, oder besser mein Chef hat seine eigenen Vorstellungen. Du machst am besten was ich sage, so nerven wir uns nicht gegenseitig."

„Was ist mit Peters Führer, ist der auch von deiner Sorte?"

„Der hat den Auftrag deinen Peter einen schönen Ausflug zu bereiten und der arme Peter wird vor Sorgen um dich sicher durchdrehen," kommt es recht sarkastisch von Sam.

„Aber auf dem Camp, die wissen doch, dass ich auch dort war, die werden Fragen stellen."

„Mädchen, wir sind hier in Afrika, da ein kleines Scheinchen und dort ein Scheinchen, alle werden tausend Eide schwören, dass Peter ganz alleine eine Tour machen wollte."

„Ne, so einfach geht das nicht, in *Maun*, das Camp, wir sind dort angemeldet, Peter wird dort als Beweis nachfragen. Unser Auto steht dort! Es wird uns jemand vermissen! Abgesehen davon, dass Peter wohl kaum zu allem Ja und Amen sagt und na, sagen wir mal so, einfach denkt, da hat die arme Johanna aber Pech! Peter wird einen Krach schlagen und alle können nicht so tun, als spinne er!"

„Soll er doch, du warst dort nie! Ich habe deinen Peter dort angemeldet, keine Johanna! Hier am Camp, da sagte ich nur, das ihr in ein einheimisches Dorf wolltet. Wir sind auch nicht blöd, glaube es einfach, niemand wird sich deiner erinnern! Willst du noch mehr hören? Gib auf, spare dir deine Kräfte, ich weiß einiges, andere wissen mehr, lass dich überraschen!"

„Mann, ich bin doch nur hier, um Urlaub zu machen und nicht, dass mich hier ein Irrer festhält."

„Klappe zu und Laufen ist jetzt angesagt."

Sie hat das Gefühl, als befinde sie sich in einem Albtraum und sie will nur noch aufwachen, aber sie weiß, es gibt kein Aufwachen und im Moment auch keine Antwort auf irgend etwas..

Sie laufen durch die Savanne und Johanna hat gar keinen Blick für die Schönheit der Landschaft. Sie sieht nicht die gelbbraunen Töne, das Grün der

Bäume, was mit dem Blau des Himmels eine wunderschöne Farbkombination ergibt. Vor ihnen hüpfen die *Impalas* im Rudel davon. Als sie näher kommen, hören sie in angemessener Entfernung die Elefanten trompeten. Durch einen Elefantenfriedhof laufen sie. Johanna schaut nur kurz auf das Gerippe der Tiere, denkt, mein Gott, waren es gewaltige Tiere.

Heiß wird es und kein Mensch weit und breit, wie auch! Das ist ja auch keine Touristenstraße, sie wollten ja gerade dieses einmalige Gefühl, so mitten in der Savanne zu sein.

Ihr Zeitgefühl verliert sich in dem endlosen Feld wie hier das Buschland heißt. Sie glaubt, viele Stunden wären schon vergangen. Ein Blick auf ihre Uhr zeigt, dass es Mittag ist. Aber auch wenn sie weglaufen könnte, in welche Richtung muss sie gehen?

Unter einem Baum hält Sam an und kramt aus seiner Tasche etwas Brot und Wasser. „Trink das, es ist wichtig!"

Nach einer halben Stunde drängt Sam sie zum Aufbruch. Ein paar Warzenschweine stellen sich in sicherer Entfernung dekorativ hin, so als wüssten sie, dass normale Touristen sie in allen Posen fotografieren.

Der Nachmittag ist schon recht fortgeschritten, der Himmel über der Savanne fängt an seine Farben zu ändern. Das leuchtende Gelb wird von den ersten orangefarbenen Fäden durchzogen. Das das unweigerliche Hereinbrechen des Abends ankündigt.

Da sind sie wieder an einem Wasser und ein Boot liegt da. „Peter! Das ist Peter"!

„Peter, ich bin hier, wo steckst du?" Kein Peter kommt, alles bleibt still.

„Das Boot ist für uns, du hast das Vergnügen, wieder Boot fahren zu dürfen", kommt es von Sam".

Wieder geht es enge Wasserstraßen entlang, der Zauber und die Neugier auf all das hier sind verflogen, sie fühlt sich ganz elend und in ihr wächst ein mächtiger Zorn an.

Es dämmert, als das Boot hält und Johanna kann schemenhaft ein Dorf sehen, so wie sie es auf der Fahrt nach *Maun* gesehen hat. Sam steuert auf das Ufer zu und aufgeregt kommen die Dorfbewohner angelaufen. Es wird lebhaft durcheinander geredet. Leider versteht sie kein Wort von alle dem. Sofort wird sie von den Frauen umringt, die in bunte Tücher gehüllt sind, aber so, als hätten sie ein Kleid an. Die satten Farben, die mit ihren eigenen typisch afrikanischen Mustern bedruckt sind und für sie nur eine fremde Bedeutung haben. Alle reden durcheinander auf sie ein. Die Frauen führen Johanna zu einer Hütte, wo sich alle hinsetzen und es wird weiter palavert. Dabei putzen sie Gemüse und eine Ziege wird vorbereitet für den Spieß. So wie sich die Männer benehmen, hat sie den Eindruck, dass Sam diese Ziege bezahlt hat. Sie hätte sich gerne frisch gemacht, aber wie soll sie das den Frauen sagen? Nach kurzem Überlegen macht sie dann Zeichen, wie sie sich Wasser in das Gesicht spritzt und Haare wäscht. Wieder ein Palaver, die Frauen lachen aber sie haben es verstanden, was sie meint und schon begeben sich alle Frauen zum Fluss, umringen sie und machen ihr vor, dass sie in das Wasser steigen soll. Johanna denkt, Augen zu und durch! Hoffentlich gibt es keine Krokodile hier, ich wäre dann eine schöne Mahlzeit! Als sie im Wasser steht und das recht frische Wasser sie umspült, wird sie auch etwas ruhiger und versucht sich zu entspannen. Einige Frauen stehen schon in dem Wasser und schon wird gelacht, alle bespritzen sich. Johanna wird mit angesteckt und sie benehmen sich, als kennen sie sich schon lange. Für einen kurzen Moment vergisst sie alles und macht bei diesem Spaß mit.

Als sie mit den Frauen wieder in das Dorf geht, geben die Frauen ihr ein großes buntes Tuch und `wickeln` sie darin ein. Komisch, denkt sie, es ist gar nicht schlecht. Nur schade, dass ich es nicht genießen kann. Ein verlockender Duft schlägt ihr entgegen, sie sieht die Ziege auf dem Spieß brutzeln. Die Männer sitzen im Kreis um das Feuer, es ist ein friedliches Bild. Alle sitzen im Kreis und erzählen, die Frauen etwas abseits, alle reden aufgeregt und sicher geht es da auch um sie. Erst denkt sie, sie bekommt keinen Bissen herunter, aber der Hunger ist dann doch größer und sie muss sich eingestehen, dass es gar nicht so schlecht schmeckt. Sogar der Hirsebrei, der in einem Topf über dem Feuer brodelt. Noch ist sie am Überlegen, wie sie hier wegkommen kann, aber ihr wird auch klar, dass sie nicht einfach los gehen kann. Bei Nacht schon gar nicht. Nicht zu wissen, welchen Weg sie nehmen kann und dann ist ja auch die Angst vor den wilden Tieren. Später, die Frauen bringen sie zu einer Hütte, die wie alle Hütten rund ist, mit einem Grasdach. Innen gibt es nur den Sandboden und in der einen „Ecke" liegen ein paar Decken die die Frauen ihr hingelegt haben. Erschöpft lässt sie sich auf die Decken fallen. Bevor sie ihre Gedanken richtig ordnen kann, fällt sie in einen erschöpften Schlaf. Wieder kommt dieser Traum, wieder mit den Frauen. Nur fällt sie dieses Mal in keinen Wasserfall. Sand, in dem sie nur mühsam laufen kann, sie atmet vor Anstrengung schwer auf ihrem Weg im tiefen Sand, sie will diese Böschung erreichen, die dunkelbraun zu erkennen ist. Sie kann kaum atmen vor Erschöpfung, als sie oben auf der Böschung steht. Tief unten ist ein großer See oder ein Meer. Es glitzert so in der Sonne, sie schließt die Augen, nur ganz kurz, sie muss aufpassen, dass sie nicht abrutscht. Da kommen die Frauen immer näher, sie will schneller laufen. Gerade als eine Hand sie greifen will, da rutscht sie ab und fällt. Peter ruft sie, als das Wasser sie auffängt. Eine unheimliche Ruhe umgibt sie. Nichts passiert, sie wird einfach von dem Wasser davon getragen.

Peter

Peter fühlt sich so wohl, die Sonne scheint warm auf seinen Rücken, die Ruhe, diese so ungewohnte Stille bedeutet totale Entspannung. Er genießt es, alleine in dem Einbaum zu sein mit seinem Führer, den er ja sowieso nicht versteht. das Boot schlängelt sich durch die Kanäle, Er fühlt sich wie in einer anderen Welt. Ohne Zeitgefühl schreckt er plötzlich auf, da das Boot sich plötzlich stärker bewegt und er merkt, wie sie sich dem Ufer nähern.

„He, wo ist das andere Boot? Wir wollten doch zusammen bleiben!" Keine Antwort! Ein blödes und ungutes ängstliches Gefühl beschleicht ihn und sein Magen krampft sich zusammen.

„Wo ist das Boot?" fragt er noch einmal, aber nur ein Grinsen antwortet ihm. „Aussteigen, los mach schon!" Peter steigt aus und folgt dem Befehl. Sie laufen durch die Savanne, aber er beachtet nicht die Landschaft, oder die Tiere, er grübelt, was das alles zu bedeuten hat. Wenn doch wenigsten jemand ihm sagt, worum es hier geht! Schließlich machen sie Rast bei einem verlassenen Dorf. Ohne ein Wort, wird ihm etwas zu

Essen hingestellt, mit zwei Flaschen Wasser. Ehe Peter überhaupt begreift, was los ist, geht sein Führer zum Boot und fährt mit einem Grinsen davon! Er steht wie erstarrt da und hält alles für einen Traum oder für einen schlechten Film. Aber es ist weder das eine noch das andere, man hat ihn einfach ausgesetzt. Ausgesetzt? Genau das ist eben passiert! Das Geschnatter der Affen um ihn herum, ein großes Geschrei, als wäre er in ihre Welt eingedrungen. Seine Gedanken überschlagen sich, er sorgt sich um Johanna, wo mag sie sein, was ist mit ihr passiert? Er versucht ruhig und logisch zu denken und zu überlegen. Tausend Gedanken jagen durch einen Kopf, was für Möglichkeiten gibt es für ihn und was kann er tun? Er kramt in seinen Taschen nach seinem Handy, natürlich denkt er sofort, kein Empfang. Der Blick zum Himmel sagt ihm, dass er für heute erst einmal nichts tun kann, es wird dunkel, der Tag zieht seinen Vorhang zu und die Nacht macht sich bereit. Er sucht in seinen Taschen, was er so dabei hat. Ein Taschenmesser, das ist wie ein Geschenk, in seiner Not. Da sind noch Müsliriegel in seiner Jacke und ein Feuerzeug, aber ohne Zigaretten. Diese Lieblingsjacke hatte er mitgenommen. Johannas Einwände, das alte Ding, sie sieht schäbig aus, haben nichts genützt, er liebt diese Jacke und sie war immer und überall dabei. Jetzt erscheint sie ihm wie ein Schatz. Was soll er als Erstes tun? Holz sammeln, sich ein Feuer machen, schauen, ob er die Nacht in einer der verfallenen Hütten übernachten kann? Zum Glück gibt es genügend Äste und trockenes Gras, er legt alles vor eine Hütte, die vertrauenswürdig, einigermaßen geschützt zu sein scheint. Ihm ist es etwas wohler, als nach einer Weile ein kleines Feuer brennt. Er starrt in die Flammen und tausend Gedanken verfolgen ihn. Warum sind sie bloß hierher gefahren? Waren sie einfach zu leichtsinnig gewesen? „Mein Gott, und ich habe noch gelästert bei Johanna, dass sie entführt und verkauft wird." Das war doch nur Spaß! Warum sie, oder geht es um ihn? Es ergibt alles keinen Sinn! Auf jeden Fall muss er versuchen, ein Dorf zu erreichen und die Polizei von all diesen schrecklichen Ereignissen zu unterrichten.

„Johanna, wo bist du?" Ihm kommt nun ein Verdacht, dass das alles hier kein Zufall ist. Aber das ist Quatsch, das Ehepaar war so nett und dann haben sie uns doch auch eingeladen! Das war so herzlich und ehrlich, wir mussten versprechen, auch wirklich zu der Farm zu fahren. Sie gaben uns auch ihre Telefonnummer, wenn wir Hilfe bräuchten. Er versucht sich ein Bild von den vergangenen Tagen zu machen und immer schleicht sich der Gedanke ein. Johannas Eltern! Warum waren sie so sehr gegen diese Reise? Es entsprach so gar nicht ihrer Art, sie selbst waren schon viel gereist und lebten einige Jahre hier in Namibia. Eigentlich hätten sie sich freuen müssen. Aber genau das Gegenteil war der Fall. Wie er jetzt so darüber nachdenkt, kommen doch Fragen auf! Eigentlich haben sie, was Johanna betrifft, sehr wenig erzählt von jener Zeit in Namibia. Gibt es da ein Geheimnis? Aber was kann denn das wohl sein? Peter fühlt, dass sein Kopf bald platzt. Gestern war alles so einfach und heute ist alles unerklärlich. Die Stimmen der *Savanne* sie tuscheln, bellen und schnaufen, alles verschluckt die Nacht.

Die ersten Strahlen der Sonne wärmen Peters Gesicht. Er streckt seine verspannten Glieder. Sein erster Blick sucht Johanna, er sieht nicht, wie das Grau der Nacht nun mit seinen strahlenden Farben abgelöst wird. Die Wahrheit trifft ihn wie ein Schlag, Johanna ist nicht bei ihm! Ächzend steht er auf, lässt sich von der Sonne aufwärmen, geht zum Wasser, um sich zu waschen. Wasser. Schilf, alles ist wie ein Irrgarten. Was tun und welche Richtung soll er nehmen? Er füllt die Flaschen mit dem Flusswasser auf, in der Hoffnung, dass es seinem Darm nicht schadet. Dann beschließt er, soweit wie möglich, am Fluss entlang zu laufen. Er überlegt, dass Menschen sich vielleicht näher am Wasser ansiedeln. Voller Hoffnung läuft er los, aber schnell stellt er fest, dass es dicht am Wasser nur sehr mühsam ist vorwärts zu kommen. Es ist als halte einem das Papyrus und das hohe Gras fest, es ist so dicht, dass kein Durchkommen möglich ist. Er hat das Gefühl, völlig zerkratzt zu sein und auch zerstochen. Ab und zu raschelt es vor ihm! Ihm fällt ein, dass es ja auch Krokodile hier gibt! Er wendet sich schwer atmend dem festen Boden zu. Ja hier ist die Luft auch nicht mehr gar so drückend und er atmet durch und schaut sich um. „Na, dann will ich mal weitergehen", denkt er, „den Fluss da unten behalte ich schön im Auge, damit ich mich hier nicht auch noch verlaufe." Die Sonne brennt wieder sehr und alles ist sehr karg und ohne Schatten. Einzelne Bäume stehen weiß bizarr ohne Blätter unter dem blauen Himmel als wollten sie ihn warnen. Hier kann das Leben tödlich sein! Am Mittag sinkt er in den Schatten von einem Baum. Erschöpft, hungrig, durstig und verzweifelt! „Ich müsste etwas finden, womit ich auf dem Wasser vorwärts komme." Ironisch denkt er, „ich kann mir ja einen Einbaum schnitzen mit meinem Taschenmesser! Wie lange schnitze ich da? Zwei Wochen? Oder drei? Was ist das schon?" Deprimiert sitzt er da, er hat das Gefühl riesige dunkle Wolken bauschen sich vor ihm auf und wollen ihn in eine tiefe Hoffnungslosigkeit stürzen. „NEIN"! Schreit er laut gegen den blauen Himmel. Er springt auf. Wütend läuft er hin und her und immer wieder schallt sein lautes NEIN über das karge Land. Zornig schaut er auf eine Hyäne, die müde unter einem Baum liegt, brüllt sie an. „Ich schaffe das schon!" Resigniert fängt er an zu überlegen, stutzt und versucht seine Gedanken zu sortieren. Da war doch etwas? Wo war das nur? Ja, bei dem verlassenem Dorf, da habe ich es gesehen! Ein kaputtes Boot. Wieso habe ich nicht dort darauf reagiert? Verdammt, ich lebe normalerweise in der Zivilisation und nicht hier um ohne meine Schuld hier einfach ausgesetzt zu werden!

„Ich muss wieder zurück und nachsehen, in welchem Zustand das Boot ist! Oh nein, wieder alles zurück gehen? Ich mag nicht mehr!" Doch er steht auf und mit müden Gliedern geht er den ganzen Weg wieder zurück, die Erschöpfung, die Verzweiflung schlägt wie eine riesige Woge über ihm zusammen, aber der Gedanke an Johanna lässt ihn weiter laufen. Wieder wird es dunkel über dem Wasser, als er das verlassene Dorf findet. Dann werde ich wieder trockenes Gras und trockene Zweige sammeln, um mit trüben Gedanken am Feuer zu sitzen. Ein bekanntes Gefühl kommt dazu - Hunger! Er muss etwas zu Essen finden, ihm ist schon recht flau im Magen. Nur was das sein soll und wo er etwas finden kann, dass bleibt ein Rätsel. Die Nacht bricht herein und wie es in Afrika üblich, geht das sehr schnell. Hungrig und unruhig schläft er ein. Im Traum sieht er Johanna alleine umherirren und er hört sie Peter rufen. Aber immer, wenn er ihr näher kommt, weicht sie zurück. „Peter hilf mir, komm bitte" und er bemüht sich verzweifelt, ihr näher zu kommen, aber es geht nicht! Mit einem Schrei fährt er auf und starrt in die Dunkelheit. Johanna, wo bist du, wo kann ich dich suchen?

Ein Schrei schallt durch die Nacht, aber es ist nur der Schrei von Affen, die sich um ihren Schlafplatz streiten. Unruhig versucht er, noch ein wenig zu schlafen, aber es wird nur ein Schweben zwischen Traum und Wirklichkeit. Als der Himmel sich färbt, sein Magen heftig nach etwas Essbaren verlangt schaut sich Peter erst einmal im Dorf um. Auf dem dörren Boden entdeckt er so etwas wie eine Melone, eine *Tsamma-Melone.* Peter probiert sie und findet, dass sie kartoffelartig schmeckt, aber sie füllt erst einmal seinen Magen. Nach diesem ‚Festmahl' betrachtet er das Boot näher. Es ist aus Blech mit einen recht großem Loch. Mit seinem Taschenmesser schneidet er Gras und vermischt es mit der Erde zu einem dicken Brei. Damit versucht er, das Loch dicht zu bekommen. Sein Herz klopft vor Aufregung, als er das Boot in das Wasser zieht um zu prüfen, ob es auch wirklich „wasserdicht" ist. Eine Wasserflasche wird geopfert, die als Schöpfer dienen muss. So, jetzt wird alles besser, denkt er voller Stolz. Ich werde ein Dorf finden und dann finde ich Johanna! Es wäre ja noch schöner, wenn mir das nicht gelingt! Mit Herzklopfen stößt er sich vom Ufer ab und lässt sich treiben. In dem breiten Flussarm gibt es etwas Strömung. Nach einer Weile merkt er schon, dass sein Erd-Grasgemisch das Loch nur fast ganz dicht machen konnte. Bei den Temperaturen ist gegen nasse kühle Füße ja nichts einzuwenden, geht es ihm ironisch durch den Kopf! Um schneller vorwärts zu kommen nimmt er seine Hände zum Paddeln. Als plötzlich das Boot ins Wanken gerät, fast kentert, weiß er nicht, was nun schon wieder los ist. Ein Blick genügt, um sein Herz schneller schlagen zu lassen. Ein Krokodil hat seine Paddel-Bewegungen verfolgt, es will zuschlagen! Mit Mühe bringt er das Boot wieder in eine ruhige Position und er braucht eine ganze Weile, um sich zu beruhigen und ruhig atmen zu können. Das wäre es gewesen, gleich zu Anfang, eine Hand an ein Krokodil zu verlieren! Mann oh Mann!! Als der Himmel anfängt ihm zu sagen, für heute ist Schluss, geht er an Land. Aber dieses Mal gibt es keine verfallene Hütte, nur ein großer Baum gibt Schutz, in seiner Lage. Affen tollen herum, für sie ist es eine unterhaltsame Abwechslung ihrer Streitigkeiten. Er macht sich wieder auf Suche nach etwas Essbaren, egal wie es riecht oder aussieht,

Hauptsache essbar! Er findet Bohnen, *Morama Bohnen* und *Mongongo* Früchte, alles genießbar. Ein Feuer, eher zu seiner Sicherheit und um sich zu wärmen. Er legt noch einmal tüchtig Holzstücke nach, rollt sich zusammen und schläft in der Wärme des Feuers vor Erschöpfung ein. Es ist noch dunkel, ist er schon wach, steht auf und schaut nach dem Boot, bessert es so gut es geht aus und ist auf dem Wasser! Zwei Äste werden zu Paddeln und zwar langsam, aber stetig geht es vorwärts. Da sitzt er in seinem Boot, Bilder fliegen an ihm vorüber wie in einem Film, er als Hauptdarsteller, leider weiß er nicht, wie der Film endet, die Bilder sind so verwirrend. Durst und Hunger zehren an ihm und so wird er immer mehr von seinen Tagträumen mitgenommen. Die Sonne brennt vom Himmel, die Luft ist stickig. Entrückt zwischen Wachen und Träumen, lässt er sich einfach treiben. Er fühlt wie seine Lippen sich dick anfühlen, wie seine Haut brennt, es fehlt ihm an Kraft und Willen etwas dagegen zu unternehmen. Schon weiß er nicht mehr, wo er ist, wohin er will, alles wird ihm so gleichgültig. Mit geschlossenen Augen liegt er in dem Boot, wirre Bilder mit Gedanken, die er nicht begreifen kann. Johanna ich weiß nicht wo ich dich finden kann, mein Kopf dröhnt so, kannst du nicht zu mir kommen? Hilf mir? Tränen laufen über sein Gesicht, die von der Sonne sofort getrocknet werden. Ich muss dich ja suchen, aber ich schaffe das nicht, sag mir, wo ich dich finden kann? Von weit her kommen Stimmen, fremde Stimmen. Sie ergeben keinen Sinn, sie kommen wie in Wellen an seine Ohren. Wasser spritzt um ihn herum. Krokodile, die schon wieder? kann er gerade noch denken. Er schaut irritiert auf, alles flimmert vor seinen Augen. Schwarze Gesichter, die ihn anschauen, auf ihn einreden und ihn mit seinem Boot an Land ziehen. Männer heben ihn auf, tragen ihn in den Schatten eines Baumes. Frauen kommen, geben ihm etwas zu trinken und stecken ihm kleine Kugeln aus Hirsebrei in den Mund. Nie hat ihm etwas köstlicher geschmeckt. Er merkt es kaum, dass die Frauen mit einer Paste sein Gesicht, und die Lippen bestreichen, er fällt er in einen tiefen Schlaf.

Johanna

Am Horizont beginnt der Himmel sich zu verfärben, zaghaft beginnt der neue Tag, als das Dorf schon wieder munter wird. Die Frauen wecken sie ganz vorsichtig. Eine Schale *Mealie Pap*, ein Porridge aus Maismehl, und einen Becher Tee, der eigenartig schmeckt, sie aber munter macht. Schon steht Sam plötzlich vor ihr und zieht sie mit sich fort. Sie sieht noch, wie die Frauen erschrocken auf sie schauen und vor Schreck keinen Ton von sich geben. Der Boden um sie herum ist kahl, trocken, staubig, kein Grashalm. Die Ziegen laufen nervös herum, sie fühlen sich aufgescheucht in der frühen Morgenstunde und sie wundert sich, was sie wohl fressen? Alles sieht so kahl aus, kein grünes Hälmchen, alles staubtrocken. Sie laufen immer weiter. Erst meint sie eine Fata Morgana zu sehen, denn ein Stück vor ihnen steht ein Auto. Wieso steht dort ein Auto? Wo kommt das denn her, es gibt doch gar keine Straße? Flüchtig schleicht sich der Gedanke ein, es könnte ihre Rettung sein. Ein Mann, wie ein Kleiderschrank, steigt aus und geht auf Sam zu. Mist, die kennen sich! Nach einer kurzen

Unterhaltung wird sie unsanft in das Auto gezerrt und der Fahrer startet durch. Zorn und Schreck blockiert ihre Gedanken, sie ist noch ganz benommen. Sie schaut aus dem Fenster, damit diese Kerle ihr nicht ansehen können wie verzweifelt sie nach einer Rettung sucht. Vereinzelte Häuser sieht sie und ihr kommt der Verdacht, dass sie um eine Stadt herum fahren. In weiterer Entfernung kann sie eine Stadt erkennen. Die Stadt *Maun*? Fragt sie sich. Wo sonst können wir sein? Wenn wir in die Stadt fahren, da müsste ich doch eine Gelegenheit finden? Aber es sieht nicht danach aus, dass sie in die Stadt fahren. Sie sind jetzt wieder auf fester Straße. Tausend Gedanken gehen ihr durch den Kopf, wie sie aus dieser Situation heraus kommen kann. Irgendwie und irgendwo muss der Fahrer auch einmal halten und ich werde hoffentlich eine Möglichkeit finden, um zu flüchten….

Aber es kommen ihnen keine Fahrzeuge entgegen, nur an sehr viel Landschaft fahren sie vorbei! Johanna grübelt und grübelt. Die Zeit verläuft wie in einem Stundenglas. Dann biegt der Fahrer auf einmal ab. Plötzlich auch Autoverkehr und sie schöpft wieder Mut. Nach kurzer Strecke biegen sie wieder ab und schon endet die Asphaltstraße, sie sind auf einer festen Sandpiste. Kurz kann sie auf ein Hinweisschild sehen *LIYANTI*. Sie überlegt und grübelt, wo sie dieses Hinweisschild einordnen kann, wo können sie sein? Ohne eine Vorwarnung wird sie kräftig durchgeschüttelt. Sand, tiefer Sand! Eine einspurige ausgefahrene Sandstrecke. Bergauf, bergab, Sand der wie Puder ist und sie fragt sich, wie kann ein Auto hier fahren, da fällt es ihr ein, dass es ja für diese Art Autos einen Allradantrieb gibt. „Unser" Auto hat das ja auch! Unser Auto? Wie lange war es „unser" Auto? Dann kam dieser Alptraum! Endlos fahren sie, einsam sind sie und Johanna fragt sich wieder, wohin um alles in der Welt diese Fahrt hin geht?

Gegen Abend kommen sie zu dem *Lavuti Camp*. Weiträumig verteilt unter großen Bäumen und Büschen die Campsites, versehen je mit Grill und einem Wasserhahn unter einem Betonblock unerreichbar für die schlauen Affen. Ohne Zäune einfach mitten in Afrika. Sam sucht einen sehr einsamen Platz aus. Zwei Zelte werden aufgebaut, Johanna hofft nun auf eine Gelegenheit, wenn sie in den sanitären Anlagen ist, dass dort Menschen sind, die sie um Hilfe bitten kann und flüchten kann.

„Kann ich mal alleine sein, ich muss mal dringend wohin!" sagt sie.

„Ich schau mir das mal an" sagt Sam und geht. Als er zurück kommt grinst und brummt er zufrieden, meint sarkastisch, „du kannst jetzt gehen, ich stehe davor, im Moment ist niemand da, also keine Hoffnung für dich!" Johanna duscht sehr lange, immer in der Hoffnung, es kommt jemand herein. Als sie die Hoffnung schließlich aufgibt und beim Hinausgehen ist, kommt eine Gruppe junger Leute, die lachen und schenken ihr ein Lächeln, aber sie kommt gar nicht dazu etwas zu sagen, da steckt Sam sein Gesicht in den Waschraum herein und ruft, „Hey Darling, lets go!" Die jungen Leute kichern und machen ein paar Bemerkungen, ja das war es dann auch! Zornig und wütend folgt sie Sam zu den Zelten, unter normalen Umständen hätte sie diese Atmosphäre hier sehr genossen. Impalas laufen über den Weg und sogar ein Elefant trabt durch das Camp neugierig, ganz dicht auf sie zu. Giraffen äugen über die Bäume und das alles so dicht vor ihren Augen. Schön wäre es, wenn doch Peter hier wäre! Ein dicker Kloß sitzt ihr im Hals und sie fühlt, wie sie ihre Tränen kaum zurück halten kann. Nein! Denen zeige ich es nicht, wie ich mich fühle! Sie setzt sich abseits auf einem Stein und schaut geflissentlich an den beiden Männern vorbei.

„He, du könntest dich mal ums Essen kümmern, anstatt da herumzusitzen" kommt es von Sam.

Johanna schaut ihn an mit zornigen Blick.

„Habe ich gesagt, dass ich mit euch auf Safari gehen wollte? Macht doch euren Kram alleine, ihr fragt mich ja sonst auch nicht!" Wütend wendet sie sich ab.

Sam erwidert, „Wenn du meinst, du kannst hier die feine Lady spielen, dann ist das dein Pech. Nicht helfen, nichts zu essen!" Mit hochrotem Kopf, mit zusammengekniffenen Augen und voller Hass dreht sie sich zu Sam um und schneidend kommt es schrill. „Ihr seid die blödesten, dümmsten Ars… fiese Typen, die es unter der Sonne gibt und wie konnten eure Mütter so etwas wie euch auf die Welt bringen! Ihr könnt mich mal kreuzweise, fresst doch euren Kram allein und hoffentlich verreckt ihr daran!" In ihr ist eine unendliche Wut, die jetzt einfach raus musste. Einen Moment lang ist es still, Sam ist über den Ausbruch etwas überrumpelt. Aber nur einen kurzen Moment lang!

„Sag mal, du willst wohl eins auf dein freches Maul haben, das kannst du kriegen, wenn du noch mal was sagst!" Die Worte sind kaum gesagt, da spuckt sie Sam voll ins Gesicht mit hochrotem Kopf. Im nächsten Augenblick sieht sie eine Hand auf sich zukommen, kann aber nicht so schnell reagieren. Ein heftiger Schmerz und mit einem Ruck fliegt ihr Kopf zur Seite. Tränen laufen ihr über die Wangen, mehr aus Wut, dass dieser Typ sie auch noch schlägt, als vor Schmerz. Sie wankt auf, geht in das Zelt und nun überkommt sie das ganze Elend. Sie schluchzt und bebt am ganzen Körper. Als keine Tränen mehr da sind, schläft sie unter Schluchzen ein.

Es ist noch dunkel als sie vor Hunger wach wird. Sie steht auf und geht vor das Zelt. Da hockt der Fahrer Moki und döst vor sich hin. Sie tritt auf einen kleinen Ast und schon ist der Fahrer wach und schaut sie böse an. „Was machst du hier draußen?"

„Rate mal, falls du das kannst! Ich habe Hunger und Durst."

„Nach deinem Getobe von heute Abend sollte man ja meinen, so etwas wie Hunger und Durst kennst du nicht! Aber da wir dich an den Ort nach unserer Order heil hinbringen sollen, schau ich mal, ob von unserem ‚Fraß' noch etwas übrig ist." Er kommt mit Kaffee, Brot und einem Stück Fleisch wieder und Johanna überlegt sich, wie sie es schaffen kann, ihm ein paar Information zu entlocken. Moki aber setzt sich ein paar Meter weiter weg und dreht ihr den Rücken zu. Nach kurzer Zeit kommt auch Sam aus dem Zelt und meint trocken zu ihr. „Hier nachts auf die Toilette zu gehen ist eine Mutprobe! Den Wildhüter haben wir schon „Gute Nacht" gesagt. Johanna hat dazu keine Lust in der Dunkelheit auch nur einen Schritt zu machen. Sie sieht, wie ein großer Elefant gemütlich über den Platz schreitet und dicht vor ihnen stehen bleibt. Seine Ohren stellen sich auf, sein Rüssel kommt auf Johanna zu, um ganz sanft über ihren Kopf zu fahren. Sie und auch die zwei Kerle sitzen wie versteinert da! Der Elefant lässt seinen Rüssel noch einmal über Johanna gleiten, wendet sich ab und verschwindet in der Dunkelheit. Als alle drei wieder Luft holen können, zieht sie sich in ihr Zelt zurück und denkt, „mein Gott, so stand das nicht im Reiseführer! Wo bin ich hinein geraten, oder träume ich das alles nur? Jetzt knutscht mich sogar ein Elefant"!

Der Lärm der Vögel holt sie aus ihren Träumen und holt sie in die Wirklichkeit zurück. Sam und Moki (was ironischer Weise Hoffnung heißt) sind schon am Zusammenpacken und ehe Johanna sich versieht, ihren Kaffee hat sie noch nicht fertig getrunken sind sie wieder auf der Sandpiste. Ein kurzer Stopp, ein paar Elefanten nehmen sich die Vorfahrt, um ganz gemächlich über die ‚Straße' zu laufen und bleiben vor ihrem Auto stehen. Sie beobachten alles in aller Ruhe, die Leitkuh schaut sie alle genau an, dass ihre ‚Familie' ohne Schaden über die ‚Piste' an dem Auto vorbei traben kann. Weiter an wunderschönen *Baobab- Bäumen* vorbei, was könnten die alles erzählen Johanna erinnert sich gerne daran, an alles was sie darüber gelesen hat. Sie sind zum Teil 1000 Jahre alt und ihr fasriges Mark speichert riesige Wassermengen, was für diese Bäume eine Lebensversicherung ist. Sie sind so unglaublich schön! Bei den Einheimischen spielt der Baobab-Baum eine wichtige Rolle. Das Fruchtfleisch kann als Getreideersatz verwendet werden, oder als Grundlage für sehr vitaminreiche erfrischende Getränke. Aus geröstetem Samen wird ein Kaffeeersatz hergestellt.

Die Blätter helfen gegen Durchfall und Fieber. Also ein wirklich ‚weiser Baum!' Aber da gibt es auch noch andere Geschichten über den Baum! Es heißt: Wer die weißen Blüten pflückt, der wird von den Löwen gefressen und wer die Samen in das Wasser gibt und dieses trinkt, wird nicht von Krokodilen angefallen. Dann gibt es noch folgende Geschichte über den Baobab Baum: Als die Götter zu Anbeginn jedem Tier bestimmte Samen gaben, auf das diese sie pflanzen und gedeihen ließen, erhielt die Hyäne den Samen des Baobab. Die Hyäne stand aber als letztes Tier in der Rangordnung, das bedacht wurde. Darüber war die Hyäne so verärgert, dass sie den Samen verkehrt herum in die Erde pflanzte und der Baobab-Baum verkehrt herum wuchs.

Wieder kommt der Zorn in Johanna hoch, so wollte sie das alles nicht erleben! Es sollte nur ein Urlaub werden! Wie würden Peter und sie sich über all das hier freuen. Sie wäre vor Freude herum gehüpft und ihre Kamera hätte Unmengen von Bildern speichern müssen. Jetzt fällt ihr auf, dass sie auch ihre Kamera nicht mehr hat. In dem Dorf da hatte sie sie noch, sie weiß nicht mehr, wo sie jetzt ist. Sicher steckt dieser blöde Sam dahinter!

Irgendwann hält das Auto, Sam steigt aus, bezahlt den Eintritt für den *Chobe Park*. Weiter geht´s auf einer breiten normalen Straße. Dann biegt der Fahrer links ab und die Sandpiste hat sie wieder. Die Reifen schaufeln wieder stundenlang den Sand, so dass hinter ihnen eine riesige Staubfahne erscheint. Der Weg führt zum *Chobe Fluss*, der breit und träge in seinem Bett fließt und grau silbern glitzert. Was wäre das eine tolle Fahrt, denkt sie. Am Fluss auf einer Sandbank lümmeln sich *Hippos,* die zwar sehr plump aussehen, aber sehr schnell sein können. Man hatte ihr erzählt, dass mehr Menschen durch *Hippos* ums Leben kommen, als durch andere wilde Tiere. Ja, denkt sie, „so schön wäre es…!" Oben auf einer Anhöhe grasen Zebras *Giraffen, Impalas, Oryx, Gnus.* So muss es im Paradies gewesen sein, denkt sie beeindruckt. *Warzenschweine*, eine Tierparade, sie stehen oder laufen, nichts kann ihre Idylle stören, wunderschön wie sie in Rudeln herum stehen, sich durch Menschen nicht gestört fühlen, sie sind einfach in unglaublichen großen Herden da. Da stören die Geier auf den Bäumen auch nicht, die wohl gerade satt sind, oder auf ihre Beute warten. Ich muss hier noch einmal her und das alles mit Peter genießen, das glaubt mir ja keiner, was hier vor meinen Augen herum steht! Alleine dieses Farbenspiel! Auf weißem Sand mit grauen Steinen die Bäume und die Schirm-Akazien, diese Bilder mit all den Tieren, den großen Herden von Zebras. Ein Wüstenfuchs, er liegt schläfrig unter einem Busch, ob er mich wohl gesehen hat? Denkt sie beim Vorbeifahren. Oder, so etwas wie, „die Beute" lohnt sich nicht!

Beim *Camp IHAHA* direkt am Chobe Fluss, baut Sam wieder die Zelte auf, sie sind die einzigen Gäste, außer den *Hippos*, die auf ihrer Sandbank liegen. Johanna schaut sich die Gegend an und wird von lautem Geschnatter unterhalten. Affen, in Mengen dicht an den Zelten auf den Bäumen sitzend, die genau zuschauen, was da passiert. Johanna wünscht sich, es wäre doch etwas, wenn die Affen Sam so richtig ärgerten. Gehört hatte sie davon, dass Affen ,wie die Raben' stehlen, nichts darf liegen bleiben, sie sind sehr schnell. Aber sie schauen nur, mal näher, mal weiter weg und als es dunkel wird, verschwinden sie ganz. Die Farben rosa, orange bis dunkel lila verzaubern den

Himmel. Dunkel fließt der Fluss in seinem Bett träge dahin. Johanna steht am Ufer, sie schaut auf den Fluss und ihre Gedanken sind so dunkel wie das Wasser. Voller Sehnsucht und Angst schickt sie viele Wünsche und Bitten an Peter. Wie lange sind wir noch unterwegs? Wo hin geht die Reise? Sie hat keine Ahnung, wo sie jetzt auch nur annähernd sein könnten. Sam heizt den Grill an und er legt Tomaten, Gurke und Zwiebeln für sie hin. „Mach was draus, wenn du etwas essen willst!" Am liebsten hätte sie ihm *Futsek* hinterher gerufen, was heißt –verschwinde - . Also macht sie einen Salat und freut sich richtig, etwas Frisches zwischen die Zähne zu bekommen. Das Fleisch, das musste sie Sam im Stillen zugestehen, schmeckt richtig gut!

Nächsten Morgen waren keine Affen zur Begrüßung gekommen. Sam packt die zwei Zelte zusammen und schon sitzen sie wieder im Auto. Eine Großfamilie von Affen überquerte die Straße und es gibt darunter so manch stattlichen Kerl, der seinen Nachwuchs auf dem Rücken schleppt. Wieder eine holprige Straße, immer noch am Fluss entlang. Bei einem Stopp kann Johanna eine Unterhaltung der beiden mithören und daraus entnehmen, dass es wohl nicht mehr so weit ist. Das Wort *Kasane* fällt und dunkel erinnerte sich Johanna, dass der Ort in der Nähe der *Viktoriafälle* ist. Da wollten Peter und sie auch Station machen, erinnert sie sich. Nach einer scharfen Kurve sehen sie *Kasane* in einer riesigen Ebene von oben, Johanna hat das gar nicht gemerkt, dass sie auf einer Anhöhe fahren. Die Stadt liegt vor ihnen. Die Häuser, recht ärmlich, alles macht so einen „bescheidenen" Eindruck, obwohl sie gelesen hatte, dass *Kasane* eine Stadt mit Tourismus ist, mit allem was Touristen erwarten. Jetzt wirkt der Fahrer etwas nervös und sie merkt, dass er nach etwas Bestimmten sucht. Er biegt in eine Straße ein, die auf den ersten Blick recht verwahrlost aussieht, aber an den hohen Mauern mit den großen Toren ist zu sehen, dass da Menschen wohnen, die gerne ungestört wohnen wollen. Sie nähern sich solch einem Tor, der Fahrer bremst, wie von Geisterhand öffnet sich langsam das Tor. Langsam fährt der Fahrer in die große Einfahrt. Johanna bemerkt, wie sich das Tor hinter ihnen schließt. War ja auch nicht anders zu erwarten, geht es ihr durch den Kopf. Sie hält vor Schrecken die Luft an, was soll das hier? Wo um alles in der Welt bin ich? Wer und was haben sie mit mir vor? Ein sehr gepflegtes Anwesen sieht sie vor sich, aber im Moment erfasst sie nur Panik!

Die Eltern

Sabine und Stefan waren in großer Sorge, als sie von den Urlaubsplänen ihrer Tochter hören und waren sich einig, alles zu tun, damit sie nicht fährt. Aber wie sie sich eingestehen mussten, sie haben ihre Tochter so erzogen, niemals von dem eigenem Lebensweg abzuweichen. Holt sie die Vergangenheit ein? Haben sie sich schuldig gemacht? Aber, sagen sie sich gleich, was für eine Schuld?

Sie hatten sich damals nicht illegal verhalten, warum sind sie nur so furchtbar nervös? Mutter Sabine hat, seit sie von den Plänen der Reise wusste, schlaflose Nächte. Vater Stefan, so typisch Mann, versuchte sie zu beruhigen, aber wenn sie ihn beobachtet, so sieht sie an seinem nervösen Blicken, dass auch er sich Sorgen macht. Sie hatten Johanna eindringlich gebeten, sich immer zu melden und auf ihr Wort konnte man sich verlassen.

Am Anfang kommen auch kurzen Nachrichten von *Windhoek* bis nach *Maun*, wo sie diesen Flug in das Delta und eine geführte Bootstour machen wollten. Ab diesem Zeitpunkt kam keine Nachricht mehr! Peter nicht zu erreichen, geschweige denn Johanna! Sabine ahnt, dass die Vergangenheit sie einholen wird und es graut ihr davor. Schon quält sie wieder der Gedanke: Wovor graut es ihr? Nur weil ihr Kind in das Land fährt, wo es geboren wurde? Sie versteht sich selber nicht! Sie haben sich nichts vorzuwerfen, nichts Unrechtes haben sie getan, nichts gegen das Gesetz. Also, warum sind sie beide so unruhig und voller dunkler Ahnungen? „Ich verstehe das alles nicht" sagt sie laut zu sich!

In Gedanke sieht sie sich vor vielen Jahren, mit Stefan in *Namibia* in *Windhoek* leben. Welch schöne Zeit war das damals! 25 Jahre ist es nun her, sie waren schon sechs Jahre verheiratet und zu ihrem Glück fehlte nur noch ein Baby. Aber es wollte einfach nicht klappen. Jeden Monat die gleiche Hoffnung, die zerplatzte. Als ihre schwarzen Angestellten merkten, wie sehr sie litt, hielten sie für sie rituelle Veranstaltungen ab, mit Fruchtbarkeitstänzen. Die passierten aber immer ohne Stefans Wissen, er hätte sich darüber nur lustig gemacht. Für sie hatte das alles mit Hoffnung zu tun und mit dem Hoffen, nicht jeden Monat von Stefan getröstet zu werden, der natürlich auch traurig war, wenn er es sich auch nicht anmerken ließ. Aber auch alle Beschwörungen und Tänze halfen nicht. Sie versank immer tiefer in dem schon fanatischen Wunsch, Mutter zu werden. Nach der langen Zeit, hatte sich Stefan, damit abgefunden, es sollte halt nicht sein und redete sich damit heraus, sie hatten schließlich ein umfangreiches gesellschaftliches Leben. Wenn ein Baby da wäre, hätte Sabine gar nicht die Zeit, sich um alle Dinge zu kümmern, die sie so gerne tat. Da waren die vielen Stunden im Kinderheim oder die von ihr gegründete Stiftung die dafür sorgte, dass möglichst viele Kinder zur Schule gehen konnten und dass Geld da war für die Schulbücher. Heute, das wusste sie, kostet Schule nichts mehr. Es wunderte ihn jedes Mal, wenn seiner Frau oft Ehrungen zuteil wurden, von denen er oft gar keine Ahnung hatte. Von morgens bis abends bestand sein Alltag aus Verhandlungen zwischen Europa und Namibia, oder Botswana, es ging immer um viel Geld. Natürlich, wenn er ehrlich zu sich war, dann für Europa! Damals, war es noch etwas einfacher, Menschen klar zu machen, was für ein Fortschritt es für sie bedeutet, wenn sie den Verträgen zustimmten. Heute sieht das alles anders aus. Namibia, hat seine „Zügel" selbst in die Hand genommen, wenn auch noch nicht alles so läuft, als die *Weißen* das Ruder in der Hand hatten, aber sie geben sich alle Mühe zu lernen, wenn er auch mit Sorge zusah, wie die ‚*Weißen*' zum Teil recht brutal zum Aufgeben ihrer Farmen gezwungen wurden. Die großen Anwesen wurden oft mehrfach geteilt. Die Begründung; es sollen viele ein Stück Land haben, was jetzt von Einheimischen bewirtschaftet wird. Damit fängt das Drama schon an! Sie haben keine Ahnung, wie eine Farm geführt wird und jetzt ist das Land zum Leben zu klein, herrscht bei den Familien oft große Not. Natürlich, gestand er sich ein, haben die *Weißen* daran Schuld, sie haben ihre *Leute* ja nie angelernt, wie so etwas geht. Diese hatten nur zu arbeiten. Sie waren Befehlsempfänger!

Zum Glück hatte er damals noch rechtzeitig den Absprung geschafft und hier in München seine berufliche ruhige Bahn gefunden. Nun da er fünfzig ist, ohne Brille nicht sein kann, seine Haare mächtig grau werden, er nun eher ruhig geworden ist. Oder, wenn er mit sich selber sprach, war es nur eine Schlussfolgerung, denn wie hätten sie damals bleiben können? Er liebt es nicht in Unruhe zu leben. In *Windhoek* gibt es immer noch die eine Deutsche Schule, aber es wäre einfach zu schwierig geworden. Dann war ja immer in seinem inneren eine leichte Angst, dass doch plötzlich jemand von Johannas Familie auftauchen könnte. Obwohl ihnen versichert worden war, es gäbe niemanden. Verdammt, warum womöglich jetzt, nach all den Jahren? Es ist doch alles so lange her. Johanna ist eine selbstbewusste junge Frau geworden, dank unserer Erziehung und der Liebe, die wir ihr gegeben haben. Sicher sehen wir nur Gespenster, nur weil Johanna sich mal drei Tage nicht gemeldet hat. Ach, hoffen wir es, ich wüsste sonst nicht, wie Sabine es aufnimmt!

Sabine, eine Frau, die es gewohnt ist mit beiden Beinen auf dem Boden zu stehen, die praktisch denkt. Sie hat einen flotten Kurzhaarschnitt, was ihr ovales Gesicht mit ihren warmen Augen strahlen lässt. Auf Mode legt sie keinen Wert, sportlich elegant, so fühlt sie sich in ihrer Haut wohl. Ihre Nervosität ist ihr anzumerken, sie ist so unruhig, was sollen sie tun? Überstürzt handeln und alles nur, weil Johanna und Peter vielleicht gerade keine Lust haben, ihren Eltern eine Nachricht zu schicken? Oder vielleicht haben sie einfach nur keinen Empfang, es gibt doch viele Möglichkeiten! Der Spruch, schlechte Nachrichten hört man sofort, stimmt doch auch! Dieses Wenn und Aber, in ihrem Innersten ahnt Sabine, dass ihre Ängste sich bewahrheiten, dass es da doch jemanden aus der afrikanischen Familie gibt. Auch wenn sie auch nur als einer Möglichkeit weit weg schiebt, es kann und darf einfach nicht sein.

Es muss eine Entscheidung getroffen werden!

Johanna

Als das Auto die Auffahrt zum Haus hochfährt, kommt es Johanna so vor als habe hier alles ein Geheimnis. Kalt steht es da, trotz all dieser Blütenpracht und diesem gepflegten Garten. Täuschung! So ist ihr Eindruck als sie sich dem Haus nähern. Ihr ist schon übel vor Nervosität, es ist ihr, als würde ihr Magen um sich schlagen. Kaum hält das Auto, ist schon ein junger Mann in Uniform da, der ihr die Tür aufhält. „Wo bin ich hier," fragt sie ängstlich, aber sie bekommt nur ein unpersönliches höfliches Lächeln. Im Haus empfängt sie eine angenehme Kühle und gibt den Blick frei auf eine geschwungene Treppe die nach oben führt. An den Wänden hängen große Tierköpfe. Das passt, geht es ihr durch den Kopf, Tiere ermorden und sie hier als Deko zu präsentieren! Die schauen auch noch zu mir neugierig herab. Alles wirkt sehr gediegen, reizvoll, aber auch fremd und schrecklich kalt! Eine Mischung, aus englischem Herrenhaus mit afrikanischem Flair. Von einem großen Ölportrait schaut ein Paar auf Johanna. Die Dame ist sehr elegant, die Augen haben einen traurigen Ausdruck und kühl, der Herr sprengt fast das Bild vor Selbstbewusstsein, seht nur, was ich bin und was ich habe. Ein merkwürdiges Haus, es friert mich, denkt sie.

„Lady?" Johanna reagiert erst gar nicht darauf, bis die Frage wiederholt wird und sie sich umdreht. Vor ihr steht eine junge Schwarze mit schwarzem Kleid, weißer Schürze und weißem Häubchen auf dem Kopf. Mein Gott, wie vor 50 Jahren, geht es ihr durch den Kopf, es passt zu diesem merkwürdigem Haus.

„Bitte hier entlang" kommt es von der jungen Frau, die voraus geht, die Treppe hinauf, einen langen Flur entlang, der mit einem dicken Teppich ausgelegt ist und jeden Laut verschluckt, bis sie zu einem Zimmer kommen.

„Wenn Sie etwas brauchen, dann läuten Sie. Um 19.30 Uhr hole ich Sie ab, wo man Sie bitte in dem Salon unten gleich rechts erwartet." Johanna geht in das Zimmer, das einen sehr freundlichen Eindruck macht. Zartgelbe Wände, Gardinen mit afrikanischem Muster, ein schönes Bett mit einem Moskitonetz, zwei Sessel mit Tisch und einem Sekretär alles mit geschmackvollen Details im afrikanischem Stil, machen den Raum sehr gemütlich. Vom Zimmer aus geht es direkt in das Bad und sie hätte fast laut ihre

Bewunderung herausgerufen: Das ist einfach unglaublich schön! Das runde Keramikwaschbecken hat ein wunderschönes Dekor mit springenden Delphinen. Also wer immer dieses Zimmer und das Bad eingerichtet hat, der hatte Geschmack! Aber bevor ich anfange zu grübeln, gehe ich erst einmal duschen, dann kann ich besser denken, und sie gibt sich dem perlenden Wasser hin. Überrascht sie, die auf einem Stuhl liegende saubere Wäsche, Jeans, Bluse und ein Pullover. Ihr Blick geht aus dem Fenster, sie seufzt, „das was ich suche, ist leider hier nicht zu finden. Hoffentlich klärt es sich wenigstens auf, wieso ich in diesem Haus bin. Warten wir es ab bis zum Abendessen! Ach Peter, wo magst du wohl sein? Peter! Mein Handy! Das ich es nicht gleich versucht habe ihn anzurufen! Wo ist es denn, hier müsste es doch einen Empfang geben! Dann kann ich endlich Alarm schlagen. Wo zum Kuckuck ist es denn, ich hatte es doch immer dabei und ich weiß, dass ich es hier auf den Tisch legte! Ich hatte es immer gut versteckt, damit der blöde Sam mir das nicht abnehmen konnte. Wieso liegt es da nicht mehr." Sie bückt sich, aber auch da liegt es nicht. Auch unter dem

Bett nicht „Verdammt"!

„Hier habe ich es auf den Tisch gelegt, das weiß ich ganz genau! Ruhig Johanna, alles in Ruhe durchsuchen, es kann ja nicht weg sein"! Aber es war weg!

Es klopft und das Mädchen kommt herein. „Lady? wenn Sie fertig sind, bringe ich Sie hinunter" und macht einen Knicks. „Ich komme schon"! Sie geht hinter dem Mädchen den Flur entlang und die Treppe hinunter. Vor einer großen Tür bleiben sie stehen, das Mädchen klopft, eine Männerstimme ruft „Herein", Johanna gesteht sich ein, dass sie sehr nervös ist und furchtbar wütend. „Stehe ich jetzt womöglich gleich einem Menschenhändler gegenüber?" Sie geht an dem Mädchen vorbei in den Raum, der mit seinem gedämpften Licht sehr gemütlich wirkt. Ein schwacher Geruch von Tabak liegt in der Luft. Einladend stehen die schweren Ledersessel vor dem Kamin. Sie blickt zur Seite um den Raum auf sich wirken zu lassen und diesen Kontrast einzuordnen. Wendet sich der anderen Seite zu und sie steht einem Mann gegenüber, groß nicht ganz schlank, so um die 50, mit tiefliegenden kalten blauen Augen, die sie mustern. „Na super, der zieht mich gleich mit Blicken aus!" Sie merkt, wie ihr Gesicht sich zu einer Maske verzerrt, aber sie kann nichts dagegen tun. Er bemüht sich, sie lässig zu begrüßen, mit einem süffisanten lächeln. In diesem Augenblick überkommt sie das Gefühl tiefer Abneigung. Der perfekt sitzende Anzug passt nicht zu seinen wilden schwarzen Haaren, die er nur mit Haar-Gel einigermaßen bändigen kann, so wie der ganze Kerl aalglatt ist. Seine betonte Lässigkeit macht ihn nicht sympathischer.

„Guten Abend meine Liebe, ich hoffe, Sie hatten nicht zu viele Unannehmlichkeiten bis hierher? Mein Name ist van Hook. Nein, ich habe nichts mit den Niederlanden zu tun, meine Vorfahren hatte es hierher verschlagen. Ich bin ein echter Namibier! Setzten Sie sich doch, darf ich Ihnen einen Sherry anbieten"?

„Ja, den kann ich gut gebrauchen!" Eigentlich gleich drei Doppelte, um diesen Wahnsinn zu begreifen, denkt sie. Höflich nimmt sie den Sherry entgegen.

„Nun, ich denke, Sie sind sehr neugierig, warum Sie hier in meinem Haus sind Frau Brossmann? Ich möchte das jetzt nicht ausführlich erklären, sagen wir es so: Sie sind meine Ware und mein Kunde hat sehr großes privates Interesse an Ihnen."

Sie will sofort protestieren, aber Herr van Hook schneidet ihr kühl das Wort ab. „Es geht hier nicht um Menschenhandel, wie Sie es jetzt vielleicht in Ihrem hübschen Kopf denken. Es ist eher eine persönliche Angelegenheit und die hat mich sehr viel Zeit gekostet. Ich möchte Sie bitten, eine kurze Weile mein Gast zu sein. Eine bessere Formulierung. Denn auch wenn Sie weg wollen, kann ich Sie nicht gehen lassen. Meine Suche nach Ihnen möchte ich als beendet ansehen, es sind nur ein paar Formalitäten zu regeln, die aber direkt nichts mit Ihnen zu tun haben und die auch schnell erledigt sind." „Dann können Sie mich ja jetzt aufklären, was das ganze hier soll. Warum bin ich hier?" bat sie bemüht höflich zu klingen, obwohl alle Alarmglocken in ihrem Kopf klingeln. Sie möchte fort, nichts wie fort!

„Das war doch eine Entführung! Mein Freund Peter ist auch verschwunden, das ist doch kriminell!" „Nun ja, so aus Ihrer Sicht mag es ja so sein, aber wenn das alles abgewickelt ist, werden Sie es sicher verstehen! Ja, das mit ihrem Freund, das tut mir leid, aber da ist wohl leider doch eine kleine Panne passiert. Ich hatte keine Information, dass Sie mit Ihrem Freund hier im Land sind. So haben meine Leute etwas eigenwillig gehandelt. Ich hoffe, dass Ihr Freund sich irgendwann einfindet! Sicher sind meine Leute bemüht diese Panne wieder zu korrigieren."

„Was ist mit meinem Freund Peter passiert?" fragt sie mit etwas zu schriller Stimme. Ihr wird es bei seinen Worten ganz kalt, Was mag das für eine ‚Panne' sein? Das klingt nicht gut, gar nicht gut! „Leider kann ich Ihnen das wirklich nicht genau sagen. Wie schon erwähnt, da wurde eigenmächtig gehandelt. Das Einzige was man mir mitgeteilt hat, ist, dass dieser junge Mann zu einem sicheren Ort gebracht wurde. Ich denke, dass Sie sich keine Sorgen machen müssen. Bitte Madame, kommen Sie zu Tisch, ich glaube das Essen ist fertig!" Der sorgfältig gedeckte Tisch bildet einen krassen Kontrast mit seinen Kerzenleuchtern und der üppigen Blumenpracht zu dem Hausherrn. Der steht arrogant am Tisch, nur dass seine Finger nervös auf den Tisch klopfen, zeigt seine Nervosität, die er aber mit einem falschen Lächeln und der einladenden Geste zu überspielen versucht .

„Wenn Sie mir nicht genau erklären können, was

passiert ist, dann glauben Sie doch wohl nicht, dass ich Lust habe mit Ihnen zu essen, nach allem was mir passiert ist! Man schleppt mich durch die Savanne, in einem Boot, in ein Dorf und man fährt mit mir quer durch Botswana und Sie erklären mir hier seelenruhig, das alles eigentlich Okay ist?" ruft sie wütend. „Lassen Sie mich gehen und vielleicht vergesse ich so Einiges. Auch wenn Sie so tun, als wäre ich ein Gast, so bin ich doch gefangen. Bei dieser Gelegenheit, würden Sie mir mein Handy wiedergeben?Jemand in ihrem Hause war so nett und hat es an sich genommen, während ich duschte."

„Tut mir leid, meine Liebste, aber das wäre doch echt dumm von mir! Das werden Sie doch verstehen?"

„Nein, ich verstehe überhaupt nichts! Sagen Sie mir einen Grund, warum Sie Angst haben, dass ich telefoniere? Wenn Sie doch bemüht sind, Peter zu finden, dann geben Sie mir mein Handy. Oder möchten Sie das gar nicht? Ich denke eher, dass Sie mit allen Mitteln verhindern wollen, dass ich mich bei meiner Familie melden kann. Also, dann erklären Sie mir das ganze hier? Was haben Sie mit mir vor?"

„Sie werden es schon noch erfahren und glauben Sie

mir, Ihnen wird keins Ihrer hübschen Löckchen gekrümmt, kommt es sarkastisch von Herrn van Hook."

„Entschuldigen Sie, aber ich möchte auf mein Zimmer, hier ist es mir zu eng und die Luft wird mir zu stickig in ihrer Gegenwart! Ihre nette Art zu plaudern, können Sie doch am besten mit sich selber!"

„Wie sie wünschen Madame!" Van Hooks Gesicht rötet sich vor Zorn, ihm ist anzusehen, wie er sich nur sehr mühsam unter Kontrolle hat und mit einer viel zu lauter Stimme ruft er: „Amanda, die Lady möchte auf ihr Zimmer gehen". Er denkt bei sich. „Mit dir werde ich schon fertig, auch wenn du recht giftig bist. Ich mag solche widerspenstigen Frauen, es gibt mir das besondere Gefühl Sieger über sie zu sein und das werde ich bei der auch sein, sie fordert mich geradezu dazu auf."

Johanna platzt fast vor Wut, auch über sich selber. So hat sie natürlich gar nichts erreicht!

Ich muss denken, nachdenken, wie ich hier raus komme.... In ihrem Zimmer überlegt sie, welche Möglichkeiten es gibt. Hier komme ich nicht so einfach heraus, also wieder einmal Geduld...! Nein. Geduld habe ich überhaupt nicht! Sie geht zum Fenster und schaut sich nach einer Fluchtmöglichkeit um. Ihr Zimmer liegt im ersten Stock, wilder Wein rankt an der Hauswand hoch, das wäre zu schaffen. Schon schwingt sie ihre Beine auf das Fensterbrett, als sie unten mehrere Hunde bellend auf das Haus zulaufen sieht. Sie bleiben unter ihrem Fenster stehen Johanna zieht ihre Beine wieder zurück, denn diese Bestien sehen nicht danach aus, von ihr gestreichelt zu werden. Mist, es wäre ja auch zu einfach gewesen! Die Dunkelheit die alles zudeckt, leider nicht ihre Sorgen, hat sich breit gemacht. In der Ferne beginnen die Hippos, ihre Stimmen zu erheben, es klingt als schnarchen Riesen. Dann wird es still, nichts ist mehr zu hören, hält die Nacht den Atem an?

Peter

So langsam kommt Peter wieder zu Kräften und er versucht herauszufinden, wo er ist. Ein schwieriges Unterfangen, denn die Bewohner sind ganz verwirrt und bemüht, es ihm so behaglich wie möglich zu machen. Es wird viel geredet, alle durcheinander. Zwischendrin wird ihm immer wieder ein kleiner ihm unbekannter Happen in den Mund gesteckt, es ist das reinste Tollhaus. Er lässt alles erst einmal über sich ergehen, sein Gedanken und Überlegungen arbeiten wieder auf Hochtouren. Dieser so wichtig blickende Mann, er scheint hier in diesem Dorf etwas zu sagen zu haben, oder ist er der Dorf- Älteste? Ich muss mir überlegen, wie ich ihnen von meinen Problemen erzählen kann." Als er wieder bei Kräften ist schaut er sich in dem Dorf um. Die Hütten sind rund, aus Lehm gebaut und mit dickem Gras bedeckt. Alle Kinder dieses Dorfes laufen mit viel Geschrei neben ihm her und versuchen, mit ihm zu reden. Nach diesem Rundgang bleibt er vor dem Dorf-Ältesten stehen und verneigt sich. Der Mann klopfte mit der Hand auf den Boden und Peter setzte sich zu ihm. Im Nu sind alle

Männer um sie herum und schauen ihn erwartungsvoll an. Er versucht, mit einem kleinen Stock eine Karte in den Sand zu malen, in der Hoffnung, dass einer der Männer ihm helfen kann, um ihm zu zeigen wo sie sind. Wieder großes Palaver, aber dann kommt doch etwas dabei heraus, er versteht es so, dass in der Nähe ein Camp oder ein Haus sein muss. Das ist doch wenigsten etwas, jetzt ist nur die Frage, wie komme ich weiter und wohin soll ich gehen und was verstehen die Dorfbewohner unter ‚in der Nähe'? Die Sterne sind schon lange zu sehen als die Männer ihn zu einer Hütte mitnehmen zeigen ihm, dass er darin schlafen kann. Viele Gedanken jagen durch seinen Kopf und immer wieder steht da ein großes Fragezeichen. Wie geht es meiner Liebsten?

Nach der Nacht in der Hütte, das Dorf fängt an munter zu werden, draußen empfängt ihn der erwachende Tag. Eine schüchterne junge Frau reicht ihm einen Hirsebrei mit Ziegenmilch. Der Dorf- Älteste versucht ihm klar zu machen, dass ein Mann aus ihrem Dorf mit ihm gehen wird bis zu dem Ort oder Camp, wo er Hilfe bekommen kann. So wie Peter das versteht, wird Makura ihn begleiten. Er ist sehr erleichtert und bedankt sich mit vielen Gesten bei diesen netten Leuten. Die Sonne brennt noch nicht richtig am Himmel, als sie munter zum Fluss gehen. Peters Boot hatte jemand genau angeschaut und ausgebessert. Beim Abstoßen vom Ufer winken alle und rufen ihnen Worte zu, die für Peter leider fremd sind. Träge fließt der Fluss dahin. Ab und zu sehen sie auf einer Sandbank Flusspferde liegen, die sich in der Morgensonne wärmen. Schön ist es, so auf dem Wasser dahin zu gleiten, wenn da nicht die Gedanken und Sorgen gewesen wären! Als die Sonne am heißesten über ihnen steht, fahren sie an das Ufer und sein Gefährte verschwindet und wird eins mit den Farben der Erde und Büschen. Peter setzt sich unter einen Baum und ist ratlos. Lässt man ihn hier wieder einfach im Stich? Wohin soll er gehen? Die Mittagssonne macht ihn schläfrig und er verfällt in einem Halbschlaf. Träumt von einem reichlich gedeckten Tisch auf einer grünen Wiese mit einem kühlen Wind, der das Lachen von Johanna herüber trägt. Lachen? Da, was zum Teufel ist das? Peter schreckt auf und lauscht auf das Geräusch, was nicht sehr weit von ihm weg ist. Ein Zischen lässt ihn erstarren, kalter Schweiß läuft ihm über das Gesicht. Nicht sehr weit von ihm entfernt liegt eine Schlange mit Blick auf ihn gerichtet und ihm wird sofort klar, die Schlange ist schneller als er. Was tun? Leider bin ich kein Fakir mit Flöte, kommt es ihm schnell in den Sinn. Er überlegt, wie er aus der Reichweite der Schlange gelangt? Was als Waffe zu benutzen ist? Aber ihm wird augenblicklich klar, dass alles nicht klappt! Erstens ist er nicht schnell genug. Zweitens hat er nichts in der Nähe, was wie eine Waffe aussieht. Er starrt die Schlange an, die Schlange ihn. Es kommt ihm endlos vor und dann merkt er, dass die Schlange ganz langsam auf ihn zu kriecht. Panik macht sich in ihm breit, er weiß, dass er nichts tun kann. Hat er nicht einmal gelesen, dass man sich still verhalten soll? Peter schließt die Augen und in diesem Moment hört er ein Knacken, die Luft bewegt sich etwas. Er macht die Augen auf und sein Gefährte steht vor ihm grinst ihn an und hat die Schlange in der Hand. Peter weiß nicht, ob er weinen oder lachen soll, so erleichtert ist er. Ein Schlag und die Schlange ist nun keine Gefahr mehr. Makuri steckt die Schlange in seinen Beutel, aber zuvor holt er ein paar Stücke *Biltong* hervor. Peter schaut verwundert das trockene Zeug an, getrocknetes Fleisch. Makuri zeigt ihm, dass man es essen kann. „Na gut, ich mache das ja alles mit, wer weiß, wozu es gut ist!" Er ist erstaunt, es schmeckte nicht schlecht, obwohl es viel zu kauen ist, gibt es ihm genug Energie für den Rest des Tages. Makuri geht zum Boot und winkt Peter mitzukommen. Mit zittrigen Beinen steigt er in das Boot. Er sieht am Ufer eine Vielzahl von Tieren, die träge in der Mittagshitze stehen oder liegen. Die Stunden ziehen dahin, wie die einzelnen Wolken am Himmel und Peters Stimmung bewölkt sich, wie der Himmel. Der Tag zeigt langsam, dass er zu Ende geht und Makuri hält auf das Ufer zu. Unter einem großem Baobab Baum gibt Makuri Peter ein Zeichen, dass sie heute Nacht hier schlafen werden. Aus trockenem Gras machen sie sich ein Feuer und die Schlange steckt schon bald in kurzen Stücken auf einem Holz und brutzelt über dem Feuer. Peter hätte nun zu gerne gewusst, wie Makuri, sich so lautlos nähern und mit einem Griff die Schlange fassen konnte. Aber außer mit den Händen und Füßen zu reden, ist es recht schwierig und auch mühselig mit der Verständigung.

„Hm, Schlange schmeckt gar nicht so schlecht, vor

allem ist Schlange gegrillt am Spieß besser als Schlange kriechend am Boden und lebendig!" Etwas später steht er auf, um zu dem Fluss zu gehen und will gerade einen Kopfsprung in das kühle Nass machen, als Makuri laut ruft und herbei gerannt kommt.

„Was ist los Makuri?" Der macht lauter Zeichen, bis Peter so langsam begreift, was Makuri meint. Krokodile! „Mann, dass er selber nicht daran dachte"! Peter hält sich für den größten Trottel, an so etwas nicht zu denken! „Da isst man eine Schlange, um dann als Abendbrot im Magen des Krokodils zu landen, echt gut diese Vorstellung!"

Unter Makuris Aufsicht spritzt sich Peter mit Wasser ab und beide verziehen sich unter ‚ihren' Baum. Peter auf der einen Seite des Baumes, Makuri auf der anderen Seite. Noch lange liegt er wach da, alle Geräusche zerren an seinen überreizten Nerven, er findet keine Ruhe, obwohl er total übermüdet ist. Er glaubt auch das Brüllen von Löwen zu hören, ihm ist nicht sehr behaglich, aber denkt er, was für eine Alternative habe ich? Keine! Die Geräusche hören sich an als wären sie ganz dicht neben ihm. Er will das Brüllen nicht hören. Ein leichter frischer Wind wiegt ihn endlich in den Schlaf. Aber das Brüllen der Löwen das Fauchen, es verfolgt ihm im Schlaf, als jagen sie ihre Beute. Er wacht auf, ihm ist es nicht sehr wohl und er kann es nicht einordnen, ob es ein Traum war oder ob etwa Löwen ganz in der Nähe sind oder waren. Elefanten trompeten, er will sich aufsetzen, um sich das Spektakel anzuschauen, aber er merkt, dass es weit weg ist und hört sich doch so nah an. An Schlaf ist nicht mehr zu denken, er lauscht den Geräuschen der Nacht. Er wacht mit steifen Gliedern auf und schaut sich nach Makuri um, aber niemand ist da. Na, gut, er ging ja gestern auch eine Weile fort, vielleicht fängt er ein paar frische Brötchen mit Erdbeermarmelade! Er geht zum Fluss um sich Wasser ins Gesicht zu spritzen und stutzt dann. Etwas ist anders! Er schaut sich um und ihm entfährt ein leiser Schrei! Das Boot, dass Boot ist fort! Peter steht da und versucht einen klaren Gedanken zu fassen. Makuri nicht da? Boot weg? Soll das etwa heißen, er ist fort? Nein, dass kann nicht sein! Er biegt gleich um die Kurve, das Boot beladen mit gutem Frühstück versucht er sich zu beruhigen. Wenn das Boot fort ist, dann geht es eben zu Fuß weiter. Er wird kommen, sicher ist er fischen gegangen. Haben wir das Boot nicht genug gesichert? Er hockt sich hin und wartet... und wartet! So langsam wird ihm klar, kein Makuri, kein Boot, warum auch immer, er ist weg! Er sieht sich unter dem Baobab-Baum um, wo sie beide geschlafen haben. Was er sieht, das gefällt ihm gar nicht, er sieht, dass da keine normalen Spuren von Makuri sind. Wo er gelegen hat, sieht es so aus, als hätte ein kurzer heftiger Überfall stattgefunden. Diese Schleifspuren, die lassen Peter das Blut gefrieren und die Flecke, die zu sehen sind, dass ist eindeutig Blut! Er schaut sich das näher an, ihm zittern die Knie. Er setzt sich hin und starrt auf diese eine Stelle. Wieso hat er nichts gehört? Er hätte doch wachwerden müssen? Aber ich habe doch Löwen gehört! Es war doch kein Traum. Nein das darf nicht sein, warum passiert mir das alles? So leise kann doch kein Tier sein! Aber Löwen sind doch Katzen und was machen Katzen? Schleichen! Oder war es etwas anderes? Peter kann es nicht fassen, aber die Blutspuren mit den Schleifspuren sprechen ja wirklich für sich. Was nun? Peter weiß nicht wie lange er so sitzt, aber ihm wird klar, dass er nicht einfach hier sitzen bleiben kann. Aufgeben, geht nicht!

Fast Mittag, als er sich aufrafft und beschließt, die Gegend genauer nach Makuri abzusuchen. Wohl ist ihm nicht dabei, wenn das wirklich ein Tier war. Dann ist das Vieh sicher noch in der Nähe und es ist auch sicher nicht alleine! Mit klopfendem Herz macht er sich auf die Suche, die Schleifspuren sind deutlich zu sehen. Auch ein wenig Blut! Ihm wird immer mulmiger. Da, was ist das? Peter meint etwas gehört zu haben. Er schleicht nun so langsam es geht, ohne ein Geräusch zu machen, er meint sein Herzschlag sei über die ganze Ebene zu hören. Als er zu einem Baum schaut, da stellen sich ihm die Haare auf! Unter diesem Baum, nein, das kann nicht sein, das ist ein Tier, was gerissen wurde! Da fällt ihm ein, dass er ja noch sein kleines Fernglas hat, denn näher wagt er sich nicht zu gehen. Er schaut durch das Glas *„Nein"* entfährt es ihm leise, das ist so schrecklich, ich fange an, dieses Land zu hassen! Es IST Makuri, oder was noch von ihm übrig ist! Er lässt das Fernglas sinken, er will es nicht sehen, aber der eine Blick genügte vollkommen, um Gewissheit zu haben. Peter geht ein paar Schritte zurück und er übergibt sich, bis nur noch

Galle hochkommt. Nein ich träume das alles nur, dass kann doch nicht wahr sein? Makuri kennt dieses Land, er weiß von dem Jagdverhalten der Tiere, wie kann es sein, dass vor meinen Augen, na ja leider die im Schlaf geschlossenen Augen, Makuri zur Beute wurde? Aber es ist wahr und nach einer großen Weile muss er sich der brutalen Wahrheit stellen. Hier kann ich nicht bleiben, die Löwen, die haben doch bald wieder Hunger! Also los, macht er sich Mut! Einfach den Fluss entlang laufen. Er geht eine Weile, aber dann merkt er; direkt am Fluss das geht nicht, wegen der Krokodile, denen er nicht unbedingt auf den Schwanz treten möchte, dann der Matsch und das hohe Gras. Eine Luft die steht, stickig und etwas faulig riecht. Also geht er weiter oben, wo die trockene Erde fest ist, aber er den Fluss gut im Auge hat. Wenigstens keine Hippos und Krokodile über die er stolpern kann, dass ist doch schon etwas, überkommt es ihn sarkastisch. Der Weg ist recht steinig mit dürrem Gestrüpp, aber trotzt alledem muss er nach einer Weile fast lächeln. Da bin ich nun, mitten in Afrika, mitten in der Wildnis, vor mir laufen riesige Herden Zebras, die mich anschauen, als wäre *ich* ein exotisches Tier. Ein

Schakal liegt schlafend unter einem Strauch, als er dicht vorbei kommt, es geht ein Auge auf, so, was ist denn das? Das zweite Auge geht auf, mustert ihn nun genauer und er wird als nicht Fressbar abgetan. Welch ein Glück! Dann begegnen ihm noch Oryxs, die doch schon eine stattliche Größe haben, aber ihn auch keines Blickes würdigen. Peter läuft, den Fluss als Orientierung. Seine Augen suchen den Horizont ab, ob da nicht einfach mal Häuser stehen, damit alles bald ein Ende hat. Ja, ein Ende hat! Da kommt Peter wieder die Bitterkeit hoch, wo mag ein Ende sein? Weiter, Schritt für Schritt…. Elefanten tröten vor ihm und die Leitkuh kommt mit aufgestellten Ohren ein Stück auf ihn zu. Peter bleibt einfach stehen, er weiß, Flucht ist nicht gut, Angriff ist nicht gut, also warten! Ein Stück vor ihm bleibt die Leitkuh stehen und schaut Peter nur an. Peter spürt den Wind, den die Ohren des Elefanten machen, er schaut den Elefanten nicht an, er lässt die Schultern hängen, senkt den Blick und wartet. „Was soll ich denn sonst machen, ich kann es drehen und wenden wie ich will, unten am Wasser lauern Gefahren und hier oben auch!" Es dauert eine ganze Weile, dann dreht sich die Leitkuh um, geht zur Herde und alle trollen sich davon. - Mann oh Mann, jetzt kann ich mein Herz wieder aus der Hose kramen -! Wieder geht ein Tag zu Ende, Peter muss sich einen Platz suchen, um die Nacht wieder im Freien zu verbringen. Wohl ist ihm gar nicht, er denkt an Makuri, aber was hat er schon für eine große Auswahl? Unter einem Busch findet er einen Platz, der wie ein Schutzwall aussieht. Wieder sucht er sich Gras und dürre Äste für ein Feuer. Sein Magen knurrt wie eine Hyäne, aber die Hoffnung auf etwas Essbares ist sehr gering. Da fällt ihm das getrocknete Fleisch ein, aber das war leider auch nicht mehr da. Wie gerne hätte er darauf herum gekaut. Mist, Mist, denkt er, ich wollte ja immer so drei Kilo abnehmen, aber doch nicht im Urlaub! Urlaub! „Ich glaub, mich tritt ein Pferd, nein Zebra!" Urlaub! Genauso habe ich mir das schon immer gewünscht. Johanna weg, ich hier zwischen lauter wilden Tieren, alleine, ohne alles, davon kann doch jeder nur träumen! Schön wäre es, wenn es nur ein Traum wäre, aber irgendwie ist das hier eine schreckliche Realität! Wenigsten ist das Wasser trinkbar, sonst würde die Lage noch schlimmer. Er schiebt auch alle Gedanken zur Seite, was alles an Bakterien im Wasser herum schwimmen kann.

„Das ist mir so was von egal. Hauptsache es ist nass!"
Peter zieht seine Schuhe aus um seinen Füßen
Erholung zu gönnen, da hört er rings um sich
Gelächter. Als er hinschaut, wo das herkommt, da sieht
er sie, die Affen! Neugierig sind sie und nach kurzer
Zeit wagen sie sich auch immer näher. Gerade will sich
ein Affe auf seine Schuhe stürzen, zum Glück war er
schneller und ein enttäuschter Affe trollt sich auf einen
nahen Baum. „Sag mal, was sollte das denn eben?
Was kannst du denn mit meinem Schuh anfangen?
Das wäre noch so ein I- Tüpfelchen, ohne Schuhe
hier." Die Affen beschließen, ihn von den Bäumen aus
im Blick zu haben und es hört sich an, als hätten sie
sich eine Menge zu erzählen. Als alle Farben am
Himmel ausgelöscht werden, da verziehen sich auch
die Affen. Peter sitzt vor seinem kargen Feuer, starrt
hinein und seine Augenlider fallen ihm zu. Er schläft in
dieser Wildnis tief und fest.

Von der Kühle der Nacht schlägt er seine Augen auf.
Im ersten Moment weiß er gar nicht wo er sich
befindet, aber schnell wird ihm die Grausamkeit seiner
Lage klar. „Ich gehe jetzt los und ich weiß, es wird alles

gut, ich finde Johanna und wir fliegen nach Hause"
denkt er. Mit Ächzen und Stöhnen rappelt er sich auf.
„Mein Gott tun mir alle einzelnen Knochen weh, ich
hoffe nur, dass meine Schuhe das alles aushalten!"
Plötzlich schreit er laut los:

„Ihr Idioten alle, ich habe es so dicke, ihr könnt mich
alle kreuzweise, was haben wir euch getan? Ich sage
euch, wenn ich auch nur einen   in die Finger
 bekomme, dann mache ich Hackfleisch aus jedem
einzelnen." Er atmet tief ein, „so, das tat jetzt gut, dass
musste sein!" Aufgeregt laut schimpfend schwingen
sich Vögel von den Baumkronen empor. Welches Tier
schreit solche Töne? Leise murrend läuft er los und
wieder kann er die vielen Tiere auf seinem Weg sehen
und sie ihn, den einsamen Exoten in der Wildnis.
Stunden vergehen, Peter macht einen Schritt vor den
anderen, nur nicht aufgeben, immer weiter gehen. Er
versucht   zu   überlegen,   einfach   über   Dinge
nachzudenken, nur um sich abzulenken. Seine Magen
gibt allmählich Töne von sich, denen der Hippos und
der Löwen sehr ähneln, „nur meine Zähne machen da
leider nicht mit, mich mit einem Tier anzulegen; bei
diesem Spiel würde ein anderer knurrenden Magen

123

gefüllt werden, nur meiner bleibt leer." Selbst das denkt er, aber ohne dass es ihn sonderlich beunruhigt. Seine Gedanken sind abgestumpft, sein Kopf dröhnt, die Sonne brennt, alles flimmert vor seinen Augen. Schaut er über die Steppe, so sieht er, wie die Landschaft sich auf ihn zu wälzt und sich wieder zurück zieht. Ein Lied fällt ihm ein und er fängt an: „Das Wandern ist des Müllers Lust, das Wandern, das Wandern. Wieso kenne ich so ein Lied? Habe ich doch nie gesungen!" Wieso wandern, überlegt er, ich wandere doch nicht, ich, ach ich weiß nicht...! Weiter, weiter, es ist als schlägt einer die Trommel, auf einer Galeere, nur rudert er nicht, er muss laufen, weiter laufen..... Er weiß nicht mehr, welche Stunde es ist, er ist ein Mechanismus, der nur noch funktioniert. Wie im Fieber ziehen Filme an ihm vorbei, schöne Filme. Johanna wie sie mit einer Bauchlandung ins Wasser fällt, Johanna beim Kochen, als ihr das Salzfass in die Suppe fiel und sie sich vor Lachen um den Hals fallen, ... „Johanna, komm her, es ist so heiß, ich will nicht mehr. Was machen wir hier eigentlich? Komm sag es mir! Johanna wo bist du? Komm her, ich will das Spiel nicht mehr spielen." Ich bin so müde, wie lange können meine Füße noch laufen? Es gibt doch einen Film, so weit die Füße tragen? Worum ging es da, ich weiß das einfach nicht mehr! Wie weit haben die getragen und wen? Immer weiter laufen, laufen.... Sein Gesicht ist von der Sonne knallrot, die Lippen spröde und aufgesprungen, seine Augen geschwollen. Ich will nur noch schlafen, trinken, ja trinken möchte ich, warum kann ich das nicht? Lasst mich doch alle...und er sackt zusammen. Die Sonne brennt sich in seinem Gesicht fest und er denkt, das geht nicht mehr, nur riesige rote Kreise blenden sein Gesicht. Er will sie weg wischen, aber sein Arm will ihm einfach nicht gehorchen, mutlos lässt er ihn einfach sinken. Es ist doch egal, ob dieses Licht ihn blendet.

Ich will schlafen, nur schlafen ganz lange. Mach doch noch das Licht aus, es ist so schrecklich hell! Dann wird es dunkel um ihn. Doch ein Geräusch dringt zu ihm durch, ein neues Geräusch. Peter schreckt aus seiner Apathie auf, er versucht die Augen zu öffnen, aber es geht nicht. Was mag das sein? „Ich muss nur aufstehen und nachschauen, was das ist, sicher erkenne ich das Geräusch, es hört sich an, ja wie? Ich habe es schon gehört! Woher kenne ich das? Es ist so anstrengend, ich will nicht denken, aber ich kenne das! Ich muss aufstehen und wieder laufen." Laufen sagt sein Kopf, aber da ist dieses Geräusch! Er versucht seinen Kopf zu drehen, wo dieses Geräusch herkommt und einen klaren Gedanken fassen. Das Geräusch kenne ich, es kommt näher, jetzt hört es auf, ich muss mich nur umdrehen, dann weiß ich auch, was es ist! Umdrehen? Ich kann mich nicht umdrehen, ich muss laufen, laufen. Da sagt eine Stimme neben ihm etwas. Eine Sprache, ich verstehe die Sprache, ich verstehe sie!

„Hallo, kann ich Ihnen helfen?" Peter blickt auf und sieht verschwommen in das Gesicht eines Mannes. „Mir helfen?" Kann man mir helfen? Wieso ist da ein Mensch, der redet mit mir und ich kann es verstehen! Peter schaut auf und er weiß nicht warum ihm Tränen über das Gesicht laufen, er schluchzt, er wundert sich über seine Tränen und kann nichts sagen!

„Kommen Sie, wir helfen Ihnen." Mehrere Männer heben ihn hoch und führen ihn zu einem großen Landrover. Dort reicht man ihm Wasser und Peter trinkt, nie hat ihm das Wasser so gut geschmeckt und er kann nicht aufhören. Sein Körper saugt die

Feuchtigkeit wie einen Schwamm auf. „Geht es wieder besser?" fragt der Mann und schaut ihn besorgt an. „Danke, viel besser...-Können Sie mir sagen, wo wir hier sind?" „Ja, wir sind auf Safari und auf dem Weg nach *Kasana*. In ca. 4-5 Stunden sind wir dort. Möchten Sie etwas zu Essen und uns dann erzählen, was Ihnen passiert ist?" „Ja, gerne, ich bin halb verhungert und Sie glauben gar nicht, wie schön es ist, einfach zu reden und verstanden zu werden." Peter hatte es gar nicht gemerkt, dass er bei seinem Marsch auf eine Straße, na eher auf einen Schotterweg gekommen war und so kam dieses Auto, um ihn zu retten. Peter isst, trinkt, redet, isst, trinkt, redet und die Insassen hören stumm zu. „Was wollen Sie jetzt tun? Anzeige und Suchmeldung bei der Polizei?" „Nein, ich denke, die können mir auch nicht helfen, ich muss mich informieren, wo ich mit meiner Suche anfangen kann. Ich glaube, dass die Polizei sehr bestechlich ist und so eine Geschichte? Ich als Fremder?" In Gedanken setzt er hinzu, da können vielleicht meine Schwiegereltern was dazu sagen. Aber das sind nur Vermutungen. Er kramt nach seinem Handy in der Hosentasche und versucht Johanna anzurufen, sein Herz klopft ihm dabei zum Zerspringen. Aber: „Der Teilnehmer ist im Moment nicht erreichbar." Es wäre ja zu schön gewesen, nun habe ich Empfang, aber Johanna geht nicht dran!

Als sie nach fünf Stunden in *Kasane* ankommen und er vor einem Hotel abgesetzt wird, mit dem Versprechen, dass sie sich am anderen Abend alle treffen, bucht er ein Zimmer. Ein Bett! Eine Dusche, die er erst einmal einige Minuten lang genießt. Es ist als ob der Staub sich nur mühsam von ihm lösen will. Das auch noch ohne Angst vor Krokodilen. Nur einen Moment sich auf das weiche Bett legen, ach das tut so gut! Ein paar Minuten später schläft er den besten Schlaf!

Erschrocken fährt er hoch, als ihn ein Sonnenstrahl weckt. Schon will erschreckt aufspringen, da spürt er die weiche Decke und sinkt erst einmal erleichtert zurück. Aber sofort kommt ihm der Gedanke. Telefon! Anrufen! Er wählt mit zittrigen Finger die Nummer nach München. „Hier Brossman".

„Hier ist Peter, habt ihr etwas von Johanna gehört oder wisst ihr wo sie ist?" „Mein Gott Peter! Was um alles in der Welt ist passiert? Wir haben schon solche Sorgen, weil Ihr euch nicht gemeldet habt. Geht es euch gut?

Was heißt, ob wir wissen wo Johanna ist?" Peter seufzt und sagt, „es sind schreckliche Dinge passiert, Johanna ist entführt worden, ich irrte durch die Wildnis und bin jetzt in *Kasane* durch meine Retter gelandet".

„Entführt? Wer hat sie denn entführt? Warum? Wie ist denn das passiert? Wie konntet Ihr getrennt werden?" fragt verzweifelt Stefan?"

„Das ist eine längere Geschichte und wenn ich das wüsste, bräuchte ich euch ja nicht anzurufen. Ich habe keine Ahnung und komme fast um vor Sorgen!"

„Peter, wir haben nichts gehört, aber, wir kommen mit dem nächsten Flieger nach *Kasane*. Wir werden gemeinsam überlegen, was zu tun ist."

„Warum wollt Ihr hierher kommen? Meint ihr, dass ihr sie findet? Habt ihr eine Ahnung?" „Das ist jetzt am Telefon zu lange, darüber zu reden, wir halten es aber hier auch nicht aus, vielleicht ist es einfach gut, wenn wir auch bei dir sind. Wir machen einen Plan und gemeinsam überlegen wir und wir werden es ganz sicher schaffen, halte durch!"

„Okay, ich reserviere euch ein Zimmer und ihr meldet euch gleich, wann ihr gelandet seid!"

„Bis bald Peter, es wird hoffentlich alles gut."

Die Eltern

„Stefan! Habe ich richtig gehört? Johanna ist entführt worden? Habe ich das richtig gehört"? Kommt sie eilig aus

der Küche gerannt und sehr aufgeregt. „Es darf nicht sein!" „Sabine bitte mach dir keine Sorgen, das muss alles ganz anders sein!" „Stefan!" Sie packt ihn am Ärmel, sieht ihn mit verzweifelten Augen an. „Stimmt das?" Beide stehen in ihrem Haus, ein gemütliches Einfamilienhaus in typisch bayrischem Stil. Ihr Esstisch steht in einem runden Erker mit einer halbrunden Sitzbank und dem runden Tisch. Alles ist in einem hellen warmen Holz mit den typischen bayrischen Schnitzereien, den stilvollen passenden Gardinen und den bayrischen rustikalen Bezügen der Sitzgarnitur. Ein heller Ahorntisch, der einlädt, sich nieder zu lassen, wo so manche Flasche Wein oder Bier mit einer guten Brotzeit geleert wurde.

Ihr Mittagessen war beendet und Sabine ist gerade dabei, den Tisch abzuräumen, als das Telefon läutet. Sie schreckt zusammen, ihr Blick geht in den Garten auf die verlassene Schaukel, die sich einsam im Wind bewegt. Sabine seufzt, ja denkt sie: „Alles war doch erst gestern." Sie sieht Stefan, Johanna und sich, wie sie mit ihren Fahrrädern in einen nahen Wald fahren. Johanna die vor Freude kaum still auf dem Fahrrad sitzen konnte. Stefan, der ein Seil dabei hatte, schwang das Seil über einen dicken Ast, Johannas Fahrradsitz knotete er an das Seil. Was lachten wir alle über die improvisierte Schaukel und Johanna konnte nicht genug bekommen und rief immerzu, höher, schneller... !"

Sie steht mit verkrampften Händen in Stefans Jacke da, alles dreht sich, sie atmet tief durch und ihre Reaktion kommt prompt! „Wir fliegen mit der nächstmöglichen Maschine nach *Kasane* und versuchen, etwas heraus zu finden. Wir müssen erst einmal die ganze Geschichte hören. Ich mache mir solche Gedanken, das kann doch kein Zufall sein, es muss einen Zusammenhang geben mit der Vergangenheit, aber wir haben doch alles richtig gemacht? Ich frage mich, wie das sein kann?" bangt Sabine. „So ganz will ich mir das nicht vorstellen, denn warum soll nach so vielen Jahren jemand Interesse daran haben, es war doch alles in Ordnung" beruhigt er sie. „Das sagst du, aber wer weiß, wie alles war, vielleicht hat man uns belogen? Du kennst doch Afrika! Vielleicht waren wir in unserer Freude, ein Kind zu bekommen damals zu blauäugig, naiv, blind und was nicht alles gewesen!" „Wer soll uns denn belogen haben, es lief alles ordnungsgemäß ab. Wir haben nichts Illegales getan. Mach dir keine Sorgen, es wird alles nur so sein, wie das ja dort oft geschieht, es ist etwas durcheinander geraten. Vielleicht will auch jemand einfach nur Geld, wir werden dort sicher etwas hören!"

„Das sagst du so. Ich konnte das doch mitbekommen, worum es geht, Peter hörte sich sehr aufgeregt an! Es kann nur um die Vergangenheit gehen! Ich gehe jetzt packen und du kümmerst dich um die Tickets." In ihrem Blick ist ihre Entschlossenheit zu sehen.

Als sie aus dem Zimmer geht, entgleisen Stefans Gesichtszüge und er muss sich erst einmal setzten. Ihm wird ganz übel bei dem Gedanken, der ihm kommt. Nein, das kann und darf nicht sein! Es war doch alles so perfekt! Er hat auch nicht die geringste Ahnung, was sein kann. Ich muss schnell ein paar Anrufe machen ohne dass Sabine sich noch mehr

Sorgen macht! Seine Gedanken schweifen ab, 26 Jahre zurück. Damals in Namibia, sie waren so glücklich und er war erfolgreich in seinem Beruf. Schöne Jahre waren das, nur hatte eines gefehlt! Ja, auch das hatte er doch meisterlich geschafft! Allen ging es gut dabei und er hatte wirklich ein gutes Gewissen. Und hatte er nicht auch sozial sehr geholfen? Das wäre doch jetzt nach all den Jahren richtig unsozial und undankbar obendrein. Nein, nicht mit mir! So nicht! Einen Moment lang ist dieser Gedanke - MIT MIR NICHT -! Dann sagt ihm seine innere Stimme sehr deutlich: "Hattest du nicht bewusst deinen Verstand ausgeschaltet und geglaubt, wenn du sozial etwas tust, ist alles in Ordnung und damit auch dein Gewissen?" Zum Glück gibt es ja noch Verbindungen! Ich muss nur sehen, dass Sabine nicht durchdreht, das hilft uns allen nicht. Mein damaliger Partner Flatcher, der hatte doch immer Verbindung zu den richtigen Leuten, der ist doch sicher noch erreichbar.

Sabine streckt ihren Kopf durch die Tür und ruft ihm zu, „Stefan, ich kaufe schnell das nötigste ein, in einer halben Stunde bin ich wieder hier. Kümmere dich bitte schnell um die Tickets"!

„Ja mein Schatz, geh nur, ich mach das sofort, bis gleich!" Sorgenvoll greift er zum Hörer und bucht die beiden letzten Plätze. Da hatte ich aber Glück, sonst hätten wir bis morgen warten müssen. Er nimmt wieder zögernd den Telefonhörer, wählt die Nummer von Flatcher, wartet ungeduldig auf das Freizeichen. Viele Fragen gehen ihm dabei durch den Kopf, er versucht diesen Nebel zu lichten, sein Herz hämmert, was wird er erfahren?

„Hi Flatcher, schön mal wieder deine Stimme zu hören, ja ich weiß wir wollten uns schon so lange treffen. Ich weiß auch noch, warum die Zeit uns so davon läuft. Wie geht es dir und deiner Familie? Wir haben uns ja eine Ewigkeit nicht gehört." Ein paar Minuten sprechen sie über belanglose Dinge. Ich muss mich wirklich bei dir entschuldigen, ich verspreche dir, dass wir uns bald sehen werden, bevor Stefan mit einem Hüsteln zum eigentlichem Thema kommen will, ihm wird es ganz heiß dabei. „Sag mal, kannst du dich noch an Marietta erinnern? Hast du eine Ahnung, wie ich sie erreichen kann? Hast du noch ihre Telefonnummer? Ja, ich weiß, dass ist alles sehr lange her und eigentlich möchte ich auch gar nicht mehr daran erinnert werden, aber besondere Umstände lassen die Vergangenheit wieder hoch kommen. Ja, ich werde dir dann davon erzählen, aber im Moment haben wir es eilig und Genaueres kann ich dir nicht sagen. Es hat mit Johanna zu tun!" Erleichtert hat er die Nummer, Flatcher fragte neugierig nach, was denn Genaues los ist, aber Stefan meint nur, „Johanna ist wahrscheinlich entführt worden, ich erzähle es dir später genau, im Moment haben wir den Kopf voller Sorgen."

„Eine Frage noch! Damals, das ging doch alles damals ordnungsgemäß zu? Ich habe im Moment das Gefühl, als holt uns die Vergangenheit ein und wir wissen nicht, wieso. Danke dir für deine Hilfe und wir geben uns Mühe, dass wir uns sehen. Mach's gut, altes Haus!" Seine Hände zittern, als er die Nummer von Marietta wählt. Bitte sei da, fleht er im Stillen. Marietta, komm geh ran, es ist wichtig! Eine sehr angenehme nette junge Stimme sagt: „Hier spricht Rebecca."

Mein Name ist Brossmann, „kann ich bitte Marietta sprechen?"

„Marietta?" Kommt es erstaunt, „nein, die wohnt schon mehr als 20 Jahre nicht mehr hier, sie hat uns damals die Farm verkauft und sie hatte es sehr eilig von hier fort zu kommen. Wir alle wunderten uns sehr darüber."

„Können sie sich erinnern, dass Marietta eine junge Frau bei sich auf der Farm hatte, die schwanger war." „Ja, dunkel erinnere ich mich, dass ich immer mal eine junge Frau sah, die in anderen Umständen war und bei ihr wohnte. Bevor Marietta verschwand, war wieder eine junge Frau dort, aber die war dann weg und Marietta hat, wie gesagt, schnell die Farm verkauft. Es hat keiner gewusst, wohin sie gegangen ist. Was wollen sie denn von Marietta? Kann ich Ihnen bei der Suche sonst noch helfen?"

„Ich wollte sie wegen eines Babys fragen, eben dem, was dort zuletzt sicher auf die Welt kam." „Das tut mir leid, aber mehr kann ich Ihnen auch nicht sagen und leider ist die Hebamme von damals schon vor einer Weile gestorben, vielleicht hätte die Ihnen etwas mehr sagen können". „Das nennt man wohl Pech, aber vielen Dank für Ihre Auskunft."

Stefan setzt sich und seine Sorgenfalten werden noch tiefer. Es wäre ja auch ein Wunder gewesen, nach der langen Zeit. Aber komisch ist es schon, dass Marietta so schnell verschwand, damals? Das ist nicht gerade beruhigend, findet er. Was nun? Er fühlt sich so gar nicht wohl und ein Druckgefühl in seinem Bauch sagte ihm, es kann Ärger bedeuten, viel Ärger! Ich muss mir überlegen, wie ich vorgehen soll! Wenn Johanna entführt wurde, will doch irgendjemand etwas haben? Also, muss sich derjenige doch melden? Warum tut das noch niemand? Warum habe ich damals nicht mehr erfahren wollen, mehr Nachforschungen betrieben? Er schimpfte über sich selber, über so viel Dummheit. Aber alles wenn und aber, das hilft jetzt auch niemandem mehr! In *Kasane* werden wir weiter sehen.

„Stefan, ich bin wieder da, hat alles geklappt? Ich gehe jetzt packen. Wann geht unser Flieger?"

„In drei Stunden müssen wir los." Sabine packt und ihre Gedanken fliegen dabei in die Vergangenheit. Sie grübelt, wie das damals war! Es hieß doch, alles ist geregelt. Leider durch einen tragischen Unglücksfall und welch ein Glück es doch war, das Johanna Eltern bekam. Sabine wusste, dass Stefan sich umgehört hatte wo und wie sie ein Kind adoptieren können. Sie konnte es nicht fassen, dass sie solch ein Glück hatten. In dem Kinderheim, wo sie ehrenamtlich tätig war, da waren Adoptionen nicht möglich. Natürlich taten ihr die Umstände leid, aber schließlich war doch allen gedient. Stefan war mehr als großzügig, also konnte das alles jetzt nichts mit der Vergangenheit zu tun haben. Sie hatten schließlich die ganz offiziellen Adoptionspapiere, die sie sich jetzt noch mal genau ansieht. Die will sie vorsichtshalber mitnehmen. Sicher löst sich alles auf und sie können alle gemeinsam noch ein paar schöne Tage in Namibia verbringen und mit den beiden ein paar Orte aufsuchen, so als Nostalgiereise. Wäre doch schön, und überlegt sie, das hätten sie längst tun sollen.

Im Taxi zum Flughafen, schauen beide mit angespannten Gesichtern in den Winterabend und sie sind schweigsam. Der Flug verläuft sehr ruhig, aber sie können überhaupt nicht schlafen. Sie sind froh, als die Maschine früh morgens in Johannisburg landet und der Anschlussflieger ohne große Wartezeit nach *Kasane* startet. Das Taxi fährt sie durch den dichten Mittagsverkehr, rufen Peter an und als das Hotel ‚Old Balis' in Sicht kommt, sehen sie ihn schon mit einem sorgenvollen Blick vor der Tür stehen.

„Da seid ihr ja endlich. Ich bin völlig überdreht nach dieser schlaflosen Nacht. Ich hoffe, für alles habt ihr eine vernünftige und ehrliche Antwort mitgebracht".

„Na ja, mein Junge, auf vieles werden wir sicher keine Antwort wissen, aber lass uns einen guten starken Kaffee trinken, den wir mehr als nötig haben, nach dem langen Flug." Sie gehen in die große offene Halle und schauen sich bewundernd um. Ein riesiger Baum steht dekorativ in der Mitte, das Haus wurde einfach drumherum gebaut. An einem Holztisch, der aus einem Stück gebaut ist und die Form des Baumstammes hat, nehmen sie Platz. Von dort haben sie einen wunderschönen Blick auf die Flusslandschaft. Ein leichter Wind streift das Uferschilf. Sabines Blick trägt sie von ihren Gedanken fort und bleibt bei einem Ausflugsboot hängen, wo gerade gut gelaunte Gäste einsteigen. Auch diese warme gemütliche Einrichtung kann Sabines Stimmung nicht aufhellen. Stefans Blick wandert unruhig durch die Halle, wo er die typisch afrikanischer Holzbauweise dieses Meisterwerk der Baukunst um einen Baum herum bewundert. Alles wirkt sehr harmonisch aufeinander abgestimmt. Fast trägt ihn die Umgebung in die Vergangenheit fort und von den Sorgen. Aber nur fast, dann wendet er sich Peter zu.

„Ja, wo sollen wir anfangen? Das wir Johanna adoptiert haben, das ist dir ja bekannt und wir haben nun den Verdacht, dass es damals doch nicht so ehrlich zugegangen ist. Es muss eine Verbindung geben, aber welche und wo?"

„Welche Verbindung?" Kommt es erstaunt von Peter.

„Damals, als wir noch in *Windhoek* lebten, hörte ich eines Tages über einen Freund, dass es eine Möglichkeit gibt, ein Kind zu adoptieren. Ich traf mich mit einem Bekannten namens Flatcher. Eines Tages brachte ich das Thema auf meine Frau, die leider keine Kinder bekommen konnte. „Ach, da mach dir mal keine Gedanken, hier gibt es genug Kinder und wenn so ein kleiner Wurm die Chance bekommt, in eine Welt zu kommen, wo es satt wird, dann ist das doch schon ein Geschenk Gottes. Ich kenne da Möglichkeiten und ich werde dir Bescheid geben." Bald rief mich Flatcher an und meinte, er hätte da etwas für mich und gab mir eine Adresse. Als ich mich mit dem Mann traf, der nur von einer „Ware" sprach, fand ich das befremdlich, aber die Aussicht, ein Kind zu bekommen, machte mich wohl blind. Er klärte mich auf, wie das Geschäft, wie er es nannte, abgewickelt wird. Wir sollen 30.000$

mitbringen, die wir dann bei dem zuständigen Beamten zu zahlen hätten. Er betonte es noch sehr, dass ein großer Teil des Geldes für bedürftige Kinder sei, aber er stellte so komische merkwürdige Fragen wie, „haben Sie einen Schlafplatz für das Kind? Verpflichten sie sich, für ausreichende Nahrung zu sorgen?" Dann gab er mir die Adresse von der Frau, die von Marietta.

„Du kannst dir vorstellen, als ich Sabine davon erzählte, wie aufgeregt sie war! Diese Marietta kam dann an einem Nachmittag zu uns, eine sehr sympathische junge Frau und erzählte uns folgende Geschichte: Sie habe einer jungen Frau geholfen, die von ihrem Freund schwanger wurde, aber ihre Familie hatte sie einem anderen Mann versprochen. Natürlich ohne Kind! Sie, Marietta, kümmere sich öfters um solche junge Frauen und sie half, diese Kinder in Familien unterzubringen. Leider sei ein Unglück geschehen, die junge Frau hat die Geburt nicht überlebt. Die Familie der jungen Frau kannte sie nicht und so hätten wir die Gelegenheit, das Kind zu adoptieren. Wir könnten dieses 9 Tage alte Baby sofort haben. Es gab niemanden, der sich um das Kind kümmert und es gab auch keine Adresse. Die Behörden waren informiert und hatten nichts dagegen einzuwenden, sie wussten über alles Bescheid und würden die Papiere bereit halten." „Vielleicht kannst du dir vorstellen, wie erstarrt wir da waren. Ein Kind! So schnell, einfach so!? Natürlich waren wir kurz traurig über den Tod der Mutter, aber nur kurz, denn es nahm uns ja auch das schlechte Gewissen, dass es da eine Mutter gibt, die traurig sein könnte! Ja, dann ging alles sehr schnell. Schon drei Tage später sollten wir nach *Gobabis* fahren (das ist Richtung Grenze nach *Botswana*) und dort an der Tankstelle Marietta erwarten."

Sabine sauste nach diesem Gespräch sofort los und kaufte Berge von Babysachen ein, sie war so glücklich! „Oh ja, das war ich wirklich und das blieb auch die ganzen 26 Jahre so, Mein Mädchen! Meine Süße," rief Sabine. „Am anderen Morgen fuhren wir sehr früh los und konnten unsere Ungeduld kaum zügeln, aber wir wussten, wir holen ja unser Kind ab. Ja unser Kind! Obwohl wir erst 24 Stunden „Eltern" waren, wir fuhren zu unserem Kind!

Es war schon Mittag, als wir die Tankstelle erreichten

Marietta saß im Straßenstaub und schaute uns entgegen." „Na, dann wollen wir mal die amtlichen Dinge erledigen, ich habe uns schon angemeldet, damit alles seine Ordnung hat" sagte sie damals fröhlich!

„Vor einem Haus hielten wir an und Marietta redete mit einem Mann, der aus dem Hause trat. Das ist sicher der Beamte, der die amtlichen Dinge regelt (dachte ich mir, es ist halt keine Stadt hier) und der sagte mir, es tue ihm sehr leid, dass er ganz dringend weg müsse. Eine Beerdigung, wo er nicht fehlen darf, aber er habe alles was nötig sei gründlich vorbereitet und wenn wir einverstanden sind, und dann brauchen wir nur zu unterschreiben. Na ja, die Gebühren und die Kosten die so entstanden sind, fänden wir hier auf der Rechnung. Natürlich stutze ich kurz, auch in Afrika gibt es Behörden und das ein Beamter so schnell weg muss? Aber ein Blick auf Sabine, ließ meine Gedanken verblassen. Sie strahlte so sehr, dass es schon weh tat, sie so glücklich zu sehen. Natürlich wurde uns auch vorher schon gesagt, dass es auch etwas kostet." „Da ich es leider so eilig habe, werden Sie vor Marietta als Zeugin, alle Papiere unterschreiben."

„In dem „Büro" gab es wirklich einen Schreibtisch und darauf lagen zwei Dokumente auf denen stand, dass uns, ab dem heutigen Tag rechtlich das am 21.April 1990 geborene weibliche Kind (Name mussten wir noch eintragen) als unser Kind mit allen Rechten und Pflichten übergeben wird. Unleserliche Unterschrift mit vielen Stempeln dazu noch unsere Unterschrift mit Mariettas Unterschrift als Zeugin. Marietta legte das eine Dokument in einen Umschlag, und legte es auf den Schreibtisch.   Der Beamte komme ja wieder hierher und er würde es zu den Akten legen. Auch das Geld kam in einen Umschlag, wir erhielten eine Quittung darüber. Das war es dann auch schon! Wir setzten uns mit Marietta in das Auto und fuhren zu „unserem Kind."

„Eine kleine etwas außerhalb des Ortes gelegene Farm, aus der eine ältere Frau kam. Unsere Schritte wurden immer schneller, es war ein Gefühl voller Erwartungen eine Spannung, ja fast so, wie wir als Kinder Weihnachten empfanden. Im Haus war es dunkel, wir mussten uns erst einmal daran gewöhnen und gingen den Frauen nach. Als wir durch eine Tür kamen, stand da eine Kiste, oder Karton und Sabine war die erste, die hineinschaute und schon streckte sie die Arme aus hob dieses kleine Bündel hoch."

„Stefan, schau doch nur, unsere Johanna!" Ja, da standen wir beide, Tränen liefen uns die Wangen herunter und wir vergaßen alles um uns herum. Da Sabine schon alles eingekauft hatte, waren wir für die Heimreise gerüstet. Wir bedankten uns und fuhren glücklich mit „unserem Kind" die Johanna hieß nachhause!"

„Ja, Peter, so war das und ich habe auch schon mit Flatcher gesprochen und habe versucht mit Marietta Kontakt aufzunehmen, aber die ist nicht zu finden. Sie verschwand damals sehr schnell nach meinem Geschmack, zu schnell! Wir werden`s sehen!"

Johanna

Lautes Gezwitscher der Vögel, die munter ihr Morgenlied trällern, wecken Johanna auf. Einen Moment lang lauscht sie den Geräuschen des Morgens, aber leider nur sehr kurz, dann schlug die Gegenwart voll zu! Mit einem Ruck setzt sie sich auf und sofort überschlagen sich ihre Gedanken und all die freundlichen Geräusche des Morgens waren fort! „Erst muss ich mal auf die Toilette, duschen und dann kommt mir die Idee des Tages"! Unter der Dusche hat Johanna das Gefühl, es fehle ihr etwas: „Ach Peter, warum stehst du nicht hier bei mir und singst dein morgendliches Lied, It`s my Life...laut vor?"

„Johanna, jetzt ist nicht der Zeitpunkt zu heulen", als sie merkt, dass sich die Tränen mit dem Wasser der Dusche vereinen. „Jetzt muss ich überlegen, was ich tun kann."

Beim Anziehen klopft es an die Tür und das Mädchen mit der kleinen weißen Schürze steht da und bringt ihr ein Tablett mit Frühstück. Uff, bin ich froh, dass ich nicht hinunter muss, um mit dem Herrn van Hook zu frühstücken. „Hm, das sieht ja richtig lecker aus." Sie merkt jetzt erst, dass sie einen Riesenhunger hat und gießt sich den verführerisch duftenden Kaffee ein. Genießt das Rührei mit Speck und leckerem Brot. Als der erste Hunger gestillt ist, probiert sie die Früchte und einen Saft, dessen Geschmack ihr fremd ist. Dann erinnert sie sich, dass sie gelesen hat, dass aus den Früchten des Affenbrotbaumes oder auch Baobab-Baum Fruchtsäfte hergestellt werden. Auch Kosmetik, oder speziell für Touristen, gibt es Korbwaren daraus. Nun, das ist ihr im Moment egal, jetzt ist sie wieder in der Lage zu denken! Aber schon klopft es wieder, diesmal Herr van Hook persönlich, der mit einem etwas ironischen Grinsen hereinkommt. „Guten Morgen, gnädigste Madame, ich hoffe, Sie haben in meinem Haus gut geschlafen sind guter Stimmung und sehr entspannt?"

„Danke der Nachfrage, aber ob und wie ich hier geschlafen habe, ist völlig bedeutungslos, wie Sie sich denken können!" Wieder lächelt er arrogant und überheblich. Seine betont legere Kleidung, Johanna glaubt zu ahnen, dass diese weiße Hose, das schwarze Polohemd mit dem lässigen rotem Tuch um den Hals, seine Stellung unterstreichen soll. „Fehlt nur noch der Golfschläger", geht es ihr durch den Kopf „und das macht ihn auch nicht sympathischer."

„Oh, Madam ist heute wieder in guter Stimmung. Das freut mich und ich kann Ihnen gleich sagen, dass Sie heute mein Haus auch verlassen werden", kommt es zynisch mit aalglattem Lächeln von ihm.

„Eine erfreuliche Nachricht! Wohin, bitte komme ich"?

„Wie Sie sicher ja schon bemerkt haben, hat das alles hier seinen Plan und ich bin beauftragt worden, Sie zu finden und einer betreffenden Person zu übergeben. Die betreffende Person ist heute verhindert. Sie hat eine Panne mit dem Auto und steckt irgendwo fest. Aber wir haben telefoniert und mir wurde gesagt, dass man Sie erwartet. Sicher wird es eine Überraschung für Sie. Schade, dass ich das nicht miterleben darf, aber mein Auftraggeber möchte keine Zeit verlieren. Halten Sie sich bereit, jede Minute wird der Fahrer hier sein."

„Machen Sie doch nicht so ein Geheimnis daraus! Sie wissen alles, haben vor nichts zurückgeschreckt und nun das Theatralische! Wir sind doch in keiner Komödie, es ist doch eher ein Drama".

„Das mag Ihnen ja so vorkommen, aber mir wurde es so aufgetragen, damit auch nichts schief geht, was unter uns gesagt, absurd ist, denn bei mir geht nichts schief! Ich sag Ihnen nur so viel, es geht um Ihre Wurzeln und wenn Sie in den Spiegel schauen, wissen Sie schon, dass Ihre Wurzeln nicht in Deutschland liegen und nun sind Sie hier!"

„Das weiß ich auch, meine Eltern haben mich adoptiert. Sie glauben ja wohl nicht im Ernst an so einen Quatsch, wie Kindesentführung! Meine Eltern hätten sich niemals auf so etwas eingelassen. Träumen sie weiter, Sie Spinner!" Van Hook lacht zynisch dazu, erhebt sich und verlässt bewusst lässig den Raum. Johanna fühlt wieder diesen mächtigen Zorn auf van Hook in sich, aber auch auf sich selber, dass sie so die Beherrschung verloren hat. Aber dieser van Hook, der bringt sie mit seiner Art einfach auf die höchste Palme. Als OP- Schwester, muss man sich doch in jeder Lage zu beherrschen wissen, was sie auch immer tat. Aber das hier? Es bringt sie in Rage! Als sie dabei ist, sich wieder zu beruhigen, hört sie die Glocke an der Tür läuten, leises Stimmengewirr dringt zu ihr, aber verstehen kann sie nichts. Die Tür geht auf und ein richtiger Hüne steht vor ihr, von sehr dunkler Hautfarbe, bittet sie, nun mit ihm zu kommen. Mann oh Mann, der van Hook ist schon ein Widerling. Aber dieser Typ, wo haben die den aufgegabelt? Der soll mir wohl so richtig Angst einjagen? Das ist wie in einen schlechten Film! Aber das würde ja heißen, der Hauptdarsteller bin ich! Ich glaube, mir wird schlecht, ich will das hier nicht mehr haben! Aber sie muss, sie muss mit diesem Hünen zur Tür heraus und zu einem verdunkelten Auto gehen. Der Hüne reißt die Tür auf und mit einem leichten Stups von hinten ist sie in dem Wagen.

Peter

„Wisst ihr, was ich jetzt für ein saudoofes Gefühl habe!
Damals, da habt -IHR- euch ganz schön blind und naiv
über's Ohr hauen lassen. Ihr ward einfach blind.
Stefan, du bistdoch Geschäftsmann, hast du da nichts
gemerkt?" Stefan macht große Augen und nickt.
„Stimmt! Weißt du, dieser Flatcher, mit ihm habe ich so
viele geschäftliche Dinge gemeistert, ein gwiefter
Mann, in jeder Situation mit einem kühlen Kopf, er
hatte mein ganzes Vertrauen, wir waren gute Partner,
er hätte mich niemals mit Wissen bewusst so
hintergangen."

„Stefan, wo fangen wir an?" Stefan blickt Peter ratlos
an. „Wenn ich das im Moment wüsste, glaube mir,
wäre ich schon fort!" Ratlos schaut er auf Peter der
aufsteht und nervös eine paar Schritte rauf und runter
läuft. Vor Sabine bleibt er plötzlich stehen, beugt sich
zu ihr hinunter, nimmt sie in den Arm, schaut ihr in die
Augen, in denen so viel Schmerz zu sehen ist und
sagt: „Wisst ihr was! Ich gehe erst einmal in die Stadt,
so ein wenig kenne ich mich mit den Gepflogenheiten
der Menschen hier schon aus und vielleicht ist uns das

Glück wohl gesonnen. Ich werde meinen ganzen Charme versprühen, irgendwer hat eventuell etwas gehört oder gesehen. Das Nichtstun bringt mich sonst noch um! Genug ‚Scheine' zum schmieren habe ich dabei. Ruht ihr euch aus, kümmere dich um Sabine, sie sieht richtig fertig und müde aus, ich melde mich."

„Soll ich dich nicht besser begleiten, ich möchte dir gerne helfen?"

„Nein, lass mal, ich mache das erst einmal alleine. Ich weiß ja selber nicht, ob auch nur ein Hauch von einer Spur zu erfahren ist. Aber ich halte das hier nicht aus."

Er nimmt Sabine und Stefan am Arm und bringt sie erst einmal auf ihr Zimmer, damit sie sich ausruhen können.

„Versucht ein wenig zu schlafen und wir sehen uns dann spätestens heute Abend so gegen 19 Uhr. Er schließt hinter den beiden die Tür, steht einen Moment hilflos da und fragt sich, wohin um alles in der Welt soll ich gehen, wo fange ich die Suche an? Wer kann schon irgend etwas wissen? Wie komme ich dazu, die Illusion zu haben, dass sie womöglich sogar hier ist? Ich habe einen Knall!

Er geht in den Hotelgarten um seine Gedanken zu

ordnen und um einen Plan zu machen, wo er anfangen soll, etwas in Erfahrung zu bringen. Es ist, als ob ich eine Stecknadel im Heuhaufen suche, denkt er laut. Ich habe nicht die geringste Ahnung was ich tun kann. Eine kleine Idee, bitte! Aber nichts kommt und er geht mit schweren Gedanken an die Bar. „Einen doppelten Whisky bitte." Der Barkeeper stellt das Glas vor ihn hin, sieht Peters verzweifeltes Gesicht und meint: „Den Kummer, den Sie mit sich herum tragen, den möchte ich nicht auf meinem Buckel haben." Peter trinkt einen großen Schluck, schaut den Barkeeper an, schluckt und seufzt, er weiß nicht wie es dazu kommt, aber er fängt an zu erzählen, was alles passiert ist. Der Barkeeper hört sehr geduldig zu und stellt ohne Worte ein neues Glas Whisky vor ihn hin. Als er zu Ende erzählt hat, macht der Barkeeper ein ernstes Gesicht und nimmt Peter am Arm und geht etwas zur Seite.

„Hör mal, ich hörte da gestern ein Gespräch zwischen zwei Männern, die etwas von einer Frau erzählten. Es muss ja nichts mit deiner Geschichte zu tun haben, mir fällt das nur eben ein. Es ging darum, dass jemand eine Frau finden soll, um sie irgendeinem zu übergeben, der schon lange nach ihr sucht. Aber dann erzählten sie, dass es ein gutes Geschäft wird, die Frau wüsste von nichts und wo doch etwas zu verdienen gibt…?" Peter ist sofort hellwach und alles in ihm gerät in Aufruhr!

„Wie sahen die denn aus, kennst du die, wie kann ich die hier in dieser Stadt einfach finden?"

„Nein, ich kenne die nicht, ich habe die auch noch nie gesehen." „Oh Mann, erinnere dich an irgendetwas, alles kann so wichtig und auch hilfreich sein?" „Hmm, lass mich mal kurz überlegen? Was sagte der eine? Ja, jetzt weiß ich es wieder, sie sagten etwas von der Viktoria Street, aber was damit gemeint war, es tut mir leid, mehr weiß ich wirklich nicht"

„Ich danke dir. Du hast einen gut bei mir! Ein Hinweis, egal ob er falsch oder richtig ist, ist besser als hier zu sitzen und Whisky zu trinken." Peter geht aus dem Hotel und schaut sich nach einem Taxi um. Ein Taxifahrer lehnt lässig mit einer Zigarette im Mundwinkel an seinem in die Jahre gekommenen Taxi. Peter geht auf ihn zu und nennt ihm die Adresse. Der Taxifahrer grinst ihn an, meint lächelnd, „So einen netten Touristen wie Sie, fahre ich gerne Mister!" Was mag das zu bedeuten haben? Sollte Johanna etwa dort sein? Er überlegt während der Fahrt, was er tun kann. Was findet ich in dieser Viktoria Street? Auch wenn ich das Haus finde, einfach klingeln, hallo sagen, ich bin der Freund von Johanna? Nee, so geht das nicht gut! Ich werde mich einfach erst einmal umschauen und handeln, je nach der Situation.

Etwas außerhalb der Stadt in einer sehr ruhigen Straße, die Häuser hinter hohen Mauern versteckt, hält der Fahrer und Peter fragt, ob er ihn in einer Stunde hier wieder abholen kann, in Gedanken fügt er hinzu,"ich bin verrückt"! „Ist in Ordnung, meine Schwester wohnt ein paar Straßen weiter, da schau ich kurz vorbei. Suchen Sie hier in dieser Straße jemand Bestimmten?"

„Nein, so genau weiß ich das selber nicht, ich schaue mich einfach nur hier um", meint Peter. Der Taxifahrer blickt etwas irritiert, was um alles kann ein Tourist hier „schauen" wollen? Aber die Touristen sind ja bekannt, dass sie eine kleine Macke, oder sogar große Macke haben. Peter steigt aus und schaut sich das Gelände näher an. Überall hohe Zäune und Mauern, die die Häuser verstecken. Mit großen Toren, die natürlich geschlossen sind. In den Gärten sind Angestellte beschäftigt, den Rasen zu pflegen oder tun so, als sei es eine wichtige Aufgabe. Ab und zu erscheint eine junge Hausangestellte, plaudert ein wenig, verschwindet schnell, um ja nicht erwischt zu werden. Peter lungert an den Grundstücken herum und ist ratlos, was er tun soll. Plötzlich geht das Tor vor einem der Häuser auf. Eine Hausangestellte kommt heraus. Ihre hohen Absätze klappern auf dem Pflaster und das Kleid, in sehr bunten Farben, zeichnet ihre Figur und vor allem ihren Po gut ab. Er schlendert langsam hinter ihr her, lächelt über sich selber, denkt für sich, so weit bin ich schon, dass ich hinter so einem knackigen Po her laufe, für was man mich wohl hält? Seine Gedanken überschlagen sich, er überlegt fieberhaft, wie er sie ansprechen kann. An der nächsten Straßenecke muss sie an der Ampel warten. Er stellt sich neben sie und wünscht ihr einen guten Tag. Sie schaut ihn total verblüfft und abweisend an, er nutzt die Chance und redet einfach drauf los. „Es ist ein Geschenk bei diesem schönen Wetter auch noch so eine hübsche junge Frau zu treffen." In Gedanken fügt er hinzu, „was rede ich da für einen Schotter? Gleich scheuert sie mir eine wegen einer solchen plumpen

156

Anmache. Unglaublich, nun habe ich es schon am Anfang versaut!" Sie schaut ihn noch verblüffter an und es war ihr anzumerken, dass sie schwankt, eine bissige Bemerkung zu machen oder eilig weg zu laufen. Aber die Neugier siegte! „Kennen Sie zufällig ein nettes Kaffee, vielleicht mit einen schönen Aussicht?" „Ja, da kann ich Ihnen helfen, hier ganz in der Nähe gibt es ein Kaffee, direkt am Fluss, mit einem sehr guten Kaffee." Sie mustert ihn verstohlen, denkt, dass kann doch kein Zufall sein. Der will doch etwas von mir, der läuft doch schon einigen Minuten hinter mir her! Gut sieht er ja aus und wenn er mich jetzt einlädt, was soll schon bei einem Kaffee passieren?

„Ich möchte jetzt wirklich nicht aufdringlich klingen, mir kommt der Gedanke auch sehr spontan. Bitte seien Sie mir nicht böse, aber darf ich Sie zu einem Kaffee einladen? Alleine ist es so öde und Sie können mir vielleicht etwas über Ihre Stadt und Ihr Land erzählen, was in keinem Reiseführer steht." Sie schaut ihn unschlüssig an, im Inneren lächelt sie über diese Art von Anmache, sie kommt ihr plump und auch so linkisch vor. Sie ziert sich ein wenig, doch dann schaut sie ihn an, lacht und sagt: „Warum nicht!" Fügt in

Gedanken hinzu, was ist denn schon dabei! „Wunderbar, dann los, zeigen Sie mir den Weg dorthin!" Nur ein paar Straßen weiter, ein wenig versteckt ein unscheinbar erscheinendem Haus, aber der Garten, der sich dahinter befindet, eine kleine Oase. Blühende Bäume, bunte Blumen, die Vögel singen um die Wette und davor das glitzernde Wasser mit Booten darauf. „Da haben Sie mich aber wirklich in ein Paradies geführt, das würde keiner vermuten und finden schon gar nicht" fängt er die Unterhaltung an. „Es soll ja auch Paradiese nicht nur für die Touristen geben!"

„Sie sehen so aus, als kommen Sie gerade von der Arbeit." „Ja, ich arbeite für den Herrn van Hook und habe für heute meine Pflicht getan." „Ist das ein Holländer?" versucht Peter so nebenbei sie auszufragen. „Nein, ich glaube, er wurde schon hier geboren, er macht hier viele Geschäfte mit ausländischen und hiesigen bekannten Firmen." „Dann hat er ja sicher auch immer viele Gäste in seinem großen Haus? Was für Sie natürlich auch viel Arbeit in so einem großem Haus bedeutet?"„Na, ja, es geht, wenn viele Gäste kommen, dann ist auch mehr

Personal da. Gerade war eine junge Frau bei uns, sie war sehr wütend und wollte noch nicht einmal mit Herrn van Hook zu Abend essen." Im Stillen fragt sie sich, was der Mann eigentlich von ihr will? Fragen stellt der! Als wäre das wichtig für ihn! Aber er ist schon interessant! Peter glaubt, sein Herz bleibt stehen. Das kann doch nicht sein, dass kann doch nur Johanna sein! Ruhig, ganz ruhig, jetzt nichts versauen, sie muss mehr wissen und noch mehr ausspucken.

„Ach, entschuldigen Sie, ich habe mich noch gar nicht vorgestellt, mein Name ist Peter Wagner. Ich mache gerade eine Tour durch Botswana und hier bin ich in *Kasane* durch Zufall gelandet!"

„Ich heiße Amanda" und sie denkt, einen schönen Namen hat er, der passt zu ihm. „Amanda nehmen Sie doch bitte noch ein Stück von dem köstlichen Kuchen und erzählen Sie mehr, wie das so ist, für eine fremde Kultur zu arbeiten. Ich stelle mir das recht schwierig vor. Haben Sie das dort gelernt? Also, wenn ich so plötzlich in einem total fremden Haus mit anderen Gewohnheiten arbeiten müsste, dass stelle ich mir ganz schön schwer vor!" „Ach wissen Sie, eigentlich ist das gar kein Problem, ich habe meine Arbeit, es gibt gutes Essen und wenn man gelernt hat, wie die Herrschaften alles haben möchten, geht das ganz gut, es gibt schlimmere Bosse!"

„Diese junge Frau, warum war sie so sauer, wenn sie doch Gast ist?" „Das weiß ich auch nicht so genau, sie kam an, ziemlich müde und schmutzig. Sie duschte und ruhte sich etwas aus. Dann holte ich sie zum Essen und merkte nur, dass sie und van Hook ziemlich laut wurden und sie auf ihr Zimmer wollte. Sogar ohne Essen! Dabei hat sich die Köchin echt bemüht, ihr Menüs sind ein Gedicht. In echt!"

„Warum stritten sie sich, wenn sie zu Gast ist"? „Ach, es ging darum, dass sie wissen wollte, warum sie in dem Haus ist und sie fragte wohl sehr viel. Herr van Hook konnte oder wollte nicht so viel sagen. Mehr konnte ich nicht mitbekommen."

„Die arme Frau, fällt Ihnen nichts mehr ein?"

„Nein, warum sollte ich informiert werden? Ja, eines fand ich komisch. Als sie im Bad war, musste ich ihr Handy suchen und es Herrn van Hook bringen. Das fand ich merkwürdig! Aber ist das wirklich so interessant für Sie?"

Peter unterhält sich weiter mit ihr und fragt was es so

zu erleben gibt, was er unternehmen kann in dieser Stadt und bemüht sich, nur ein neugieriger Tourist zu sein. Nach einer Weile begleitet er die junge Frau noch bis zu ihrem Bus. So nebenbei fragt er sie, was denn der Gast von van Hook sonst noch so mache? „Oh, die ist heute Morgen abgeholt worden, nachdem ich ihr das Frühstück gebracht habe." Peter hat das Gefühl, den Boden unter den Füßen zu verlieren, das darf doch jetzt nicht wahr sein! So kurz davor, wo er sie irgendwie hätte befreien können, diese Nachricht! Er muss sich anstrengen, seine Gesichtszüge zu kontrollieren, so zu tun als ginge es ihn nichts an.

„Wie schön für sie, da war sie sicher froh", murmelt er.

„Tja," kann er nur noch sagen, „es war eine wunderschöne Stunde, die Sie mir geschenkt haben und vielleicht laufen wir uns an einer roten Ampel wieder über den Weg. Dann kennen Sie sicher wieder so ein nettes Lokal wo ich Sie zu Kaffee und leckeren Kuchen einladen darf.

„Ich finde es auch sehr schön mit Ihnen, so oft kommt es ja auch nicht vor, dass es Kaffee und Kuchen, einfach so spontan gibt von Fremden. Ich wünsche Ihnen noch einen schönen Tag"!

„Sie auch und Ihnen auch einen schönen Abend!"

Peter kann es nun kaum erwarten, in das Hotel zu kommen und hofft, dass Stefan schon wach ist. Das war für den Anfang doch schon etwas! Stefan wird sich über seine ‚Ausbeute' sicher freuen. Über den Ausgang der ‚Ausbeute' sicher nicht! In der Victoria Street steht tatsächlich noch der Taxifahrer, obwohl ja nun mehr als eine Stunde vergangen war. Lässig steht er am Auto. "Das finde ich aber nett, dass Sie auf mich gewartet haben!" „Wissen Sie, bei netten Touristen warten wir gerne `und mit einem Augenzwinkern,` da gibt es ja auch ein gutes Trinkgeld obendrauf." Peter lacht und meint: „na, Sie müssen es ja wissen!" „Wieder geradewegs oder mit Umweg zum Hotel?"

„Ja bitte und ohne Umwege, ich habe es ein wenig eilig." Der Taxifahrer versucht mit Peter ins Gespräch zu kommen, aber Peter bleibt ziemlich einsilbig und achtet fast gar nicht auf die Hinweise des Fahrers, der auf einige hübsche Sehenswürdigkeiten aufmerksam macht. Am Hotel angekommen gibt Peter das großzügige Trinkgeld und lässt sich seine Telefonnummer geben, falls er noch einmal ein Taxi braucht.

Eilig geht er durch die Hotelhalle. Von seinem Zimmer aus läutet er seine Schwiegereltern an um zu sagen, dass er mit Neuigkeiten wieder da ist.

„Ich komme sofort zu euch rüber, ich glaube, ich habe eine Spur, wenn sie im Moment auch wieder verloren gegangen ist!" Sabine und Stefan stehen an der offenen Tür und man sieht ihnen an, wie angespannt sie sind. Peter erzählt ihnen alles genau, was er im Kaffee in Erfahrung gebracht hat, wie er das Mädchen befragt hat. „Was machen wir jetzt mit dieser Information? Sollen wir einfach in die Victoria Street gehen und diesem Herrn sagen, was wir wissen, sie haben meine Frau, unsere Tochter? Das würde uns nichts bringen, dieser Kerl ist doch mit allen Wassern gewaschen. Er wird alles abstreiten und dem Mädchen, die mir alles erzählte, eine Tracht Prügel androhen, oder sie gar hinauswerfen. Es bleibt erst einmal so, dass ich dieses Mädchen wieder abfange, den Touristen spiele, der gerne viel über die Menschen, die hier leben, erfahren will und dankbar ist, dass sie mir dabei hilft. Ich werde versuchen, heraus zu finden, welche Leute da noch alles mit zu tun haben und wie man an die heran kommen kann.

Vor allem versuche ich heraus zu bekommen, wohin sie gebracht wurde."

„Ja Peter, das ist eine gute Idee, aber sei bloß vorsichtig, sonst wird alles womöglich noch schlimmer. Nicht auszudenken, wenn dir auch noch etwas passiert! Es ist doch alles schlimm genug, wir sind jetzt schon fertig!" „Sicher, I will do my best!"

„Kommt, lasst uns was essen gehen, ich sterbe vor Hunger." Ein großes Buffet mit allem was das Herz begehrt, erwartet sie. Gegrilltes Wild, Fisch und viele Leckereien. Gerade als sie sich nach einem Tisch umschauen, da sieht Peter sechs Männer auf sich zukommen. Da kommt es ihm schlagartig, dass das die Retter sind, mit denen er verabredet ist. Eine herzliche Begrüßung folgt und alle freuen sich, dass Peter keinen Schaden genommen hat. Peter stellt die Männer Sabine und Stefan vor und an einem großen Tisch beim Wein und dem leckeren Essen muss Peter das Abenteuer genau erzählen. Auch Sabine und Stefan hören gebannt zu, Peter erzählte ihnen nur die wichtigsten Details. Selbst Peter gerät beim Erzählen mit so mancher Begebenheit ins Stocken. Alle schweigen, denn keiner möchte sich vorstellen, so etwas zu erleben. Die Männer merken sehr bald, dass die Gedanken von Peter, Sabine und Stefan woanders sind. Sie tauschen noch die Adressen aus und lassen sich versichern, dass er sich in Deutschland melden wird. Herzliche Umarmungen und Mut machendes Schulterklopfen, dann sind sie mit ihren Sorgen wieder alleine. Nach zwei Bier an der Theke und dem Abwägen, ob der Plan auch wirklich gut ist, merkt Peter, dass er doch recht müde ist. „Ich verziehe mich jetzt, schlaft gut und es kann nur noch besser werden" versucht er seine zukünftigen Schwiegereltern zu beruhigen.

Im Bett macht er einen Plan, wie er so ganz zufällig dieses Mädchen wieder treffen kann, ohne dass sie misstrauisch wird. Da kommt ihm die Idee! Er muss sie fragen, ob sie ihn zu einem bestimmten Ort begleiten kann, so als Fremdenführerin. Es ist zwar eine absurde Idee, aber sein Inneres sagt ihm, tu das! Ja, das wäre es doch! So ist sie vielleicht geschmeichelt und es gibt viele Gelegenheiten mehr zu erfahren. Nur, wohin soll sie ihn begleiten? Er geht in Gedanken alle möglichen Sehenswürdigkeiten durch und er blieb immer an den Victoriafällen hängen. Er schiebt diese Idee sofort beiseite, ein ganz blöder Gedanke! Viktoriafälle! Was soll er denn dort suchen? Aber sein innerer Drang lässt nicht locker. Irgendwo muss ich suchen, also mache ich das. Vielleicht sagt mein Inneres ja das Richtige! Sicher ist das absolut Blödeste, was ich tun kann. Aber mache ich gar nichts, ist das auch blöd! Ich kann es drehen und wenden wie ich will, also mache einfach das. Ich höre auf meine innere Stimme! Das heißt, das Mädchen müsste sich einen Tag Urlaub nehmen und das bald. Bei Eier mit Speck und Kaffee erzählt Peter den Schwiegereltern seinen Plan und meint, dass er sich gleich in die Victoria Street fahren lässt um zu versuchen, das Mädchen zu erwischen. Sabine ist voller Sorge, findet die Idee absolut verrückt. Die Victoriafälle, sicher ist das nur kostbare Zeit die verloren geht. Aber die beiden Männer überzeugen sie, egal was es ist, es muß etwas getan und es ist besser als nichts zu tun. Es ist die einzige Möglichkeit, Näheres zu erfahren. Peter ruft „seinen" Taxifahrer an und der ist in ein paar Minuten mit einem breiten freudigen Grinsen zur Stelle.

„Wo geht es heute hin Mister?"

„Fahren Sie mich bitte wieder in die Victoria Street."

„Oh, ich glaube es geht um die Hübsche, mit der ich Sie gesehen habe, haben Sie schon eine Verabredung, oder überraschen Sie sie?"

„Na ja, so ganz ist es das nicht, aber ich möchte sie gerne wiedersehen, sie hat so schöne Dinge über euer Land erzählt. Davon möchte ich noch mehr hören. Aber ich glaube, ich muss mich auf die Lauer legen, ich habe so den Eindruck, ihr Chef würde ihr bestimmt den ganzen Tag Ärger machen und was nicht noch alles." „Da könnten Sie sehr recht haben, hier herrschen strenge Gesetze, aber ich kann Ihnen helfen, sie wissen ja, für nette Touristen tun wir gerne viel, weil…"

„ja, wir gerne großzügig sind" ergänzt lächelnd Peter. „Woher nehmen weißer Mann so viel Klugheit?" kommt es prompt von dem Taxifahrer. Und denkt, „den werde ich mir als Kunden halten, er ist nett, nicht kleinlich und wer weiß, wo er noch überall hin möchte?"

„Ich habe einen Plan" sagt der Fahrer:" Ich werde da hinein gehen, ich kann das ja als Einheimischer und werde mit der Kleinen reden. Sie kommt dann raus und ihr beide könnt euer Date bereden."

„Eine echt gute Idee und danke, das du - ich meine

Sie mir einfach und ohne viel Worte helfen wollen." „Das mit dem du das ist schon okay, wir sind hier nicht so kompliziert, mein Name ist Jeff." Als sie in die Victoria Street einbiegen, hält Jeff ein Stück von dem Haus entfernt an, steigt aus und geht auf das Haus zu. Peter steigt auch aus und versucht, nicht auffällig hin und her zu laufen, sondern benimmt sich so, als interessiere er sich für alles, selbst bei einem überhängenden Ast bleibt er ganz erstaunt stehen, als sei es etwas besonders Sehenswertes. Nach einer Ewigkeit, so kommt es ihm vor, erscheint Jeff grinsend wieder, lässt sich in den Sitz fallen und meint: „Die Kleine ist ganz aus dem Häuschen, das der „Mister" sie noch einmal sehen will. Sie sagt, dass sie heute Nachmittag frei hat und morgen einen Tag Urlaub. Ich sagte ihr, dass Sie ja noch soo viel hören und sehen wollen und es Ihnen Spaß macht, wenn sie Ihnen alles zeign kann. Ich kenne da so ein romantisches kleines Hotel, da kann man viel über die Menschen von hier lernen," grinst Jeff Peter mit einem eindeutigen Grinsen an. „Hör mal Jeff, ich sagte doch, dass sie mir vielleicht als Reisebegleiterin helfen kann. Mehr habe ich nicht im Sinn, mag sie noch so hübsch und sexy

168

und auch klug sein!" „Was wollen Sie denn sonst mit ihr machen?" Er fragt sich, was will er dann? Er will sie und doch nicht, dass verstehe einer! Peter überlegt kurz und schon kommen ihm von selber Worte in den Mund.

„Hör zu, ich möchte zu den Victoriafällen fahren, du fährst uns und ich erfahre alles, was ich wissen will." Die Wasserfälle sind das aber bestimmt nicht, setzt er mit seiner Verzweiflung in Gedanken dazu!

„Oh Boss, das ist ein prima Geschäft, ich mach dir einen guten Preis!" „Da bin ich mir sicher!" grinst Peter! Jeff steigt aus und verschwindet im Haus. Nach einer Weile sieht Peter die beiden auftauchen und lässt das Mädchen einsteigen. „Das ist aber eine Überraschung, dass Sie mich schon wieder sehen wollen und als Fremdenführerin. So viel habe ich Ihnen doch gar nicht über unser Land erzählt und überhaupt weiß ich nicht so recht, was ich sagen soll."

„Sie haben mich neugierig gemacht, mit dem was und wie Sie es erzählten Sie scheinen auch keine heimlichen Ängste zu haben, dass meine Absichten anderer Natur sind. Sind sie einverstanden? Natürlich werde ich Sie dafür bezahlen!" Amanda macht ein erstauntes Gesicht, das ist ihr alles ein bisschen zu hoch und verstehen kann sie das hier auch nicht. Aber kommt es spontan von ihr:

„Natürlich bin ich das und Sie sehen auch nicht wie ein Lustmolch aus." Ich käme auch ohne Jeff mit, denkt Amanda, so eine Gelegenheit, die gibt es nicht so oft im Leben! „Da bin ich aber froh, dass ich nicht wie ein Lustmolch aussehe und es wäre schön, wenn man es den Menschen immer ansehen könnte, was sie denken, wie sie planen und handeln". „Ich habe jetzt zwei Stunden Zeit, gehen wir noch einen Kaffee trinken?" Amanda lotste Jeff zu einem kleinen Café, wieder direkt mit Blick auf den Sambesi. Bei Kaffee und Kuchen, den sie köstlich findet, erklärt Peter ihr seinen Plan. Natürlich nur als stinknormaler Tourist, der etwas sehen möchte und auf seine Reiseführerin angewiesen ist. Aber einen Plan hat er ja auch nicht, das Ganze ist ein einziges verrücktes Bauchgefühl. Nüchtern betrachtet sagt er sich: „Du spinnst total was um alles in der Welt soll das mit den Wasserfällen?" Sie plaudern noch angeregt über Afrika.

Bis Peter zu ihr meint, ich glaube „wir fahren Sie jetzt nachhause." Beim Aussteigen schaut sie ihn an, sagt lächelnd, „ich freue mich! Also dann bis morgen früh 8.00Uhr! Ich warte hier auf Sie." Dabei muss sie sich Mühe geben, nicht vor lauter Freude zu hüpfen und laut zu lachen.

„Klar!" meint Peter und im Inneren fügt er hinzu. Ich glaube es nicht, was ich hier mache. Hoffentlich lohnt sich das auch, ich muss auf meiner Wanderung einen Teil meines Verstandes verloren haben!

Auf dem Weg zu ihrem Haus überlegt Amanda, wieso dieser Mann so schnell ausgerechnet sie als Reiseführerin haben will? So neugierig war er doch gar nicht? Diese Fahrt zu den Fällen, die kann er mit einer Beschreibung im Reiseführer doch selber machen. Verstehe einer die Touristen? Er sieht ja wirklich sehr gut aus, er macht auch nicht den Eindruck, als ob er mehr von ihr wollte, sonst hätte er doch sicher die eine oder andere Bemerkung gemacht. Komisch? Ich würde schon ein wenig mehr mit ihm anbandeln, er hat gute Manieren, einfach so ein Kerl, wie Mädels sich ihn wünschen. Ich wäre ja blöd, wenn ich nicht mitfahren würde, wo bekommt man so eine Gelegenheit schon einmal?

Jeff fährt Peter in sein Hotel, wo er Sabine und Stefan mit der Neuigkeit überrascht und erklärt ihnen noch einmal seinen Plan. Sabine und Stefan melden so ihre Bedenken an, was sollte das Mädchen noch sagen können? Aber Peter sagt ihnen: „Ich klammere mich an jeden Strohhalm und es ist besser, etwas zu tun als gar nichts! Denn ich habe tief in mir den Drang, gerade das zu tun, weiß der Himmel warum!"

„Wir sind dir so dankbar, dass du dich so bemühst. Es ist, als suchen wir eine Stecknadel im Heuhaufen."

„Haltet mir einfach die Daumen, dass dieser Trip zu etwas führt. Wenn ich Brauchbares höre, rufe ich euch sofort an. Also bis die Tage" sagt Peter mit einem etwas missglückten Lächeln und verschwindet.

Unruhig schläft er und schreckt immer wieder auf. Um fünf Uhr beschließt er aufzustehen. Er setzt sich auf den Balkon, sieht zu den Sternen und flüstert: „Johanna, wo du auch sein magst, ich finde dich!" Eine Sternschnuppe fliegt am Himmel entlang und er empfindet es als Antwort und Hoffnung. Er sieht zu, wie der Tag sein Recht erobert und der Nacht die Finsternis nimmt. Die ersten zaghaften Sonnenstrahlen siegen über die Kühle der Nacht und kurze Zeit später steht ein wärmender Ball am Himmel, der sich schnell verfärbt und hell gleißend die Erde erhellt.

Peter zieht sich an, geht in das Restaurant um zu frühstücken, obwohl sein Magen sich weigert etwas anzunehmen. Er schaut auf seinen Teller, der sehr einladend aussieht, etwas Rührei mit Speck, einwenig Käse und Obst. Er trinkt seinen Kaffee und ertappt sich dabei, wie seine Finger versuchen eine Falte von dem weißen Tischtuch glatt zu streichen. Er schaut auf die Uhr, 7.45 Uhr, Zeit nach draußen zu gehen.

Jeff lehnt an seinem Auto, reißt die Tür auf und macht eine übertriebene Verbeugung und grinst ihn breit an.

Peter seufzt, „man was die alle von mir denken, Frauenheld, Verführer oder was noch. Ich bin bestimmt mehr als verrückt" und setzt sich auf den Beifahrersitz. Beim Einbiegen in Amandas Straße, sehen sie sie schon an der Tür ihres Hauses stehen.

„Guten Morgen" und steigt mit einem lauten Lachen in's Auto. „Dann wollen wir uns mal die Fälle anschauen, ich habe eine Menge zu erzählen." Dir auf dem Beifahrersitz besonders! Geht ihr durch den Kopf.

Eine recht gute Straße mit einigen kleinen Ortschaften, die wie üblich, nur aus ein paar Hütten oder Lehmhäusern bestehen. Die breiten Grünstreifen auf beiden Seiten dienen Ziegen und auch Kühen als Weide. Ein Hirte sitzt unter einem Baum und döst vor sich hin. An der Busstation herrscht schon reger Betrieb. Unter dem Baum sitzen Frauen in ihren bunten Kleidern, die leuchten wie Farbtupfer in der ockerfarbenen Landschaft. Sonst ist es eine eher eintönige Fahrt. Amanda versucht mit lockeren Späßen, nach dem sie merkte, dass ihre Erzählungen über die Fälle ihn sehr wenig interessieren, aufzuheitern. Aber er bleibt wortkarg, wenn er sich auch bemüht, es nicht zu zeigen. Seine Gedanken, sie sind überall und nirgends, er kann sich auf nichts recht konzentrieren. Amanda und Jeff unterhalten sich lautstark mit viel Gelächter. Jeff schaut manchmal besorgt zu Peter, doch überlässt er ihn seinen Gedanken. An der Grenze nach Simbabwe überlegt er, woran ihn diese Grenze, besser die Beamten, erinnern. Der Beamte, der ihre Papiere kontrolliert, konnte deutsch. Er erzählt stolz, dass er schon in Deutschland, in Leipzig war, in der DDR. Das war es! Die DDR Grenze! Selbst der Geruch ist ähnlich und das ganze Gehabe, deutsche Bürokratie! Nach einer

Stunde geht es weiter, aber kurz nach der Grenze wieder Stopp. Polizeikontrolle wieder wird gründlich untersucht. Da nichts zu beanstanden ist, wird nach einem Feuerlöscher gefragt. Nach einigem Hin und Her geht es weiter. In *Livingstone* ist schon von weitem in den Himmel steigender Wassernebel zu sehen und auch weit mehr Autoverkehr. Jeff stellt sein Auto sicher ab und meint, sie brauchen ihn ja jetzt nicht. Er mache jetzt ein Schläfchen und sie würden ihn dort drüben in dem Café wiederfinden. Amanda und Peter brauchen nur den Menschen zu folgen oder dem Rauschen der Fälle, was immer lauter wird.

Sie sind schon fast am Eingang, als Peter auf etwas aufmerksam wird. Ein Stück von ihnen entfernt gibt es eine ungewöhnliche Unruhe. Ein Auto, was an ihnen vorbei gerauscht ist, wird plötzlich durch ein zweites Auto gestoppt. Es stellt sich quer vor das erste, ein Ausweichen ist nicht möglich. Erstaunt schaut Peter auf dieses Manöver und stutzt. Zwei Männer springen aus dem Wagen und reißen die Autotüren des ausgebremsten Autos auf. Da ist eine Frau, er glaubt an eine Fata Morgana. Was mit dem Fahrer geschieht, kann er nicht sehen, er schaut nur auf diese Frau was spielt sich da ab? Ein Mann reißt eine junge Frau aus den Wagen, nimmt sie förmlich in den Arm. Der andere kommt hinzu. Sie nehmen sie in ihre Mitte. Peter kann es nicht fassen, was er sieht, denn diese Frau ist Johanna!

Johanna

Johanna sitzt mit sehr gemischten und vor allem zornigen Gefühlen im Wagen und ärgert sich darüber, dass sie diesem Kerl hilflos ausgeliefert ist und keine Ahnung hat, wohin man sie bringen will. Durchatmen, ganz ruhig bleiben. Jetzt heißt es, mit diesem Typ irgendwie in ein Gespräch zu kommen, damit sie hört, wohin die Fahrt gehen soll. Sie bleibt erst einmal eine Weile still, schon um selber etwas ruhiger zu werden, denn durch ihren Beruf weiß sie ja schließlich, dass nur Ruhe helfen kann, Krisen zu bewältigen. Sie sieht, dass sie die Stadt verlassen haben. Schulkinder, die am Straßenrand unendlich weit bis zur Schule laufen, bei dieser Hitze und das morgens und am Nachmittag! Irgendwann zwischen den Orten, wenn man sie so bezeichnen kann, steht die Schule. Für die hiesigen Verhältnisse eine schöne Schule. Aus Stein gebaut, von außen geräumig, mit einem großen sandigen Schulhof ohne Baum und Strauch, nur mit einer Mauer eingezäunt. Johanna denkt noch darüber nach und fragt so ganz nebenbei den Fahrer, ob er weiß, wie viele Kinder in so einer Schule sind. Mürrisch schaut er sie an, es ist ihm anzusehen, dass er nicht antworten will. Aber dann fängt er doch an zu erzählen, dass er auch jeden Tag 4 km laufen musste, morgens hin zu seiner Schule und nachmittags zurück. Streng war`s , aber er war stolz, in der Schule gewesen zu sein. Noch immer gehen nicht alle Kinder in die Schule, obwohl das Schulgeld jetzt billiger ist. Nur für Bücher und Hefte muss bezahlt werden.

Vorsichtig lenkt Johanna das Gespräch auf Herrn van Hook und fragt, ob er für ihn arbeitet und wie lange schon „Ja schon, aber selten. Immer wenn es etwas zu tun gibt so wie dieser Auftrag, aber angestellt bin ich nicht bei van Hook, er hat nur wenige Angestellte.“

„Was wissen Sie denn von mir und was ist denn Ihre Aufgabe? Hat Herr van Hook mich etwa verkauft?“ Der Fahrer lacht laut und etwas ironisch meint dann, „Menschenhandel ist normalerweise nicht mehr möglich und auch verboten, heutzutage!“

„Ja, Geld habe er natürlich bekommen, es ist ein Auftrag. Ich muss Sie nur in einem Stück abliefern.“ Als er in Johannas erschrockenes Gesicht sieht, meint er trocken: „Das war ein Scherz! Aber um was es geht, warum und weshalb ich Sie fahren soll, was geht

mich das schon an?" „Nun, vielleicht wissen Sie doch
etwas, van Hook muss ja etwas gesagt haben?"
„Wissen Sie, ich bin hier nur der Fahrer und habe den
Auftrag, Sie sicher nach *Livingstone* zu bringen. Hier
fragt man nicht so viel, das Denken machen andere für
uns."

„Ach kommen Sie, Sie wissen doch mehr darüber",
fordert sie ihn heraus. „Wie stellen Sie sich das vor?
Dass man mich mit den Gepflogenheiten von
Geschäften vertraut macht, oder gar erzählt, was sie
für Geschäfte machen? Ich bin da, um einen Job zu
erledigen, alles andere geht mich nichts an. Außer,
dass ich mein Geld pünktlich bkomme."

„Sie hören doch aber mal dies und das, vielleicht auch
von diesem Herrn van Hook, er ist er, was macht er?"
bohrt sie weiter." Hartnäckig sind Sie, soll ich mir Ärger
einhandeln? schwatzhafte Angestellte liebt man nicht,
sicher auch bei Ihnen in den Firmen oder einfach in
Ihrem Land nicht." "Nur, hier geht es ja in irgendeiner
Weise nur um mich. Was ja wohl nicht legal ist!"

„Hier sind wir erst einmal an der Grenze nach
Simbabwe und ich rate Ihnen sehr, sich ruhig zu
verhalten. In Simbabwe geht es politisch nicht gerade

ruhig zu, da würde es für uns beide nicht gut aussehen, wenn Sie in irgendeinem Gefängnis sitzen, wer soll Sie da finden?" Johanna denkt natürlich sofort nach, wie sie sich aus dieser Situation retten kann, aber als sie an dem Zollschalter steht und die Situation beobachtet, wird ihr sofort klar, so einfach zu sagen: „Ich werde entführt, helfen Sie mir," das ist echt dumm! Das ganze Gehabe der Zollbeamten kommt ihr bekannt vor. Sie überlegt, wo hatte ich auch so ein Gefühl, des besser schön ‚brav' sein, sonst weiß der Kuckuck, was geschieht! Wie an der DDR Grenze, das ist es! Sie spürt sogar den typischen Geruch, der einem damals, an der Grenze empfing.

Ein Grenzbeamter erzählt voller Stolz von Leipzig, wo er vor vielen Jahren war. Eine Stunde später fahren sie weiter. Johanna knüpft wieder an ihr Gespräch an und versucht mehr zu erfahren. Also fragt sie, was dieser van Hook eigentlich beruflich so treibt.

„Er ist sehr bekannt und macht alle möglichen Geschäfte. So genau kann ich das auch nicht sagen. Ich weiß nur, dass er im Moment einen wichtigen Kunden hat, was wohl mit Ihnen zu tun hat."

„Ja, und was kann das für ein so wichtiger Kunde

sein?"

„Also ich weiß nur, dass der Mann Chef einer sehr großen Firma in *Kongola* ist, das liegt *am Kwando Fluß*. Sie haben dort ein sehr großes Haus mit vielen Angestellten. Der Herr soll streng, aber auch gerecht sein und seine Leute bezahlt er ordentlich. Er sorgt auch dafür, dass alle Kinder in die Schule gehen und ein Kinderarzt die Kinder untersucht. Madame ist sehr hübsch und kümmert sich gut um ihre Leute. Ich habe noch nie gehört, dass sie jemanden bestraft hat. Sie liebt ihren Garten und wenn sie den Ort sehen, die Hitze erleben, werden sie staunen, was das für ein Garten ist. Ein Gärtner ist nur dafür da, die Pflanzen nicht vertrocknen zu lassen, dass alles schön grün bleibt." „Na, das ist ja eine ganze Menge über diese Familie? Wieso wissen Sie eigentlich soviel über diese Madame"? „Na ja, ich habe einmal für sie gearbeitet, aber dann bin ich nach *Kasane* gezogen. Das weiß aber van Hook nicht!" Johanna hört gespannt zu und versucht sich ein Bild zu machen, aber es war alles wie ein Puzzle, was durcheinander dalag. Es muss doch einen Grund geben, denn so wie der Fahrer die Familie schildert, passt da eine entführte Frau nicht in das Bild. Johanna versinkt ins Grübeln und sie merkt gar nicht, dass sie *Livingstone* erreichen. Der Nebel der Wasserfälle liegt wie eine große Wolke über der Stadt und holt Johanna aus ihrer Grübelei. Sie schaut fasziniert auf die aufsteigende feine Gischt. Das können doch nur die Viktoriafälle sein, denkt sie. Gerade will sie den Mund aufmachen um zu fragen, wo sie denn die Familie treffen soll, da stellt sich ein Auto quer vor ihr Auto und bevor sie es fassen kann, werden beide Türen aufgerissen, ihr Fahrer will sich wehren, er bekommt einen Schlag auf den Kopf und sie wird aus dem Wagen gezerrt. Ehe sie reagieren kann wird sie von einem Mann umarmt sehr unsanft und kräftig. Sie sieht gerade noch, wie ihr Fahrer zusammensackt. Schon ist ein zweite Mann da, sie nehmen sie in die Mitte zerren sie vorwärts. Soll sie in das andere Auto einsteigen? Sie ist eingeklemmt zwischen den beiden Männern es geht Richtung Kasse. Erstaunte Menschen schauen auf sie und sie will schreien, aber schon liegen Lippen auf ihrem Mund. Sie zerrt und will sich befreien, aber die beiden haben sie geschickt zwischen sich, lachen und tun so, dass es für andere nur aussieht, als ob die drei ihren

Spaß haben. Die Menschen wenden sich wieder der Kasse zu, weil ihre Gedanken schon wieder bei den Fällen sind. Johanna ist verzweifelt, schon zwingt man sie, schnell zu laufen. Dann wird sie wieder in den Arm genommen und heiße Lippen pressen sich auf ihre Lippen. Ihre Gedanken machen Purzelbäume, alles läuft wie in einem Film ab und zwar in Zeitlupe. Ihre Augen suchen die Aufmerksamkeit der Leute, die wartend herumstehen, aber keiner scheint etwas zu merken. Wie auch? Die Menschen freuen sich, sind guter Laune, keiner schaut den anderen näher an. Wenn, dann mit einem Lächeln, jeder ist nur mit sich beschäftigt. Sie kann es nicht fassen, dass wirklich niemand bemerkt, dass es nicht normal ist, so wie sie zwischen den Männern rennen muss. Wenn wieder einer der Kerle sie küssen will, dann wird sie zubeißen und zwar heftig! Das Messer, das sie plötzlich im Rücken spürt und der Atem an ihrem Ohr mit dem Flüstern „ein Mucks von dir und es tut sehr weh", nimmt ihr allen Mut, sich bemerkbar zu machen. Wo ist mein Mut, denkt sie, aber im Moment weiß sie echt nicht was sie tun soll. Den beiden traut sie alles zu. Schon sind sie im Gewühl zwischen anderen

Menschen. Jetzt geht es langsamer voran. Mitten in der Menschenmenge, zwischen den beiden Männer eingekeilt, die so tun, als gehörten sie zu einer Reisegruppe. Ab und zu kommt das leises Zischen und sie spürt das Messer, „ein kleiner Ton und es fließt Blut!" Sie gehen an der Kasse vorbei, sie versucht verzweifelt, mit dem Kassierer Blickkontakt zu bekommen, aber der schaut nur auf seine Tickets, die er verkauft, sonst ist für ihn alles ohne Belang. Schon zerstreuen sich die Leute, denn hier ist nicht Europa, hier gibt es nur an der Kasse einen Stau und dann ist man fast alleine. Sie sind immer weiter abseits, alleine. Sie nimmt kaum das Rauschen von den Wasserfällen wahr. Sie sucht verzweifelt nach einer Idee, wie sie sich trotzdem bemerkbar machen kann, ohne dass es den Männern auffällt. Sie zwinkert verzweifelt den Menschen zu, machte Grimassen, aber keiner sieht hin, wenn ja, dann kommt eine Grimasse mit einem Grinsen zurück. Jeder ist selber mit Staunen beschäftigt, mit seinen Regenjacken, die jetzt angezogen werden, da die Gischt von unten wie feiner Regen hoch bläst. Die kleine Hoffnung, es könnte auffallen, wie die zwei Männer und sie so pitschnass werden. Es schaut aber niemand zu ihnen hin. Da laufen ja auch ein paar junge Frauen jauchzend durch die Gischt, ihre Kleider kleben an ihnen, was natürlich die Blicke auf diese jungen Frauen zieht, nur nicht auf zwei Kerle mit der Frau in ihrer Mitte! Schließlich sind alle hier um diese gigantische Naturgewalt zu erleben mit ihren Regenbögen.

Kurz kommt der Gedanke, wie schön wäre es, wenn....! Sie entfernen sich immer mehr von den fröhlichen Touristen, Johanna hat ja sowieso keine Ahnung, wohin die Wege führen, sie ist wirklich ausgeliefert. Sie versucht nun, sich ein paar markante Stellen zu merken. Ihre Gedanken kommen wieder in etwas ruhigeren Bahnen. Wie lange sie laufen, es kommt ihr ewig vor. Sie weiß einfach nicht, wo sie entlang laufen, welche Richtung sie nehmen. Noch nicht einmal, wie sie es ist immer tat, sich Dinge zu merken um sich nicht zu verlaufen. Ihr Kopf fühlt sich einfach hohl und leer an. Die zwei Männer und sie sind jetzt ganz alleine und laufen durchs hohe Gras. Das Rauschen wird immer leiser. Plötzlich stehen sie vor einer Lehmhütte. Beim Hineingehen stößt sich sich den Kopf an der Tür und sie muss sich erst einmal an das dämmrige Licht gewöhnen. Ein festgetretener heller Sandboden, ein Bett steht da, besser nur ein Lager, ein Stuhl und ein wackeliger Tisch sind das Mobiliar. Endlich lässt man sie los, ihre Oberarme tun weh. Die heiße stickige Luft, sie glaubt gleich daran zu ersticken. Sie sinkt auf das Lager, ringt nach Luft und fragt endlich: „Was wollen Sie von mir?"

„Ja meine Liebe, wir wollen ganz einfach an dir verdienen!"

„Wie soll das gehen, wie kann ich das verstehen?"

„Ganz einfach, deine Familien gibt uns Geld und wenn du lieb bist, dann kannst du auch nach Hause."

„Ich glaube, Sie haben da die Falsche erwischt. Mir ist zwar viel passiert seit wir dieses Afrika betreten haben, aber das meine Familie für mich zahlen soll, ist ja wohl absurd! Meine Familie lebt in Deutschland, wir sind einfach nur Touristen. Ich glaube langsam, alle hier in diesem Land sind durchgeknallt."

„Ich weiß ja nicht, meine Liebe, was du mit deiner Familie in Deutschland meinst? Deine Familie lebt hier, es ist eine sehr wohlhabende Familie. Wir wollen nur ein „Stück von dem Kuchen" haben. Du kannst uns glauben, das tut deinen Leuten nicht weh. Jetzt hat sich ja alles wunderbar ergeben. Wir wären recht dumm, wenn wir nicht davon profitieren. Man muss Glück haben in diesem Land und dann fest zugreifen, so ist das hier". Damit will er sich abwenden und grinst sie überheblich und höhnisch an.

„Sie sind ja verrückt! Was soll das - mit der Familie hier, ich kann noch denken. Ich kenne nur meine Eltern und meinen Mann. Die Eltern sind in Deutschland und keineswegs sehr wohlhabend. Mein Mann, ist allerdings mit mir hierher geflogen. Erst ab dem Delta und der geplatzten Bootsfahrt nahm die Katastrophe ihren Lauf. Auf der Bootsfahrt wurden wir getrennt. Wenn Sie von meinen Leuten vom anderen Ende der Welt Geld wollen, dann hätten Sie sich wirklich reichere Leute aussuchen sollen. So sind Sie ja noch dämlicher, als Sie ohnehin sind!" „Noch ein Wort dieser Art und Sie lernen mich kennen! Wenn ich sage, Ihre Eltern, dann meine ich das auch so! Ihre Eltern in Deutschland, die interessieren uns nicht, welche Eltern das auch sind, Ihre Leute, die Sie Eltern nennen, bestimmt nicht!"

„Sagen Sie mal, können Sie nicht zuhören? Meine Eltern lebten und leben in München mit mir, bis ich erwachsen war. Sie können ja träumen von reichen Eltern, nur sollte dann die richtige Tochter dazu gehören. Jedenfalls nicht ich! Lassen Sie den ganzen Quatsch. Fahren Sie mich zurück nach *Kasane* und ich kann sicher vieles vergessen." „*Fuck you*," mich nervt dein dummes Gequatsche. Wenn ich sage, ich rede von deinen Eltern, dann ist das so! Strenge mal dein Hirn an und überlege, warum alles so gekommen ist! Zufall? Nee! Kram mal in deiner Vergangenheit, dann geht bei dir vielleicht ein Licht auf. Hirn scheinst du ja zu haben!"

Johanna setzt sich auf und versucht wieder einmal Ordnung in ihren Kopf zu schaffen. ‚Die haben ja recht! Es ist ja auch nicht normal, was jetzt alles passiert ist und es kann auch kein Zufall sein. Dazu lief alles so, als wäre es geplant gewesen. Aber was heißt das? Deine Eltern! Ich weiß ja, dass ich adoptiert wurde. Natürlich habe ich leibliche Eltern, aber wenn es so reiche Eltern sind, dann hätten sie ja wohl kaum ihr Kind weggegeben. Also, was soll das hier? Ach, wenn ich doch mit Peter reden könnte. Wie es ihm wohl geht und wo er wohl steckt? Ob wir wohl je wieder in Ruhe morgens aufwachen werden? Ich könnte heulen!'

„Wie gedenken Sie denn von dieser Hütte aus vorzugehen?"

„Das lassen Sie mal schön unsere Sorge sein. Ihre Eltern werden schon von uns hören." „In ihrem Kopf dröhnt und hämmert es, sie fühlt sich ausgeliefert, ausgelaugt und eine bleierne Müdigkeit macht sich breit. Ich bin so müde, ich will diese Kerle einfach nicht mehr sehen, sollen die doch alle um mich herum stehen, ich lege mich jetzt einfach hin. Vielleicht kommt mir ja eine Idee! Mit einem innerlichen Seufzen sinkt sie auf das Lager. Völlig verkrampft versucht sie mit Entspannungsübungen etwas lockerer zu werden. Die Stimmen der Männer werden leiser, alles verschwimmt vor ihren Augen. Sie sieht wieder die Frauen, die an ihrem Bett stehen und nach ihr greifen. Sie will aufstehen und weglaufen, aber sie kommt keinen Schritt vorwärts. Sie schlägt nach den Frauen, sie will schreien, aber kein Ton entweicht ihr. „Peter, Peter" will sie rufen, „komm und helfe mir!" Sie merkt wie der Schweiß an ihrem Körper klebt, sie will nur weg! Mit einem Ruck setzt sie sich auf, einen Moment lang weiß sie überhaupt nicht wo sie ist, dann sieht sie sich in der Hütte um. Mit aller Brutalität kommen ihr alle Ereignisse wieder vor Augen. Sie sucht nach einem der Kerle und stellt fest, dass sie alleine im Raum ist. Leise erhebt sie sich und schleicht zur Tür. Leider sitzt vor der Hütte Nelson, der räkelt sich genüsslich auf dem Stuhl im Schatten der Hütte und raucht.

Grinsend dreht er sich um, „na, Prinzessin enttäuscht, dass einer hier ist?" „Ich bin hungrig und durstig, sicher haben Sie an so etwas gedacht!"

„Mein Kumpel, Mukulu, kommt gleich und hat alles dabei." „Hey ich muss dringend mal für Mädchen!"

„Geh hinter den Busch, aber glaube ja nicht das du abhauen kannst, ich bin schneller!" Johanna schaut zum Himmel, ihr war wieder einmal das Zeitgefühl abhanden gekommen. Es muss bald dunkel werden, denn der türkisfarbene Himmel mit leuchtendem rot lila Farbenspiel färbt den Himmel in ein sanftes Licht.

Eine kleine Petroleumlampe spendet etwas Licht, als Mukulu mit Wasser, Brot, Käse und Obst endlich kommt. Die Männer setzten sich mit Brot und Käse vor die Hütte. Johanna dreht die einzelnen Weintrauben mit ihren Fingern, grübelt, ihr ist so gar nicht nach Essen, obwohl ihr Magen das Gegenteil sagt. Lustlos kaut sie an Brot und Käse. Wortlos treten die beiden Männer wieder in den Raum, legen sich auf den Boden und schlafen, so sieht es jedenfalls aus. Sie legt sich auch auf ihr Lager und überlegt. Wenn die beiden schlafen, schleiche ich mich ganz leise hinaus. Das klappt nie! So verwirft sie einen Fluchtplan nach dem anderen.

Die Tür geht mit einen laut krächzendem Ton auf, Johanna schreckt hoch und springt von ihrem Lager. Fast lächelnd wendet sich Mukulu ihr zu und meint „deine Eltern wissen jetzt Bescheid! Heute Mittag kommt das Geld. Wenn nicht, dann gute Nacht für immer!" Die Stunden zerrinnen zäh, diese Hitze in dieser Hütte, es ist stickig mit einer schlechten Luft, die ihr das Atmen schwer macht. Apathisch liegt sie auf der Liege und ihre Gedanken drehen sich immer im Kreis. Was kann ich tun? Gegen Mittag geht Mukulu los um zu „kassieren", wie er sagt. Sie läuft ein paar Mal um die Hütte und lauscht dem so entfernten Rauschen. Eigentlich sind wir doch gar nicht so weit weg vom Wasser? Wenn ich jetzt einfach losrenne, vielleicht würde ich es schaffen?' Aber als sie sich umschaut, steht da Nelson mit einer Pistole in der

Hand und beobachtet jede ihrer Schritte. Mist! Da klingelt das Handy ihres Bewachers, sie zuckt zusammen und ihr Herz fängt an zu rasen.

„Verdammte Scheiße schreit Nelson in sein Handy, dass gibt es nicht, die Schweine!" Um Gottes Willen, was hat das nun wieder zu bedeuten?" denkt sie. Wohin soll das Chaos noch führen. Ihr Bewacher kommt auf sie zu, zornig packt er sie am Arm und zieht sie wütend hinter sich her in die Hütte. Sein rotes Gesicht ist vor Zorn verzerrt.

"Was ist denn nun schon wieder mit dir los?" „Deine Scheißfamilie will ihre Kerle auf uns hetzen und wagen es Forderungen zu stellen, aber nicht mit uns!" „Was wollen Sie jetzt machen?" Im Stillen überlegt sie: „Was haben die eigentlich erwartet? Einfach jemanden rauben und von einer reichen Familie Geld erpressen, als wenn diese Familie nicht auch Verstand hätte! Wenn es wirklich ihre Eltern wären, dann hätten die sich sicher anders bei ihr gemeldet. Aber für jemanden, den sie wahrscheinlich gar nicht kennen, werden sie sicher nicht die Welt auf den Kopf stellen. Dumm nur, dass meine Lage dadurch auch nicht besser wird, aber für euch auch nicht!

„Was haben Sie sich überlegt jetzt und hier, Sie großer Held?" „Das werde ich dir gerade auf deine Nase binden? Halt einfach die Klappe!"

Peter

Peter steht noch immer fassungslos da und sieht Johanna, wie sie aus einem Auto gezerrt wird. Sie gehen mit ihr in Richtung der Kassen, und verschwinden mit ihr in der Menschenmenge. Er schreit Amanda zu: „Hol Jeff, ich renne den Männern hinterher zum Eingang, Jeff wird mich, nein uns – hoffentlich – finden."

„Wen soll ich denn um Gottes Willen und wie finden wir dich?"

„Meine Frau! Hole ihn, er soll mich suchen oder am Eingang auf mich warten!"

Er rennt los und hetzt Johanna hinterher. Am Eingang neben der Kasse drängen sich die Leute und er sieht sie hin und wieder mal ganz kurz, wie sie durch die Menschenmasse geschleust wird. Schon will er rufen. „Haltet die Drei auf", doch er bleibt still, denn sein Instinkt warnt ihn und so schiebt er sich auch nur voran. Sein Versuch sich vorzudrängen, wird von den gutgelaunten Touristen vereitelt. Gutgelaunt rufen sie ihm zu: „so nicht Junge, oder was soll das denn werden?" Er gibt dem Kassierer viel zu viel Geld als nötig, er ist durch, die Menschenmenge verteilt sich sofort. Da sieht er sie ganz weit vor sich, beschließt, vorsichtig zu sein. Er bemerkt gar nicht, dass er durch die Gischt klatschnass wird. Er ist einen Moment wie gelähmt, fassungslos. Gott sei Dank das geht vorüber und sein Verstand beginnt zu arbeiten. So vorsichtig wie möglich, schleicht er hinter ihnen her, er bemerkt es kaum, wie auch er sich immer mehr von den Wasserfällen entfernt und so auch von den Menschen. Die sind alle sowieso nur mit der Schönheit der Fälle beschäftigt, nichts interessiert sie. Wie sollte auch nur einer auf den Gedanken kommen, dass vor ihren Augen eine Entführung stattfindet. Sie sind hier um die Gewaltigkeit des Wassers zu erleben mit den prächtigen Regenbögen, die sich wie Brücken über die Schluchten spannen. Nur Peter sieht das leider nicht, sein Herz klopft bis zum Hals vor Angst, dass man ihn entdeckt. „Obwohl, die kennen mich doch nicht". Wie lange er schon den Dreien hinterher pirscht, kann er nicht einschätzen. Ob es Mittag oder Nachmittag ist, er hat dieses Zeitgefühl im Moment verloren. Er sieht nur die drei Gestalten da vorn und ist bemüht, nicht gesehen zu werden. Dann sind sie plötzlich verschwunden. Einen Moment steht er fassungslos da, schaut sich suchend um. Gott sei Dank da vorne sind sie, hinter hohem Gras und Büschen sieht er ein völlig verstecktes Haus, eine Hütte. Er hört förmlich wie die Tür hinter den drei Gestaltender zuschlägt. Seine Knie werden weich und so setzt er sich einen Moment in das Gras um den nächsten Schritt zu überlegen. Hilft nichts, Junge, ich suche mir jetzt im dem hohem Gras einen einigermaßen sicheren Platz, wo ich die Hütte gut beobachten kann.

Lange Zeit tut sich gar nichts. Durst plagt ihn, denn trotz Schatten, den er zum Glück hat, ist es doch mächtig heiß und noch die hohe Luftfeuchtigkeit dazu. Das entfernte Rauschen der Wasserfälle stillt auch nicht seinen Durst. „Jetzt ein kaltes Bier" kommt es ihn in den Sinn und er sieht vor seinem Augen kühles klares Wasser. Er hat das Gefühl, wenn eine Wanne mit Wasser vor ihm stehen würde, bliebe nicht ein Tropfen übrig! Aber er hat kein Wasser, er sieht nur auf die Hütte. Plötzlich tritt einer der Kerle aus dem Haus und telefoniert. Gerade überlegt er, ob diesen Kerl überrumpeln kann, da kommt der andere heraus, aber jetzt kann Peter wegen der Dunkelheit wenig erkennen. Zum Glück ist der Mond dick und rund und beleuchtet die weite Ebene. Müdigkeit übermannt ihn, er weiß, dass er im Dunkeln wenig ausrichten kann. Die Kerle haben sicher nicht vor, bei Nacht und Nebel mit ihrer ‚Beute' zu verschwinden. Die planen etwas anders. Aber das ist mit Sicherheit erst morgen!

Aus Gras macht er sich ein Lager wie ein Schakal, und wartet ab, ob es eine Möglichkeit gibt, Johanna zu befreien.

Noch halb im Schlaf streicht er sich über das Gesicht, um etwas wegzustreichen. Aber es ist nur ein Grashalm im Sonnenstrahl, der über sein Gesicht tanzt. Die angenehme Wärme lässt ihn noch einen Moment liegen um seine müden Glieder zu entspannen. Unter leisem Stöhnen setzt er sich auf, er muss kurz überlegen, wo er überhaupt ist! Dann schaut er sich erst einmal vorsichtig um, mit dem bangen Gefühl, dass ihn womöglich eine Enttäuschung erwartet. Dass diese Schurken doch in der Nacht von ihm unbemerkt, etwas geplant haben, sie vielleicht fort sind. Aber dann sieht er Johanna! „Was bin ich froh!!" Entfährt es ihm leise. Sie kommt aus der Hütte läuft hin und her, macht Kniebeugen, wirft die Arme um sich.

Peter lächelt etwas, meine Johanna, selbst von hier aus, sieht es so aus, dass *der* morgendliche Frühsport sein muss. Schon überschlagen sich seine Gedanken, wie kann er sich nähern, wie kann er sich bemerkbar machen und wie mit ihr von hier verschwinden? Einer der Männer geht weg von der Hütte. Wird er eine Weile fort sein? So entschlossen, wie er sich auf den Weg macht? Das heißt, jetzt ist nur noch einer bei Johanna! Da ist sie wieder, er kann förmlich ihren verzweifelten Blick spüren. Sie läuft um die Hütte herum und er überlegt, soll er pfeifen oder einen anderen Ton von sich geben, damit sie auf ihn aufmerksam wird. Da kommt mit finsterer Mine der eine schwarze Mann auf Johanna zu, packt grob ihren Arm und zerrt sie in die Hütte. Peter überlegt, wie er den Kerl außer Gefecht setzen kann um mit Johanna so schnell es geht abzuhauen. Er muss näher an die Hütte sich anschleichen und hoffen, dass ihm die rettende Idee kommt. Mühsam, um möglichst wenig Geräusche zu machen, schleicht er gebückt und kauert sich dicht bei der Hütte hinter einen Busch. Ihm ist klar, dass er das nicht lange durchhält. Sein Durst ist unerträglich, die Zunge klebt wie ein dicker Kloß im Hals. Vor seinen

Augen erscheinen riesige Gläser mit Wasser, an denen Wassertropfen herunter laufen. Er öffnet den Mund, um das kühle Nass zu trinken, aber nur die heiße Luft atmet er ein. Sein Mund, er ist so trocken! Aber er darf doch nicht aufgeben, jetzt, wo er Johanna so nahe ist. Gibt es eine Möglichkeit, sich Johanna bemerkbar zu machen und mit ihr zu fliehen?

Johanna

Johanna setzt sich auf ihr Lager sieht auf den Staub, der durch die spärlichen Sonnenstrahlen die durch die Ritzen fallen im Raum tanzen, in dieser engen Hütte. Sie liegt da, beobachtet die tanzenden Staubkörner, die an der Wand entlang hüpfen. Voller Gedanken mit der großen Frage, „was kann ich tun?" Dieser blöde Mukulu ist ja fort. Es gibt nur noch diesen noch blöderen Nelson. Irgendwie muss ich mit dem fertig werden und versuchen abzuhauen. Mein Gott, es ist so etwas von nervend, immerzu überlegen zu müssen, was ich als nächstes tun kann. Gibt es denn keine Normalität mehr in meinem Leben? Sie beobachtet Nelson, der eine Zigarette nach der anderen raucht und der wie ein Löwe im Käfig auf und ab läuft.

„He, Nelson, wann meinen Sie, wird Mukulu zurück sein?"

„Du sollst einfach nur die Klappe halten, ich muss nachdenken Mukulu wird es deinen Eltern schon zeigen. Mit uns sollte man sich nicht anlegen!"

Aha kommt ihr der Gedanke, der ist nervös, das kann mir vielleicht nützlich sein, hoffentlich!

„Wissen Sie Nelson, ich könnte Ihnen doch auch helfen!" „Du! Wenn das mich nicht wie eine Hyäne lachen lässt! Du vergisst, dass du in unserer Gewalt bist und ich muss sehr lachen, du kannst uns nicht helfen, du bist unsere Geisel!

„Können Sie mir nicht ein wenig von meinen „sogenannten" Eltern erzählen? Wenn die so reich sind, warum haben sie mich weggegeben? Wer sind sie?"

„Ich habe jetzt keine Lust, mit dir darüber zu plaudern. Sie wollen uns einfach das Geschäft versauen. Wenn sie nicht diese Bluthunde hätten, wäre alles schon erledigt und wir würden im Flieger nach Johannisburg bequem mit einem Bier sitzen."

„Was haben Sie denn in Johannisburg für Pläne?"

„Da haben wir unsere Freunde und können untertauchen. Aber jetzt halte endlich die Klappe, ich kann dich schon nicht mehr sehen."

„Haben Sie noch etwas zu essen und Wasser bei dieser Affenhitze hier?" Nelson starrt sie an, kramt in einer Tasche und holt eine Tüte mit Brot hervor und eine große noch recht kalte Flasche Wasser heraus.

„Hier, teile es dir gut ein, mehr haben wir zu bieten!"

Sie knabbert an dem Brot und fragt Nelson, ob sie etwas nach draußen gehen darf, der nickt nur unwillig und starrt auf seine Uhr. Johanna nimmt die Flasche Wasser und geht auf die Tür zu, als Nelson plötzlich aufspringt und ihr den Weg versperrt.

„Was soll das werden? Ich habe dich doch gefragt, ob ich kurz nach draußen gehen darf!"

„Mir fällt gerade ein, dass wir unsere Zeit auch anders verbringen können, wann hatte ich mal die Gelegenheit, mit einer hübschen weißen Geisel ein wenig mir die Zeit zu vertreiben um zu fummeln!"

„Jetzt bist du wohl total durchgeknallt! Glaubst du, du kannst mich damit einschüchtern?" Die Knie werden ihr weich, es wird ihr ganz flau bei dem Gedanken, ihm unterlegen zu sein. Dass wäre dann doch die Krönung! Sich von so einem Typen befummeln zu lassen oder gar noch schlimmeres! Nelson setzt ein Grinsen auf und will nach ihr greifen, aber Johanna hatte das schon geahnt, ihre aufgestaute Wut will sich jetzt einfach entladen und sie fühlt, wie starke Kräfte sich in ihrem Inneren ansammeln, ihr Mut geben sich zu verteidigen. Jedenfalls empfindet sie es so und sie stürzt sich auf Nelson, der völlig überrumpelt da steht.

Schon hat sie ihre Fingernägel in seinem Gesicht. Das geht so schnell, sie schlägt, tritt, was das Zeug hält und schreit aus Leibeskräften. Nelson, der aus seiner Überrumpelung erwacht, greift sich noch etwas benommen zwischen die Beine. Wie in Trance bemerkt sie es, dass sie Nelson an seiner empfindlichsten Stelle getroffen hat. Das heizt seine Wut natürlich sofort an, einfach so an die Eier getreten zu werden! Er holt aus, um ihr eine Ohrfeige zu verpassen. Da nimmt er hinter sich eine Bewegung wahr. Noch bevor die Ohrfeige bei ihr landet, bekommt Nelson von hinten einen anständigen Tritt, der ihm das Gleichgewicht nimmt. Johanna reißt die Augen auf und kann nur ‚- PETER rufen. Der liegt schon über Nelson, obgleich der sich heftig wehrt. Johanna schaut wie im Schock auf die beiden und sieht in Zeitlupe, wie Nelson dabei ist den Kampf gegen Peter zu gewinnen. Sie schaut sich verzweifelt nach etwas Brauchbaren um, was sie als Waffe benutzen kann. Sie findet nichts außer einem Stuhl. Ohne zu zögern nimmt sie den, hebt ihn hoch, passt auf, dass sie nicht Peters Kopf trifft, wartet einen Moment mit angehaltenem Atem und schon kracht er mit Wucht auf Nelsons Kopf. Die Umklammerung löst sich, Nelson liegt am Boden! „Johanna, du hast aber auch einen Schlag! Ich werde mich wohl in Zukunft bei dir in acht nehmen müssen!" keucht er völlig außer Atem. „So etwas wie eben, dass nennt man wohl Teamarbeit?" Dabei schaut er sie erleichtert, besorgt und erleichtert an.

„Peter, wo kommst du denn her?" Sie springt förmlich in seine Arme, küsst ihn und stammelt: „Ich, kann es gar nicht fassen! du hier!" Zwick mich ganz schnell und fest, sonst denke ich dass ich träume." „Mache ich gerne, aber etwas später, mein Schatz, wir müssen machen, hier abhauen, erzählen können wir später. Wir sollten den Nelson noch etwas ‚verpacken'. Nicht, dass er zu schnell wieder wach wird. Solche Prügeleien sind wirklich nicht mein Ding, aber ich muss sagen, für dich sich zu prügeln, ist noch eine Erfahrung mehr, seit wir in diesem Land sind," kommt es etwas ironisch. Johanna schaut sich in der Hütte um, da gibt es keine Schnur oder Ähnliches. Ihr Blick fällt auf das Lager mit der fadenscheinigen Decke. „Peter komm hilf mir mal, die in Streifen zu reißen, damit können wir ihn fesseln." Es ist gar nicht so einfach, aus je zwei schmalen Streifen ein ‚Seil' zu drehen und das auch noch schnell. Schweiß läuft ihnen über Gesichter und Rücken. Diese drückende Hitze in der Hütte und die Ahnung, dass sie womöglich noch einen Kampf vor sich haben. Sie zerren Nelson zu dem Lager und verknoten ihn fest ans ‚Bett.' Sie bewundern kurz ihr Werk und hoffen, dass ihre Verpackung auch hält. „So, mein Schatz, wir beide sehen jetzt zu, dass wir hier wegkommen, wer weiß, wann der andere kommt."

„Peter, hast du eine Ahnung wo wir lang müssen? Ich habe jegliche Orientierung verloren, als die beiden mich nicht loslassend, hierher schleppten."

„Vor uns hören wir den Wasserfall rechts, also laufen wir in diese Richtung. Wir müssen nur aufpassen, dass wir dem Kerl nicht in die Arme laufen, der noch unterwegs ist."

Sie laufen immer mehr dem Rauschen zu, kämpfen sich durch das hohe Gras. Nach einer ganzen Weile hören sie auch die ersten Stimmen von Touristen. Erst halten sie sich abseits, aber als sie eine Reisegruppe sehen, mischen sie sich einfach unter die Leute und tun so, als wäre es zufällig, aber doch so, dass sie schon in dieser Gruppe sind. So kommen sie sogar noch in den ‚Genuss' der Wasserfälle. Mit der Gruppe bleiben sie stehen und schauen auf die gewaltigen Wassermassen die herab stürzen. „Weißt du noch, was ich dir vorgelesen haben über die Fälle und den Fluss?" fragt sie. Etwas verschmitzt lächelt Peter sie an und meint, „nein ich habe keine Ahnung, erzähle es mir, ich bin ganz Ohr, aber bitte schnell, ich möchte doch hier weg."

„Also, dieser Wasserfall der heißt „Mosi-o-tunja," was „donnernder Rauch" heißt. Eng umschlungen stehen sie beide an dem Punkt, wo der Zambezi noch auf der Höhe breit und ruhig fließt. Später stürzt sich der Zambezi wie eine Schlange in tiefen Schluchten durch das Gestein. Wendet man den Blick aber etwas nach rechts, stürzen die gewaltigen Wassermassen 100m in die Tiefe und Regenbögen flimmern in der Gischt. Fasziniert schauen sie auf diese Naturgewalt, sie sehen alles und doch nichts, aber, kurz erinnert sich Peter an die Reisebeschreibungen der Wasserfälle. Einen Blick noch auf die Livingstone Statue. Immer aufmerksam wandern sie mit der Gruppe und erreichen schließlich wieder den Ausgang. Die Gruppe löst sich auf, sie stehen verloren und einsam auf dem Platz in der flimmernden Hitze. In ihrem Kopf überschlagen sich die Gedanken, denn ihnen ist klar, auffallen wollen sie nicht, aber ein Auto müssen sie finden. So wie es im Moment aussieht, gibt es kein Taxi. Jeff, ja, der wollte in ein Kaffee, aber der ist bestimmt schon weg. Sie halten sich umschlungen, küssen sich ausgiebig. Beide können es nicht glauben, dass sie sich nach all den Irrwegen doch noch gefunden haben.

„Peter, ich habe dich so vermisst, meine Gedanken waren immer bei dir. Ich kann es kaum glauben, zwick mich, so weiß ich, dass ich nicht träume!"

„Du träumst nicht und ich bin so dankbar, dass ich meinem Bauchgefühl gefolgt bin. Aber das alles können wir uns später erzählen, jetzt müssen wir zusehen, dass wir hier weg kommen!"

Er überlegt, wie er Jeff erreichen kann, vielleicht ist er noch unterwegs, und kann umkehren, ich müsste seine Telefonnummer bei mir haben. Sie gehen in eine Nische, um zu überlegen, wie sollen sie vorgehen. Da hupt es neben ihnen, Peter traut seine Augen nicht! Jeff und Amanda steigen aus und schauen beide fast ein wenig beleidigt an, als Peter sie mit einem ungläubigen Blick anschaut. "Na Mister, wo waren Sie denn?" Jeff grinst und man sieht ihm seine Freude und die Erleichterung deutlich an! „Jeff, noch nie habe ich mich so gefreut, dich und Amanda zu sehen! Habt ihr hier die ganze Zeit auf uns gewartet? Ihr wusstet doch überhaupt nichts"?

„Was sollten wir denn machen? Amanda kam total aufgelöst zu mir gerannt, ich hatte es mir gerade in einem Lokal gemütlich gemacht und sie sagte, wir sollen am Eingang zu den Fällen warten Sie erzählte, wie Sie los rannten, als wäre der Leibhaftige hinter Ihnen her! Also sind wir zum Eingang und warteten! Wir haben den Kassierer gefragt, ob er Sie gesehen hat, aber der schaute nur erstaunt und meinte: „Bei all den Leuten, die hierher kommen, was soll mir da auffallen?" Wir überlegten, was wir tun können. Ob einer von uns an die Fälle gehen soll, aber das war mir zu unsicher. Ja, so haben wir halt hier gewartet, haben uns abgewechselt mit dem Schlafen und überlegten, wenn ihr nicht kommt, was wir dann tun. Lange hätten wir nicht mehr gewartet, dann hätten wir die Polizei eingeschaltet." Mit einer gespielten Mine, die erstaunt und leicht empört scheint, kommt es grinsend von Jeff, „Jetzt sagen Sie bloß, das Ganze hier passierte wegen dieser Lady? Nix wegen Wasserfall? Nix von wegen Neugierde auf Land und Leute? Mann oh Mann! Auf die Geschichte bin ich sehr neugierig, sicher ist sie sehr spannend und sie hat mit sehr viel Liebe zu tun!"

„Ich auch", kommt es seufzend von Amanda mit einer leichten Enttäuschung tief in ihrem Herzen. „Später Jeff!"

„Los, Johanna, komm in das Auto. Wir machen uns hier aus dem Staub." Im Auto schauen sich alle an und dann lachen alle wie auf Kommando los. Peter und Johanna laufen die Tränen vor Erleichterung die Wangen hinunter und all der Sorgen die sie hatten. Sie wischen sich die Tränen fort, schauen sich an, Peter meint, „das tat jetzt gut!"

„Jeff, sei so gut, halte beim nächsten Restaurant, wir haben Hunger wie ein ganzes Löwenrudel und Durst wie ein Kamel. Wir essen die Speisekarte rauf und runter! Am besten lässt du dir das Bier, Wasser, alles was nass ist in einen Eimer füllen! Danach erzählen wir euch endlich, was uns alles widerfuhr."

„Wird gemacht Boss und fahren wir wieder nach *Kasane*?"

„Ja" sagen Johanna und Peter gleichzeitig.

sehnsuchtsvoll. „Peter, hast du dein Handy? Meines hat dieser blöde van Hook einfach eingesackt, ich muss unbedingt mit meinen Eltern sprechen, damit sie beruhigt sein können, ich glaube, sie sind vor Sorge schon ganz verrückt. Sie haben lange nichts mehr von mir gehört, was sie nicht kennen von mir und sie machen sich bestimmt sehr viel Sorgen."

„Da habe ich gleich die erste Überraschung für dich; sie sind in *Kasane,* sie kamen sofort, als ich in München anrief. Wir alle haben uns solche Sorgen gemacht."

„Das kann ich jetzt nicht glauben! Sie sind hier?"

„Natürlich", er kramt in seiner Tasche. Johannas Gesicht zeigt Freude, Vorfreude, gleich die Stimme ihrer Eltern zu hören. Es klingelt und klingelt, aber niemand meldet sich. Johanna schaut sehr enttäuscht und meint dann: „Sicher hören sie es im Moment nicht, sie waren schon immer schusselig. Wie oft habe ich ihnen gesagt, "nehmt euer Handy mit und schaltet es auch ein! Nur kann ich im Moment das nicht nachvollziehen, wie sie ihr Handy auf   stumm schalten können, so dösig sind sie normalerweise und vor allem in Krisensituation noch nie gewesen!"

Jeff und Armada, Johanna und Peter stürzen sich in ein Restaurant. Ein umfangreiches Menü kommt dampfend auf den Tisch, das Schlürfen und Schmatzen klingt wie Musik in Peters Ohren. Johanna erzählt kurz das Wichtigste ihres Abenteuers.

„Es war der reinste Horror, ich kann es noch immer nicht fassen, was mir alles passierte." Dann erzählt Peter seine Story in einer kurzen Version und Johanna schaut ihn mit großen Augen an.

„Mein Gott Peter, was steckt da bloß dahinter?" Die Ängste, die jeder für sich ausgestanden hatte und auch die Sorge um den anderen." Als Peter ihr über ihre richtige leibliche Mutter erzählt, ruft sie fassungslos aus: „Das kann doch nicht sein. Ich will nicht glauben, dass meine Eltern… eh, was mache ich denn nun. Da eine Mutter… und da ein. Dass meine Eltern, die sie ja für mich sind, auf solche Betrüger reingefallen sind? Hast du mehr Information wer, wo und was meine leibliche Mutter ist?"

„Leider noch nichts. Deine Eltern sagten, sie sei gestorben bei deiner Geburt, was sie natürlich sehr bedauerten."

„Ich weiß das von den Halunken, dass sie wohl lebt.

Sie soll sehr wohlhabend sein und, was immer das heißt; Macht besitzen. Wenn die Geschichte stimmt!"

Satt und schläfrig kuschelt sich Johanna an Peter und in Gedanken sieht sie schon ihre Eltern vor sich. Ja bald in *Kasane* werden sie sich treffen.

„Also, ich störe euch ja nur ungern", kommt es von Jeff, „ich beobachte schon eine Weile ein Auto, was hinter uns her fährt und sehr bemüht ist, den Kontakt zu uns nicht zu verlieren, aber sehr diskret."

„Oh nein, was für eine Auto? Nicht schon wieder! Ich dachte, wir haben alles hinter uns!" „Dann schaut mal nach hinten, der da direkt hinter uns ist, diese schwarze Limousine. Die gefällt mir ganz und gar nicht. Ich habe die schon in *Livingstone* gesehen, aber da dachte ich mir noch nichts dabei. Schließlich standen da viele Autos herum. Das sie mir aber auf die Pelle rücken, kommt mir doch etwas aufdringlich vor! Aber hütet euch vor mir, ich habe so meine Tricks und euch hänge ich ganz schnell ab!"

„Jeff, es hilft nichts, du musst uns helfen, zeig mal was du kannst und versuch dein Glück, mir reichen die Abenteuer für heute und auch für alle Zeit. Was kannst du uns, besser du vorschlagen, wie wir die abhängen können? Wie wird das mit den Verfolgern, an der Grenze?"

„Keine Sorge, ich kenne mich gut aus und so kenne ich auch ein paar Schleichwege. Zur Grenze würde ich am liebsten nicht fahren. Aber wir haben da ein Problem! Für mich nicht, aber für euch, wenn ihr wieder nachhause fliegen wollt. Ihr habt nun einen Einreisestempel im Pass da ist man auch in Namibia ziemlich pingelig, wenn es keinen Ausreisestempel gibt. Ich werde mit ihnen ein wenig Katz und Maus spielen. Natürlich in der Hoffnung, dass sie merken, wie gut ich bin und wir sie verlieren. Dann fahren wir zur Grenze und ich erledige das mit den Papieren. Da gibt`s natürlich einen Moment, wo die Kerle euch schnappen können, aber lasst mich mal machen! Ist das so okay? Ihr habt so viel Glück gehabt, da wird uns das Glück jetzt auch zur Seite stehen!"

„Ach Jeff, wir haben ja keine andere Wahl und ich denke, wenn wir da durchkommen, dann nur mit dir!"

„Ei, ei Boss, dann mal los! Festhalten bitte, wir starten zum großen Rennen!" Jeff der seinen Wagen voll im Griff hat, legt seine Stirn etwas in Falten und tut wirklich sein Bestes um diese „Hyäne" los zu werden.

Aber ganz wohl ist ihm auch nicht, denn wenn die auch gut sind, kann es zu einem Problem kommen und das lasse ich nicht zu! Ich mag die beiden und Amanda. Er wirft einen Blick zu der Schönheit an seiner Seite, schaut schnell wieder weg, denkt, verdammt was ist das denn, ich habe Herzklopfen? Schnell konzentriert er sich auf die Straße, vor seinem geistigen Auge sieht er die Straßenkarte. „Leute, wundert euch nicht, es wird etwas holprig, wir fahren auf etwas abenteuerlichen Seitenstraßen, auf ein paar Umwegen bis zur Grenze." „Etwas riskant, aber ich bin Jeff, ich bin der Pirat der Straße", kommt es noch kurz von ihm. Alle schweigen und schauen vorsichtig nach hinten. Mal ist die „Hyäne" weg, aber dann kommt sie wieder näher. Eine angespannte Stimmung herrscht jetzt im Auto, alle schauen angespannt immer wieder nach hinten. Plötzlich reißt Jeff das Steuer herum, sie fahren auf einen nicht erkennbaren Weg und halten zwischen Büschen. „So meine lieben Fahrgäste, ihr habt fünf Minuten, um hinter einen Baum zu gehen". Alle machen große Augen, von Peter kommt es verwundert, „du hast Nerven, als würde uns das jetzt drücken! Denkt hier im Moment jemand an so etwas"?

214

Jeff lacht, „einer von Jeffs Witzen! Wir verstecken uns nur für eine kleine Weile. Wir sind großzügig und lassen ihnen den Vortritt. So sind wir halt". Bis zur Grenze hat er die Hyänen für eine Weile abgehängt sie ist nicht zu sehen. Dort parkt er das Auto so, dass es nicht zu sehen ist und mit Freude sehen sie die schwarze Limousine an der nicht. Da die „Hyänen" ihn ja nicht persönlich kennen, kann er sich ungezwungen bewegen. Es hat nur einen Haken! Er kennt die ja auch nicht!

Wiederum können es Johanna und Peter nicht fassen, dass dieser Alptraum noch kein Ende hat. Sie sitzen im Auto und schauen sich ängstlich an. Nichts ist zu sehen. Jeff und Amanda gehen in das Grenzgebäude und Jeff schaut sich die Zollbeamten genau an. Zu seinem Glück sieht er einen Zöllner, den er schon lange kennt von verschiedenen Grenzgängen her und mit dem er reden kann. Er begrüßt ihn wie einen guten Freund und legt dann eine etwas wehmütige Miene an den Tag.

„Ich habe vielleicht Fahrgäste! Du kannst es kaum glauben, die Frau, der armen Frau, der geht es gar nicht gut, ich mache drei Kreuze, wenn ich die in

Kasane abliefern kann. Ich sage dir, diese weißen Frauen, die sind halt nicht so zäh wie unsere! Sie jammert ihrem Mann nur die Ohren voll und ständig muss ich anhalten, damit sie mir mein Auto nicht voll kotzt. Ich bin völlig fertig!" Amanda nickt zu allem, zeigt aber ihr hübschestes Lächeln, wobei sie ständig alle Leute im Blick hat. Aber niemand erscheint ihr verdächtig oder neugierig, alle sind sie beschäftigt.

„Ja, manchmal wundert man sich über diese Leute, sie kommen von weit her und dann jammern sie! Dann beeile ich mich mit den Papieren, dass dein Auto nicht doch noch voll gekotzt wird. Du weißt es schon, dass deine Fahrgäste persönlich hier sein müssen, aber was du da so erzählst? Das lassen wir lieber ausnahmsweise, du hast mit ihr weiß Gott genug zu tun, du tust mir echt leid, Hau ab!"

„Ich danke dir und beim nächsten Mal denke ich an dich, ich weiß ja was du gerne magst." Als Jeff und Amanda wieder vor dem Haus stehen, wischen sie sich erst einmal den kalten Schweiß von der Stirn. Sie schauen sich um, aber niemand ist zu sehen, der sie beobachtet, nur Touristen und ihre Fahrer. Johanna und Peter sitzen stumm und ängstlich im Auto, nur ihre verschlungenen verkrampften Hände zeigen ihre Anspannung und sie atmen erleichtert auf, als die beiden auf sie zukommen.

„So, das wäre geschafft! Jetzt müssen wir nur noch sehen, ohne die ‚Hyänen' durch die Grenzschranke zu kommen. Noch ist das Auto schon ein Stück vor uns, was nichts heißt. Die scheinen auch ziemlich clever zu sein!" Alle schauen mit angehaltenem Atem nach hinten, sie sehen keine schwarze Limousine, auch als sie schon eine Weile auf der geraden Straße fahren. Schon seufzen sie alle auf, wollen sich gerade entspannen, alle atmen auf, schauen auf die Landschaft da kommt es trocken von Jeff:

„Die „Hyäne" sie hat uns wieder!"

„Was sollen wir nur tun? Fahren wir in *Kasane* direkt zur Polizei?" fragt Johanna „Das würde euch gar nichts nutzen, denn wenn van Hook dahinter steckt, oder die, die Johanna entführt haben, da hilft euch keiner! Leider gibt es auch keine Deutsche Botschaft, oder ähnliches hier. Das heißt, wir werden uns immer etwas Neues ausdenken und…ich bin gut darin, sehr gut!"

„Das heißt, wir sind wieder einmal auf der Flucht?" stöhnen Johanna und Peter.

„Was machen wir aber in *Kasane*?" überlegt Peter laut, „Johannas Eltern sind dort im Hotel und warten auf uns. „Jeff, weißt du was mich stutzig macht! Die „Hyäne", eigentlich bräuchten die uns nur zum Anhalten zwingen? Ader ich habe den Eindruck, die lassen sich Zeit! So, als wissen sie, dass sie uns am Arsch, ich weiß, dass sagt man nicht, haben."

„Boss, das ging mir auch schon durch den Kopf. Ich habe folgende Idee! Wir fahren ins Hotel und ihr bleibt immer ganz dicht bei den Eltern und bei anderen Leuten. Ich habe einiges zu erledigen und muss noch in Ruhe planen. Ein Bett mit ein paar Stunden Ruhe wird uns allen gut tun. Ich denke, euch wird im Hotel nichts geschehen, sie sind sich wohl sehr sicher und morgen, da sehen wir dann weiter."

„Ja Jeff, ich glaube, das ist keine schlechte Idee. Unsere Köpfe und unsere müden Knochen brauchen eine Pause. Nur der Gedanke an ein weiches Bett, einfach Verführerisch! Ich werde jetzt noch einmal probieren, ob wir hier ein Netz haben, damit Sabine weiß, dass wir kommen." Wieder schweigt das Telefon.

„Also ich verstehe das nicht, das niemand ans Telefon

geht? Ich habe doch versprochen, dass ich anrufe, wenn ich etwas Neues weiß", brummt er unwillig.

Die Fahrt über die fast leere Straße nach *Kasane* verläuft ruhig, die „Hyäne" immer im Rücken. Jeff treibt sein Spiel mit ihnen, nichts passiert. Johanna und Peter halten sich umschlungen, sie müssen sich berühren, es ist so ein unglaubliches Gefühl, endlich wieder beieinander zu sein. Zwischen den vielen Küssen und Berührungen erzählen sie, was ihnen alles passierte. Als sie am Hotel vorfahren, hält auch die „Hyäne" in einem gebührenden Abstand.

Das Auto steht noch nicht richtig, springt Johanna aus dem Wagen und läuft zur Rezeption. Fassungslos steht sie da und will das eben gehörte nicht begreifen, es kommt ihr wie eine böse Überraschung vor, ihre Eltern sind abgereist! „Habe ich darum niemanden erreicht? Aber wieso gehen sie nicht an ihr Handy? Warum haben sie keine Nachricht hinterlassen?" rätselt Peter. Beide schauen sich an und große Ratlosigkeit ist in ihren Gesichtern zu sehen. Er gibt sich einen Ruck und fragt, wohin sie gefahren sind? Aber das kann ihm keiner an der Rezeption sagen. Nur, dass sie ziemlich schnell ihre Rechnungen bezahlt hatten und sich ein Auto gemietet haben, was schon wartend vor der Tür stand.   .

„Was soll denn das wieder bedeuten?" Johanna starrt ungläubig vor sich hin, die Worte rauschen an ihr vorbei. Wieso passiert so was alles? Sie waren so dicht davor, die Eltern in den Armen zu halten! Nun sind sie einfach abgereist! Peter überlegt fieberhaft, was hat das alles zu bedeuten? Draußen steht die „Hyäne", von der keiner weiß, wer sie schickte. Soll er einfach raus gehen, die Kerle fragen, was sie wollen? Nein, wer weiß, was dann passiert, das will er nicht riskieren. Die Eltern sind verschwunden, die Lage wieder einmal wie so oft mehr als bescheiden! „Wir nehmen erst einmal ein Zimmer hier, wir alle brauchen eine Dusche und haben eine Mütze Schlaf bitter nötig, danach können wir auch wieder denken. Vielleicht kommt ja eine Nachricht von Stefan und Sabine". Johanna hakt sich bei den zwei Männern unter, lacht etwas schief zu Amanda und bittet sie: „Kommt, jetzt trinken wir erst einmal etwas, das haben wir uns verdient!" Ein kleiner Tisch, etwas versteckt, aber mit einem schönen Blick und kurz darauf läuft das kühle Bier durch ihre durstigen Kehlen.

„Amanda, ich denke, Jeff sollte Sie jetzt nach Hause fahren. Sicher machen sich die Ihren schon arge Sorgen, wo sie so lange geblieben bist. Wir danken ihnen von ganzen Herzen und bitte, lassen sie mir ihre Adresse hier, damit wir auch in Verbindung bleiben können. Das hier müssen wir erst durchstehen, dann lassen wir bestimmt von uns hören und... lassen Sie sich nicht von fremden Männer einladen auf einen Kaffee!" lacht Peter sie mit einem etwas verrutschten Lächeln an.

„Naja, so etwas passiert mir ja nicht jeden Tag, wenn das kein Abenteuer mit Ihnen war! Spaß hat es mir auch gemacht, jetzt wo wir ja gut hier angekommen sind. Bitte melden Sie sich, wenn sie wieder in Deutschland in Ihrem Zuhause sind?"

„Ganz bestimmt, Amanda und vielen lieben Dank für alles."

„Ach, Quatsch, was habe ich denn schon getan? Ich bin doch einfach nur bei Jeff geblieben, wohin sollte ich denn alleine in *Livingstone* gehen? Natürlich hatte ich auch keine Ahnung, wie abenteuerlich das mit Ihnen wird! Wann kommt schon einmal ein Tourist vorbei, spendiert Kaffee und Kuchen, lädt mich als

Reisebegleitung ein und dann kommt so etwas Abenteuerliches dabei heraus? Es war aufregend und ich lernte die nettesten Menschen kennen! "

„Ich hoffe, dass Sie es mir nicht übel nehmen, dass ich Sie etwas missbraucht habe. Erholen Sie sich gut von all der Anstrengung. Hoffentlich ist van Hook nicht sauer, weil sie etwas länger fort waren." Er reicht ihr einen Umschlag, und nimmt sie in den Arm, schaut sie an. „Danke dir"! „Macht's gut, es war toll"!

„Jeff, fährst du Amanda bitte noch nach Hause. Dann habe ich noch eine Frage an dich, kannst du weiterhin unser Fahrer sein? Ich kann nicht versprechen, wie die Fahrt nach *Wimdhoek* verlaufen wird, aber wir würden uns bei dir und deiner Fahrkunst sehr sicher fühlen. Ich dachte auch schon an einen Flug, aber ich vermute, unsere Verfolger sind auch so gescheit. Du kannst das viel, viel besser!"

„Na klar Boss, jetzt würde ich mich auch nicht so einfach abwimmeln lassen. So nicht! Mit gefangen, mit gehangen! Na ja, das mit dem „gehangen" wollen wir ja lieber nicht wörtlich nehmen. Aber so eine Spritztour mit Ihnen kann ja nur gemütlich werden," grinst Jeff glücklich alle an, er hatte sich schon seine Gedanken gemacht, wie er die beiden überzeugen kann, dass er sie jetzt nicht einfach alleine lässt!

„Danke Jeff, das gibt mir ein gutes Gefühl! Ich denke, du willst auch erst einmal heim, ein sauberes Hemd, Hose, eine Dusche, wäre auch für dich sicher nicht schlecht."

„Oh, stinke ich so sehr?" Und riecht an sich. Mit leicht gerümpfter Nase meint er, „ich sollte doch mal unter die Dusche gehen, also dann schlaft schön, ich werde mich aus dem Hotel schleichen, Amanda nach Hause fahren, mich duschen, ausschlafen und bin morgen früh um 8 Uhr wieder hier. Wo dann das Auto steht, werden wir sehen, je nachdem wie die „Hyänen" sich verhält. Ich finde euch schon.

„Okay, Pass bitte auf, nicht dass die „Hyänen" schlauer ist als du!" „Keine Sorge, mit dieser „Hyäne" werde ich schon fertig. Schließlich lasse ich mir doch so ein gutes Geschäft nicht verderben wie mit Ihnen beiden! Denn Sie wissen ja......!"

„Endlich kann ich diese Klamotten ausziehen, wir müssen ein tolles Bild für die Gäste hier im Haus abgegeben haben". „Ich habe nichts dagegen, wenn du deine Kleider ablegst, ich schaue dir gerne dabei zu". Sie fängt an, langsam jedes Kleidungsstück abzulegen, dabei berührt sie seine Lippen, seinen Hals und schaut ihn mit verschleiertem Blick an. „Du bist so grausam" krächzt er und will sie an sich ziehen. Lockend mit einem verführerischen Lächeln entzieht sie sich ihm und lockt ihn unter die Dusche. Haut an Haut, Lippen die sich am anderen festsaugen und das Wasser rauscht über ihre Körper. Noch nass lassen sie sich auf das Bett fallen, um sich weiter zu berühren, endlich ineinander zu versinken.

„Du, ich könnte etwas essen, der Hunger meldet sich so langsam, aber in diese Kleider steige ich nicht mehr, wie kommen wir an neue Klamotten?" Peter schaut sie glücklich an, „wegen mir brauchst du nichts zum Anziehen, so gefällst du mir sehr gut." Er greift zum Telefon fragt bei der Rezeption, „ist es heute noch möglich, dass Sie ein Bekleidungsgeschäft mit einer Auswahl von praktischen Kleidungsstücken zu uns auf das Zimmer kommen lassen." Er erzählt noch eine Geschichte dazu, man versichert ihm, dass jemand mit einer Auswahl von Kleidung vorbei kommt.

„Hier fällt schon ab und zu mal ein Gast in den Fluss und braucht frische Kleider", meint der gutgelaunte

Angestellte. Er bestellt noch das empfohlene vielversprechendes Menü mit einer guten Flasche Wein.

„So, das wäre erledigt, jetzt kommst du erst einmal her, mein Liebster damit ich dich küssen und herzen kann. Dafür hatten wir bis jetzt leider viel zu wenig Zeit!"

„Du wolltest ja unbedingt eine Tour alleine machen! Es war so schrecklich öde ohne dich", murmelt Peter in ihr Ohr.

„Wann sollte ich dich küssen, wenn du es vorziehst, einfach alleine Ferien zu machen. Ich musste dir hinterher eilen, die größten Abenteuer meines Lebens über mich ergehen lasse, das hättest du mir ruhig vorher sagen können!" Peter öffnet seine Arme und Johanna kuschelt sich stürmisch an ihn. Sie flüstert in sein Ohr: "Ich liebe dich so." Peter hält sie fest, wieder finden ihre Lippen sich. Versunken liegen sie sich in den Armen, sie genießen den Geruch des anderen, keiner will auch nur einen Zentimeter vom anderen loslassen. Johanna flüstert, „Ach Peter, in was sind wir da nur hinein geraten? Ich hoffe nur, dass dieser Alptraum bald ein Ende hat. Ich mag nicht mehr, ich will nur dich und wenn schon Abenteuer, dann mit dir und nicht auf diese merkwürdige und nicht so schöne Art."

„Da hast du recht, mir reicht das auch! Ich hoffe auch, dass es bald zu Ende ist und wir doch noch zu unseren Ferien kommen."

Es klopft und herein kommt ein Kellner mit dem voll beladenen Servierwagen mit einem Duft, der sämtliche Geschmacksnerven vibrieren lässt. „Guten Appetit!" Das hört Johanna schon gar nicht mehr, sie ist schon dabei, an all den Schüsseln zu schnuppern, während Peter lächelnd und dankend dem Kellner ein großzügiges Trinkgeld gibt.

„Oh, das schmeckt vielleicht gut, hast du das schon probiert?" „Und das da Johanna? Es schmeckt sooo wunderbar und mit dir besonders gut. Vor allem freue ich mich jetzt schon auf den leckeren guten Nachtisch!"

„Welchen der leckeren Nachtspeisen meinst du denn?"

„Es gibt zwei Reservetanks für den Nachtisch, den einen habe ich gerade gefüllt, der andere kommt jetzt dran und damit lässt sie sich auf Peter fallen. Sie versinken in eine sehr lange Umarmung. Dieser Nachtisch dauert lange und ist voller Süße und Begierde. Sie umschlingen sich mit einer Leidenschaft, die alles beinhaltet. Sehnsucht, Angst, Wut und Lust auf das Leben. Sie versinken und er wird sie und sie wird er. Eng umschlungen dämmern sie in ihrer Zufriedenheit. Da wird wieder geklopft. Die Tür öffnet sich, erst erscheinen viele große Tüten, dann eine Frau, die sich als Besitzerin eines Modegeschäfts vorstellt. Es dauert nicht sehr lange, bis sie eine neue Kleidung von Kopf bis Fuß zusammen gestellt haben. Johanna stolziert vor Peter auf und ab und fragt ihn, „dieses hier, oder doch das hier?" Auf Mode kommt es nicht an, praktisch und bequem muss es sein. Wobei sein Blick wollüstig über den Körper seiner Frau gleitet. „Du kannst doch alles tragen, es sieht einfach alles toll an dir aus!" Mit einem leisen Seufzer holt er seine EC- Karte um zu bezahlen, mit einem Trinkgeld als Dankeschön für die schnelle Hilfe so ganz nebenbei denkt er, der Urlaub ist jetzt schon fast unbezahlbar. In jeder Hinsicht! Die Zimmertür klappt zu, Peter geht zurück zum Bett wo seine Johanna in den zerwühlten Kissen ohne einem Stück Stoff liegt und die Arme sehnsüchtig nach ihm ausstreckt. Er sinkt in ihre Arme mit einem zufriedenem Seufzer und beide sagen gleichzeitig: „Was für verrückte Tage". Lange liegen sie umschlungen da, mit dem Gefühl endlich wieder vereint zu sein. Von draußen ist der leise Gesang der Vögel zu hören und Johanna ist es als höre sie den Ruf des Cuckoos. Dann trägt die Nacht sie beide fort in das Reich der Träume.

Das Summen will nicht aufhören, Johanna reagiert als erste darauf, es ist das Telefon. Eine nette Stimme wünscht ihnen einen guten Morgen, „es ist 7 Uhr, Ihr Weckdienst wünscht Ihnen einen schönen Tag, die Sonne wird den ganzen Tag scheinen. Ihnen heute sehr viele schöne Stunden." „Oh nein, jetzt schon, es ist so kuschelig?"

„Ich habe so schön geschlafen!" Eine Nacht ohne Ängste und endlich wieder mit dir. Komm wir sperren die Welt aus und kriechen unter die Decke."

„Peter, es wird viele weitere Nächte geben mit dir, aber Jeff wartet um 8 Uhr auf uns und frühstücken wollen wir vorher auch noch, wer weiß wie dieser Tag endet?"

„Du hast ja recht, es ist halt so schön, die Welt mal kurz angehalten zu haben. Also raus mit dir. Stellen wir uns den Gefahren dieser Welt, gemeinsam sind wir schließlich stark!"

„Lecker, lecker sieht das alles aus, dann wollen wir

loslegen bei den Köstlichkeiten, man weiß ja nie, was der Tag uns noch bringt." Und er schaufelt sich erst einmal Eier mit Speck auf den Teller. Ihre Blicke wandern über die Gäste die kommen und gehen, aber kein Jeff ist zu sehen. „Ob die `Hyäne` immer noch lauert?" Nach dem Bezahlen ist Jeff immer noch nicht da. Sie sitzen beide nervös in der Hotelhalle, versuchen cool zu wirken, damit sie bei den Gästen nicht auffallen. Nur nicht nervös wirken, aber alles im Blick haben, sagen sie sich. Endlich nach einer ganzen Weile hören sie hinter sich ein leises Hüsteln, Peter schaut sich um und sieht Jeff, der sich hinter einer Palme versteckt hat. Jeff macht ein Zeichen, dass sie ihm unauffällig folgen sollen. Sie stehen nacheinander auf, schlendern, tun so, als schauen sie sich etwas in einer Vitrine an, schleichen sich langsam an Jeff heran. Dicht bei ihm lotst er sie zu einem Hintereingang, dann durch enge Gassen, nie würden sie sich hier zurecht finden. „He Boss, alles klar? Keine Sorge"! ruft er Peter zu.

„He Jeff, gut dass du da bist, ist alles ok?"

„Na ja, die „Hyäne" hat ein anderes Auto, gut versteckt, aber ich habe auch ein anderes Auto und auch gut versteckt. Bevor die merken, dass wir fort sind, sind wir schon fast in Namibia." Sie gehen durch eine schmale Gasse mit ärmlichen Häusern und mit spielenden, neugierig blickenden Kindern. Sie kommen in einen Hof, dort steht ein Landrover Jeff verbeugt sich lächeln vor den beiden, verbeugt sich übertrieben, grinst sie an und meint.

„ Auf geht es zur Safari, dass wolltet ihr doch, Pardon, Sie doch schon immer und Sie sind doch Touristen?" Meint er mit einem verrutschen lächeln. Sie klettern hinein und Jeff startet durch, los geht es!

„Jeff, dass mit dem du, das ist schon lange erledigt, bei unserem Trip hier und vor allem seit wir uns kennen!" „Klar doch Boss! Wir werden versuchen, erst einmal schnell nach Namibia zu kommen. Dort machen wir eine Pause und werden ein Hotel zum Übernachten finden". Fröhlich pfeift er ein Lied, alle sind heiterer Stimmung, wenn sie auch merken, so ganz echt ist diese Stimmung nicht. Sie sind froh, als sie aus *Kasane* heraus sind und nichts bemerken, was beunruhigend ist. Die Straße immer geradeaus und wieder sind die Hütten zu sehen, die Peter und Johanna jetzt mit ganz anderen Augen sehen. Die

Schulkinder auf ihren langen Wegen zur Schule. Was ihnen jetzt auffällt, am Straßenrand sind sehr oft Stände zu sehen, die geschnitzte Holzarbeiten anbieten. Beim Vorbeifahren sehen sie auch viele Einbäume und richtig große und auch winzig kleine, geschnitzte Tiere, Schmuckketten und Holzautos, viel Kunsthandwerk. Johanna hätte gerne einmal angehalten, aber sie traut sich nicht, es laut zu sagen. So genießt sie die Landschaft und ihre Gedanken sind auf das Vergangene gerichtet. Aber auch Peter ist sehr still, er hängt auch seinen Erinnerungen nach. Es ist alles jetzt so anders. Kein „schau mal" nur ein Foto, ganz schnell. Das ist im Moment kein Thema! Aber jeder schaut immer mal hinten aus dem Fester, aber nichts, nur die kerzengerade Straße.

Dann kommen sie an die Grenze nach Namibia. Schnell haben sie die Formalitäten erledigt. Hinter der Grenze werden sie angehalten, die Leute von der Veterinärstation fragen, ob sie frisches Obst oder Frischfleisch an ‚Bord' haben. Nein sie haben nur Bananen, die sie vor den Augen des Gesetzes aufessen oder in den Mülleimer werfen müssen, dann dürfen sie weiter. Kein auffälliges Auto ist zu sehen langsam entspannen sich alle drei. Auch Jeff fängt wieder an, vor sich hin zu summen, „Die Straße sieht aus, als wäre eine Schnur gespannt worden, kerzengerade, nur, dass es manchmal bergauf, mal bergab geht", kommt es von Johanna.

Dann fragt sie doch, ob sie mal anhalten können, sie will sich so gerne an einem Stand die Holzsachen anschauen. "Na gut," meint Jeff. Kaum sind sie ausgestiegen, da kommt das halbe Dorf und umringt sie. Die Frauen zeigen ihr den Schmuck, recht hübsche Ketten aus verschiedenen Samen, lustige Autos aus Holz geschnitzt, alles einfach, aber liebevoll gemacht. Die Frauen bedrängen sie, ob sie wohl Mehl und Zucker dabei haben? Jeff kramt in seiner Küche, wie er eine Kiste nennt. Er verteilt Mehl, Zucker und Schokolade und es erstaunt sie alle sehr, dass das größte Kind alles in Empfang nehmen darf, um vor ihren Augen alles gerecht zu verteilen. Johanna geht zu der *Werkstatt,* jedenfalls liegen dort viele Holzspäne herum. Peter folgt ihr und der *Schnitzer* zeigt voller Stolz, mit was für einem Messer, er das alles schnitzt. Auch das Messer macht er selber, erzählt er. Das macht Peter doch neugierig und er begutachtet es von allen Seiten. Das ist doch genau das richtige Andenken und er fragt, ob er es kaufen kann. Erstaunt schaut der Mann ihn an, überlegt und für 30.-€ hat das Messer einen neuen Besitzer. Für den ‚Schnitzer' ist das auch kein schlechtes Geschäft, freudig nimmt er das Geld entgegen. Voller Stolz mustert Peter sein neues Andenken und freut sich wie ein kleiner Junge darüber. Mit einem verschmitzten Lächeln legt er Johanna eine Kette in die Hand. „Damit du an all das hier eine Erinnerung hast, wenn wir wieder im Alltag sind!"

„Wie lieb von dir. Die ist wirklich sehr hübsch und liebevoll gemacht, aber nichts werde ich je vergessen können. Weißt du, wenn wir meine Eltern wieder sehen, dann werden sie uns alles erklären müssen, und falls sie mit dem ganzen Schlamassel etwas zu tun haben, dann können die beiden sich warm anziehen. Aber das soll ein Scherz sein, denn sie werden ja wohl kaum dieses Abenteuer geplant und organisiert haben!" Dabei kommt ihr wieder der Gedanke, dass die Eltern doch endlich ihr Handy einschalten sollten. Sie sind ja schusselig, was das Handy betrifft, aber in dieser Situation müssten sie doch einmal nachschauen? Immer wieder probierte sie es wieder und wieder. Nichts! „Das verstehe ich einfach nicht! Falls das Handy kaputt ist oder irgendetwas geschehen ist, so ungeschickt sind sie nun wirklich nicht, dass sie sich nicht zu helfen wüssten. Da bleib nur abwarten und Tee trinken"!

„Hört mal, wir haben es nicht mehr weit nach *Kongola*. Dort machen wir eine Pause. Ihr könnt dort Tee trinken und auf dem Markt bummeln, ich kaufe ein und schaue, wie weit wir dann noch kommen."

„Ist in *Kongola* nicht schon immer ein großer Markt? Da soll es Tücher geben mit den typischen Farben und Mustern von dieser Gegend, das finde ich toll, besonders weil es die Frauen hier tragen."

„Hört sich einer die Frau an! Schon denkt sie an einen Einkaufsbummel. Dir scheint es ja wieder richtig gut zu gehen", scherzt Peter mit einem breiten Grinsen.

„Das war ja nur ein Gedanke, wenn wir doch eine Pause machen, können wir ja einen kurzen Bummel über den Markt machen. Zudem, da seit heute Morgen keine ‚Hyänen' zu sehen ist!"

Der Ort, oder besser die Stadt ist lebhaft, es herrscht

ein reges Treiben und besonders der Markt ist nicht zu übersehen. Jeff parkt das Auto an einer geeigneter Stelle, denn er meint: „Der Wagen muss in Fluchtrichtung stehen, dass wir gleich abhauen können."

„Jeff, bitte habe ein Auge auf uns und alles was um uns geschieht. Ich verlasse mich auf dein Gespür! Ich werde ständig mit dir in Blickkontakt sein."

„Na klar Boss, geht ihr ruhig auf den Markt. Ich habe alles im Blick. Ich muss aber auch noch etwas einkaufen, wenn etwas los ist, dann pfeife ich einmal kurz, so wisst ihr Bescheid und ihr rennt um euer Leben zum Auto. Hallo, schau nicht so erschrocken Johanna, das war ein berühmter Jeff- Scherz!"

Sie schlendern über den Markt, bestaunen die winzigen getrockneten Fische, die als Leckerei gerne gekauft werden. Vielen bunten Tücher, dann die Frisöre, die den Frauen ihre Haare in kleine Zöpfe flechten. Viele unbekannte Fische, die auf langen Tischen liegen und mit Palmwedeln der hoffnungslose Versuch gemacht wird, die Fliegen fern zu halten. Unbekanntes Gemüse und fremde Früchte, liegen bunt in großen Körben. Ihr gefällt das bunte Treiben sehr, die fremden Gerüche, die vielen Menschen. „Ist das nicht toll, so mitten in einer so fremden Kultur zu bummeln, hier mitten im *Caprivi Streifen*? Schau mal, diese Tücher in so lebhaften Farben und Mustern, die nehme ich unbedingt mit! Wie wäre es hier bei einem Kaffee oder bei einer Cola einen kleinen Moment dem Treiben einfach zuzuschauen, einen Moment anhalten?" „Finde ich auch, komm kaufe sie, aber mit dem Kaffee, ich glaube das wird nichts, wir gehen dann zum Auto, ich weiß nicht, mir ist nicht so wohl hier. Warum weiß ich auch nicht, machen wir, dass wir fort kommen!"

„Ach Peter, es ist doch nichts, lass uns doch noch einen Moment hier verweilen, niemand ist hier, der uns verfolgt. Oder hast du etwas bemerkt?" Peter schaut sich suchend nach Jeff um, und sieht ihn auch in einiger Entfernung stehen und er glaubt, in Jeffs Gesicht eine Besorgnis zu bemerken.

„Johanna komm. Mein Gefühl sagt mir, da stimmt etwas nicht." „Was meinst du damit?" fragt sie beunruhigt. Siehst du etwa den Kaffer (Verfolger)?"

„Die kennen wir ja nicht, aber, ich sehe in Jeffs Gesicht das er beunruhigt ist." Sie laufen in seine

Richtung, der ihnen jetzt ein Zeichen macht, sie sollen ihm unbemerkt zum Auto zu folgen. Johanna und Peter drängeln sich durch die vielen Menschen, machen viele Bogen, bis sie hinter dem Auto bei Jeff ankommen. Der sitzt schon am Steuer mit laufendem Motor, sie springen rein und er fährt sofort los. Sein Gesicht sieht angespannt aus. „Was ist passiert, hast du etwas gesehen?" „Ich habe zwei Kerle gesehen, die sich zu sehr für euch interessiert haben. Sie haben euch zwar unauffällig verfolgt, es war schwer zu beurteilen, ob dem wirklich so war. Vielleicht spinne ich, aber es gefällt mir nicht. Es kann gut sein, dass der ‚Kaffer oder unsere Hyänen' uns wieder gefunden hat. Wir machen uns aus dem Staub. Wir werden von der Hauptstraße abbiegen, uns wieder einmal auf Schleichwegen in in die Büsche schlagen."„Wie sieht denn der Kerl aus? Wonach müssen wir Ausschau halten?" „ Es sind zwei Kerle die für euch ganz normale Schwarze sind, groß und stark. Wenn es die „Hyänen" sind, dann erfahren wir das gleich!" Jeff erhöht das Tempo, aber so, dass es nicht auffällt. Denn sie wollten ja auch nicht der Polizei in die Hände fallen, muss ja nicht sein.

Nun liegt die Stadt hinter ihnen und Jeff ist sich nicht sicher, ob sie verfolgt werden, im Moment sieht es nicht so aus! Aber der Verkehr ist noch ziemlich dicht hier, die Verfolger werden auch geschickt vorgehen und deren Auto kenne ich noch nicht, denkt Jeff. Dass er etwas nervös ist merkt man daran, dass er einen Grashalm im Mund von einer auf die andere Seite schiebt. Er sucht nach einem Schlupfloch, vielleicht ist es das Sicherste, sich hier erst einmal zu verstecken. Da vorne sieht er einen Abzweig nach links und einen Parkplatz mit einem kleinem Haus, was nach Office und *amtlich* aussieht. Er weiß, dass es dort die Tickets gibt und dass jeder sich anmelden muss, wer in den National Park will. Aber es ist niemand in dem Haus. Na gut, dann fahren wir eben einfach in den Park. Ist auch nicht schlecht, so kann dort auch niemanden nach uns fragen! Nach einer kurzen Strecke sind sie auf der „geliebten Sandpiste."

Tüchtiges Durchschütteln und Äste, die am Auto kratzen, machen die Fahrt zur „puren Freude." Nach etwa 13 km stehen sie plötzlich vor einem Camp mitten in der Wildnis; *das Namwan Camp.* Eine kleine Waldoase. Sie fahren zu dem Holzhaus, steigen aus, grüßen den Ranger und plaudern über diese Einsamkeit. „Sie haben Glück! Es gibt nur noch einen Platz!" Wieder staunt Johanna, wie so mitten im Naturpark ein Camp ohne Zaun sein kann. Auch, dass außer einem Platz alles belegt ist. Einheimische sind das ja sicher nicht! Hätten sie solche Plätze angefahren? Sicher nicht, überlegt sie. Da ist Ihr Platz, am Ende der Oase unter einem großen Baum, direkt am Fluss, ein schöner Platz, sagt der Wildhüter, der Baum ist Ihr Hausdach, groß genug ist er, um Schutz zu geben.

Das ist er wirklich! Ein großer Baum, der mit seinen breiten Ästen Schatten spendet, sogar eine Feuerstelle mit einer Wasserzapfstelle. Direkt am Fluss in dem sich die einzelnen weißen Wolken spiegeln. Das ist hier sehr romantisch. Schwärmt Johanna lächelnd. Es ist eine richtige Oase, die zum verweilen und träumen einlädt.

„Ich gehe erst einmal um das Camp herum. Ich nenne das Revier abstecken", wenn ihr Lust habt kommt mit auf die Pirsch meint Jeff aufmunternd.

„Schaut!" In einem Baum gibt es sogar einen Hochsitz, um die Tiere zu beobachten", ruft Johanna begeistert und schon klettert sie hoch. Welch ein Ausblick! *Impalas* hüpfen umher, springen durch große Wasserlachen, die Vögel verzaubern mit ihrem Gesang diese Ebene. Die Sonne sinkt langsam zum Horizont und der Himmel ist voll von gelben, roten und goldenen Farben. „Peter es ist so schön. Wenn es jemand gemalt hätte, würden viele es als Kitsch bezeichnen. Aber sieh nur, mit welch einem Pinselstrich die Natur ihre Bilder malt. Behalten wir all dieses in unserem Gedächtnis, dieses wunderschöne Gemälde der Natur."

Jeff lächelte sie an und zeigte voller Stolz auf das Feuer, sie sitzen grübelnd in der Wärme der Flammen, wie wird es wohl weitergehen? Hat das nie ein Ende? Warum ist das so? Was sollen sie tun?

„Ich bin dafür, dass wir einen Tag hier bleiben. Hier finden die uns bestimmt nicht. Vielleicht geben sie ja auf, nach uns zu suchen. Dann hat sich alles beruhigt und wir machen uns so schnell es geht davon," meint Jeff trocken, der alle Fluchtwege durchgegangen ist noch immer rätselt.

„Klar wenn du das meinst Jeff, dann machen wir`s. Gar keine schlechte Idee. Wir sind sowieso auf dich angewiesen. Es ist so schön hier! Und es stimmt, wer kann uns hier schon finden?" kommt es voller Optimismus und Zuversicht von Johanna.

„Peter, vielleicht können wir auch eine Bootsfahrt morgen machen? Am Eingang stand doch so etwas. Das wäre bestimmt toll, durch die vielen Flussarme zu fahren, den *Hippos*, *Elefanten* und vielleicht sogar auch *Löwen* einmal ganz nahe zu sein."

„Eigentlich habe ich die Schnauze gestrichen voll, vom Boot fahren in Kanälen, aber ich kann's ja verstehen, also machen wir das Beste daraus. Ich gehe mal zum Eingang und schau mir das an. Johanna kommst du mit? Dann wissen wir gleich wo und wie die sanitären Anlagen sind."

„Peter, was ist, wenn ich heute Nacht mal dahin muss? Der Weg ist ziemlich weit, ohne Laterne. Wenn dann plötzlich ein Löwe vor mir steht?"

„Ja ich denke, dann machst du dir vor Schreck glatt in die Hose!" „Du bist ganz schön blöde, also, du mein Beschützer musst schon mitgehen, mein Held okay?"

„Natürlich mein Schatz, glaubst du, ich überlasse dich den Löwen? Niemals!!"

Die sanitäre Anlage ist ein länglicher Bau aus

Baumstämmen und Schilf, in der Mitte ist die ,Küche' mit zwei Spülbecken. Rechts die Seite für Männer, links für Frauen. Die Klos stehen im Sand, In einer Schilf- Holz- Nische haben aber Wasserspülung mit Frischluftzufuhr garantiert! Duschen auch im Sand, doch mit einem Holzbrett für die Füße. „Spanner haben hier große Chancen!" lacht sie. Hinter dem Haus steht ein großer schwarzer Tank über einer Feuerstelle. „Das heißt, dass es morgens warmes Wasser gibt. Toll! Da kann man nicht maulen ruft sie Peter zu; „warum nicht mal so! Wir sind ja hier in Afrika!" Nur für den Nachtgang, da darf sie gar nicht daran denken! Am Empfangshäuschen fragen sie nach einem Boot mit Führer. Der freundlich Rancher erklärt Ihnen: „Ja das ist möglich! Ich rufe gleich William an, der macht solche Fahrten." Kurz darauf meint er: „Das Boot kommt morgen gegen 14 Uhr, er kommt direkt zu Ihrem Platz. Ich wünsche Ihnen viel Spaß, es wird sicher ein Erlebnis hier, das ist Afrika „Merkst du, wie dunkel es jetzt schon ist? Mir wird ganz anders, eine Taschenlampe haben wir auch nicht dabei. Wir sind einfach losgelaufen. Wie die dümmsten Anfänger! Nach all dem was wir erlebt haben! Scheinbar lernen wir immer noch nicht dazu." Kommt es etwas ängstlich von Johanna.

„Komm hab keine Angst, es wird schon nichts passieren hier. Wir laufen den Weg entlang, den wir gekommen sind, dann sind wir gleich da." Schwache Lichter, die von den anderen Plätzen kommen, zeigen ihnen, dass wirklich alle Plätze belegt sind. In einiger Entfernung schwankt ein Licht auf sie zu. Na klar, Jeff, die gute Seele, der hat natürlich auch eine Taschenlampe!

„Ich dachte mir, ihr beide braucht ein wenig Hilfe für den Heimweg", lacht er. Seine weißen Zähne sind das einzige was von ihm zu sehen ist. Johanna muss sich einen Lachanfall verkneifen, „es ist aber auch echt komisch, wir stehen hier in tiefster Dunkelheit, man sieht kein Gesicht, jedenfalls kein schwarzes und da sind nur diese weißen Zähne!"

Das Lagerfeuer brennt und ein runder Topf auf drei Beinen steht mitten im Feuer, brodelt vor sich hin und es duftet gut. „Mein Gott wo hast du das denn her, einfach toll"!

„Wir sind hier in Afrika, da fährt keiner ohne Proviant weg. Du siehst doch, was alles passieren kann! Immer auf alles vorbereitet sein. Ohne den Potjies fährt niemand fort. Wir finden in der Natur immer etwas, was in den Topf wandert und meistens schmeckt es auch. Das sind die wichtigsten Grundregeln zum Überleben, wir leben in einem großen Land mit vielen Gefahren. Wenn die auch meistens mit der Natur zu tun haben, aber wie wir sehen, geht es auch anders! Nun kommt her, die Suppe, die so gut duftet, ist auch gleich fertig."

„Jeff, du bist ein Held für uns. Ich traute mich schon gar nicht zu sagen, dass der Hunger mich schon wieder plagt. Der Duft der Suppe ist schon sehr verführerisch, wenn die so gut schmeckt, wie sie riecht, wird sie wie die Schokolade sein, die ja jetzt in kleinen Kinderbäuchen gelandet ist!"
Gesättigt mit einer Flasche Bier sitzen sie am Feuer. Jeder hängt seinen Gedanken nach. Es ist so unwirklich, hier zu sitzen, mitten in der Wildnis, ohne Zaun und sich doch am Feuer geborgen zu fühlen. Nein, so habe ich mir das zuhause nicht vorgestellt. Abenteuer ja, aber all das hier? Wenn da nicht diese Verfolger wären und all das was sie erlebt haben. Hier ist das weit weg und es ist auch toll, keinen Mukulu in der Nähe zu haben. Johanna schaut zu Peter, seufzt,

kuschelt sich an ihn und sie schauen in den unendlichen glitzernden Sternenhimmel. Plötzlich ist aus nächster Nähe lautes Schreien zu hören. Johanna springt auf und steht kerzengerade da. Jeff erklärt ihnen, dass es nur die *Hippos* sind. Aber sie weiß, dass sie sehr schnell sein können und dass mehr Menschen durch *Hippos* getötet werden, als durch andere wilde Tiere. Es hörte sich an, als wären die Flusspferde direkt vor ihnen am Ufer. Sie schnappt sich ihre Decke und verschwindet im Auto. Sie will keinen Kontakt mit einem Hippo hier im Dunkeln haben! Jeff und Peter lächeln sich an und bleiben noch eine Weile am Feuer, bis auch sie in das Auto kriechen. Johanna hat sich auf dem Rücksitz hingelegt, Peter und Jeff auf den Vordersitzen, deren Rücklehnen gehen zum Glück weit zurück, bequem ist etwas anders. Es ist noch mitten in der Nacht, als Johanna leise ruft: „ Peter, es tut mir leid, aber die Suppe muss raus, ich muss mal!" „Och nee, muss das wirklich sein? Du kannst doch auch hinters Auto gehen." „Geht nicht, es gibt Dinge, da brauche ich einfach das Klo, dringend, auch wenn es mir graust!"

„Na, dann mal los Lady, wo ist nur die verdammte

Taschenlampe?"

„Hier", brummt verschlafen Jeff und reicht Peter die Lampe, lasst euch nicht fressen!" „Sehr lustig! Hast du noch andere Scherze auf Lager? Danach ist mir im Moment so gar nicht und lachen kann ich auch nicht darüber!" meint Johanna. „Im Moment sind sie mir ausgegangen, aber wenn du einen Moment wartest, fallen mir noch welche ein. Ach und passt auf die *Hippos* auf!" lacht er noch in die Dunkelheit. „Peter, die sind doch nicht hier, oder?"

„Jeff will dich doch nur ärgern, los komm jetzt." Sie suchen mit der Taschenlampe den Weg, alles ist still und unheimlich. Zum Glück sieht Peter das Haus mit seiner schwachen Beleuchtung. Er wartet auf Johanna und dann suchen sie sich wieder den Weg zurück, stolpern über Wurzeln und Stöcke. Johanna stöhnt vor Erleichterung auf, als sie das Auto sehen.

Gegen 6 Uhr und die ersten Sonnenstrahlen fangen an sie aufzuwärmen. Mit steifen Gliedern steigt Peter aus dem Auto, murmelt, „man war das kalt heute Nacht!" Jeff schaut ihn erstaunt an, sagt, „dass soll kalt gewesen sein?" Er läuft los, um Brennholz zu besorgen beim Wildhüter. Sie hatten gestern Abend das Feuer zu lange brennen lassen! Sie waren zu großzügig mit dem Holz gewesen. Er kommt zurück mit einem Bündel Holz und berichtet, der Wildhüter habe erzählt, dass Löwen heute Nacht hier herum gelaufen sind. Johanna wird blass und wendet sich ab, sie geht zum Fluss um wieder ruhig zu werden. Afrika ist ja wunderschön, aber Löwe und Co die brauchen doch nicht so dicht bei mir zu sein. Das Licht spiegelt sich wunderschön im Wasser, leises Rauschen im Gras und Vögel singen ihr Morgenlied. Alles sieht so friedlich aus, einen Moment lang glaubt Johanna in einer verzauberten Welt zu sein, so unwirklich kommt es ihr vor. Hier so weit ab aller Zivilisation, kein Strom, kein Radio, kein Netz, mitten in einer Einöde. Komisch denkt sie, im Moment finde ich es sehr schön, außer nachts natürlich, Doch möchte ich immer so leben, mit der Angst, dass *Löwen*, *Hippos* oder anders Getier mir über den Weg laufen?

„Johanna, los komm, es gibt Frühstück!" ruft Jeff und weckt sie aus ihren Gedanken auf. Sie dreht sich um und schaut auf das friedliche Bild vor ihr. So gar nichts ist den Männern anzusehen, von den aufregenden Tagen. Beide sitzen am Tisch, lachen und scherzen und schauen sie freundlich an. Mein Gott, wie liebe ich diesen Mann, geht es ihr durch den Kopf, wir werden alle Hürden in unserem Leben meistern. Er hat es mir bewiesen!

Johanna ist überrascht, was Jeff alles auf den Tisch gezaubert hat. Kaffee, Brot, Käse, Milch, Bananen, und Weintrauben.

„Mensch, wann hast du das alles gekauft?"

„Ich hatte doch gesagt, ich muss noch einkaufen!" Erklärt er. Mit Kaffeeduft unter der Nase setzt sie sich, gibt Peter einen Kuss, da sind die Löwen erst einmal vergessen! „Wann soll das Boot kommen?" fragt sie, genüsslich ihren Kaffee schlürfend? „Erst so gegen 14 Uhr, solange können wir hier die Zeit genießen."

Die beiden Männer sitzen leicht schläfrig nach dieser Nacht auf ihren Stühlen, Johanna übernimmt den Abwasch und sagt zu den beiden, „also wenn ich in einer halben Stunde nicht zurück bin, seid so lieb und sucht mich". Sie macht sich auf den Weg zu der sogenannten Küche und sieht einige Autos mit ihren Dachzelten stehen. Mein Gott, was mag mit unserem Mietauto geschehen sein? In *Maun*, im Camp, die müssten sich doch wundern? Eigentlich müsste doch ein Suchtrupp unterwegs sein? Nachdem sie nicht wieder kamen. Dort steht der Wagen vielleicht noch? Oder auch nicht? Ob wir das je erfahren werden? Sie ist alleine an einer Spüle und freut sich, dass es warmes Wasser gibt und beschließt, dass sie nach dem Spülen sich dem Genuss der Dusche in diesem einfachen Badehaus' hingeben wird!

Ein langer Spaziergang durch die Ebene immer voller Staunen, wie schön und friedlich das hier ist. Ein Adler, der auf einem Baum sitzt alles beäugt in aller Ruhe, fasziniert sie alle. *Sumpf- Impalas* tollen übermütig herum. Mit großen Sätzen springen sie über die Wasserlachen. Menschen stören sie nicht. In der Ferne läuft eine Herde Elefanten gemächlich ihren Weg entlang. Ein Bild der Ruhe und doch voller Leben. Sie sitzen eine ganze Weile auf dem Hochstand und blicken über dieses weite Land.

„Du Peter, warum empfinden wir das alles so wunderschön? Ist es das, weil wir so weit weg sind von unserem normalen Leben? Sehnen wir uns alle so sehr nach dieser Ruhe, kein Hupen, keine lauten Geräusche der Stadt? Ich möchte das alles wie einen Schwamm aufsaugen." Peter lacht und meint dazu:

„Also mein Schatz, ich weiß nicht, ob wir das eine lange Zeit aushalten könnten. Keine Küche, kein Bad, na ja, Dusche hast du hier, aber keinen Italiener um die Ecke! Ich denke, so alleine in der Wildnis so auf Dauer, das ginge nicht gut! Dann stelle dir das einmal vor, ich müsste auf die Jagd gehen! Du müsstest dann das Tier enthäuten, zerteilen, würzen mit den Kräutern von hier und natürlich braten!"

„Blödmann, ich träume ja auch nur"…!

Jeff ist am Auto geblieben und als sie zurückkommen, ruft er ihnen entgegen, hier gibt es die besten afrikanischen Spaghetti". Etwas abenteuerlich, aber gekonnt, gießt er die Spaghetti lässig auch ohne Sieb ab. Johanna schaut ängstlich zu, sie sieht sich schon ‚Spagetti ala Sand' essen. Eine scharfe Tomatensoße aus dem Glas rundet das Menü ab. Alles perfekt serviert, als - Jeff's Speziale -. „Wieso können Spagetti so toll schmecken, ob das an der Art des Kochens liegt?" schmatzt sie als Zeichen wie gut es schmeckt. Peter lacht laut auf, „Mensch Johanna, so habe ich dich noch nie essen sehen, ich ahnte nicht, dass du so isst. Du solltest dich mal sehen!"

„Na wenn schon, dass ist mein neues Make up."

Kaum ist der große Abwasch beendet, hören sie ein leises Tuckern, und sehen, wie sich ein Boot langsam dem Ufer nähert.

„Hallo, ihr seid wohl die, die ein wenig auf dem Fluss entlang fahren wollen? Ich bin William."

„Hallo, schön, dass du kommst. Wir sind schon gespannt, was du uns alles zeigen kannst." Williams Boot ist gerade groß genug, dass ungefähr sechs Leute darauf sitzen können, in der Mitte eine Kühlbox, die ahnen lässt, dass sie gefüllt ist. Ein großes Sonnensegel und einem leisen Elektromotor.

„Ich denke, wir werden vieles zu sehen kriegen, also dann kommt an Bord!" „Nette junge Leute", denkt William, dass wird sicher ein schöner Nachmittag.

„Ich bin Peter, das sind Johanna und Jeff." Gleich sind sich alle sympathisch und das Erzählen geht los. William erklärt, dass er aus England stammt, in Deutschland etliche Jahre gelebt hatte und hier bei einem Urlaub hängen blieb. Ihm gehört auch ein Camp nicht so weit von hier entfernt, aber auf der anderen Seite des *Kwando River*. Peter erzählt, dass sie einfach auf gut Glück hier ‚gestrandet' sind und wie wunderschön es hier ist. „Ja, es ist ein Paradies und wenn es Afrika zu erleben gilt, dann ist es hier!" Das Boot fährt in einen Nebenarm und sofort bekommt Johanna wieder ein beklemmendes Gefühl. Die Erinnerung an ihre Bootstour ist noch zu frisch, an das was im *Okawango Delta* passierte. Aber tröstet sie sich, Peter sitzt im gleichen Boot! Sie gibt sich einen Ruck, jetzt kann nichts passieren und wir können jetzt hier diesen schönen Tag genießen. „Da, schaut zum rechten Ufer, seht ihr die *Hippos*?" Eine ganze Familie liegt am Ufer faul in der Sonne und William fährt ganz langsam näher heran. Er schaltet den Motor aus, damit er die Familie nicht aufscheucht. Ein *Hippo* reißt sein Maul auf, da würde Johannas Kopf glatt rein passen. Es stört die überhaupt nicht, dass sie so nahe heranfahren. Vielleicht wollen sie sich diese komischen ‚Tiere' in dem merkwürdigen Ding mal näher anschauen? Aber sie schauen gelangweilt und ein *Hippo* dreht ihnen den Rücken und den dicken Po zu. Nach einer Weile fahren sie langsam in die Flussmitte und ab und zu hören sie ein Schnauben sehen die Nasenhügel an der Wasseroberfläche. Sie biegen in einen anderen Seitenarm, da ist ein buntes Treiben plötzlich vor ihnen. In der Uferwand sehen sie viele

Löcher, die Nester der Scharlachspinte, die mit ihren blauen Häuptchen, dem leuchtenden roten Rücken und blauem Schwanz vor der lehmfarbenen Wand eifrig herumfliegen. Ein buntes Spektakel! Johanna fragt: „ Ist das ein guter Platz? Wenn das Wasser steigt, dann sind die Nester doch voll Wasser?" William lacht und erklärt ihr: „Sie bauen einfach neue Löcher und die sind dann ganz sauber. Wunderbar von der Natur eingerichtet. So haben die Parasiten keine Chance, die jungen Vögel zu plagen." Später, als sie vor sich einen recht breiten Sandhügel sehen, wo etliche Affen herum tollen, erzählt William, dass der Hügel vor den Affen den Löwen gehörte. Aber, so wird erzählt, ein mächtig großes Krokodil soll einen ausgewachsenen Löwen in das Wasser gezogen haben. Seitdem meiden die Löwen diesen Platz. Bei einem anderen Seitenarm sehen sie eine riesige Herde Elefanten etwas vom Ufer entfernt. William fährt ganz langsam näher und bald stehen sie mit dem Boot fast auf dem Ufer. Die Leitkuh schaut zu ihnen, sehr genau, William flüstert. „Seid alle ganz still, rührt euch nicht und senkt den Blick. Die Leitkuh kommt näher stellt auch schon die Ohren auf, wedelt mächtig damit herum und kommt immer näher. Johanna, die vorne sitzt, rutscht das Herz in die Hose, aber sie ist wie gebannt von dieser Situation. Die mächtige Kuh schlägt weiter mit den Ohren und kommt noch näher. Kurz vor ihnen bleibt sie stehen und beobachtet sie alle ganz genau. Dann streckt sie ihren Rüssel aus, den hätte Johanna glatt berühren können. Ihre Herde im Hintergrund steht auch still und schaut gespannt, was geschehen wird. Die Augen auf Johanna gerichtet stehen der *Elefant* und Johanna sich gegenüber, dann dreht sich der Elefant um, geht zu seiner Herde und in Reih und Glied ziehen sie gemächlich ihren Weg.

„William, was hättest du getan, wenn der Elefant auf uns los gegangen wäre?" „Das hätte er nicht! Solange wir uns ruhig verhalten, tun sie nichts. Alte Weisheit!" William schaltet den Rückwärtsgang ein, das Boot fährt langsam vom Strand fort. Weiter geht es in den Wasserstraßen entlang. Der Himmel, beginnt sich schon zart zu verfärbender, als vor ihnen eine große Herde *Elefanten, Warzenschweine* und *Wasserbüffel* auftauchen. Eine riesige Sand-bucht mit viel Platz für ein abendliches Bad. Im Hintergrund eine große Reihe Bäume, die wie eine dunkle Wand aussieht. Langsam gleitet das Boot näher und ein wahnsinniges Bild tut sich vor ihnen auf. Die Elefanten sind dabei, ihr abendliches Bad zu nehmen und sich danach im Sand zu pudern. Durch das Licht und dem aufgewirbelten Staub sieht es aus, als würde ein sandfarbener Nebel zum Himmel steigen, der von der Sonne beleuchtet wird. Was für ein Bild! Bei dem nur zu sagen ist, ja das ist Afrika! Ein kleiner *Elefant* tobte übermütig zwischen den Beinen seiner Eltern, Tanten und Onkels herum, rutscht aus, wälzt sich genüsslich im Schlamm mit seinen Beinen nach oben, um dann das Spiel von neuem zu beginnen. Dazwischen tummeln sich die *Warzenschweine, Wasserbüffel* und schauen auf das Spektakel der *Elefanten*. Dieses Licht, diese Prachttiere, so ganz unter sich. Lange gibt es nichts, als diesen Anblick, sogar ihr Atmen will sich einstellen, so gebannt sind sie von diesem Schauspiel. „Das gibt es doch nur in Filmen", kommt es leise von Johanna. „William, das ist ein großes Geschenk, was du uns da machst", flüstert Peter. „Gern geschehen, aber ich muss euch sagen, so in diesem Farbenspiel, das ist auch nicht alle Tage zu sehen, ihr hattet Glück!"

Williams Handy klingelt und er macht ein ganz

erstauntes Gesicht und konnte nur mit gerunzelter Stirn „Yes, yes" sagen."Ist etwas nicht in Ordnung"?

„Oh nein, ich soll nur noch schnell bei einer Lodge vorbei fahren, um etwas mitzunehmen, das ist kaum ein Umweg, ich wundere mich nur, heute morgen, als wir miteinander sprachen, brauchte er mich nicht."
„Kannst du das schaffen vor dem Dunkelwerden? Du musst ja noch zu deinem Camp fahren, es ist dann schon dunkel! Ich hätte wahnsinnige Angst hier".
„Ich kenne hier jeden Grashalm und jeden Abzweig, da macht euch keine Sorgen."
Noch voll von all den gigantischen Eindrücken schaut jeder verträumt auf das Wasser. Das Licht verzaubert mit seinem Farbenspiel den Himmel und das Wasser. Alles taucht jetzt in die Abendstimmung ein. Die Farben verlieren ihre Leuchtkraft, das Wasser färbt sich langsam grau. Johanna fröstelt leicht, obwohl es doch noch warm ist. Sie kuschelt sich an Peter, nur der Motor brummt.
„Das ist so wunderschön hier, das kann und wird uns kein Mensch glauben." schwärmt Johanna. „Dann ist es eben nur die Erinnerung, sie gehört uns für immer."
Sie sehen ein recht großes Haus mit einer großen

Veranda, die bis auf das Wasser ragt und William erzählt ihnen gerade, dass es die einzige Lodge hier in dieser Gegend ist. Zwei Männer stehen auf dem Bootssteg und erwarten ihre Ankunft. William wirft ihnen ein Seil zu, das wird gleich festgemacht. Der eine Mann streckt den Arm aus, um Johanna beim Aussteigen zu helfen, was sie abwehrt und meint; „Danke nein, wir steigen hier nicht aus, William hat hier etwas zu erledigen, Sie riefen ihn ja an."

„Oh ich denk doch! Kommen Sie, denn diesmal gibt es keine Fluchtmöglichkeit mehr, Ihre Reise ist hier zu Ende!"

„Wie meinen Sie das denn? Was soll das hier?" Johanna fühlt, als würde eine eiskalte Hand ihr Herz umklammern.

„Sie sind Johanna, nicht war? Wir haben nichts Böses mit Ihnen vor. Wir suchten Sie nur und Sie brauchen keine Angst zu haben. Sicher, wir hätten Sie schon in *Kasane* ansprechen können, aber, ich gestehe es, es machte mir einfach Spaß, dieses Verfolgungsspiel."

Johanna nimmt zögernd die ausgestreckte Hand und steigt aus dem Boot. William schaut etwas verwirrt und meint dann trocken: „Na, auf die Erklärung bin ich jetzt aber auch gespannt!"

„Kommen Sie bitte erst einmal mit hinein, dann erkläre ich es Ihnen und zum Glück können Sie nicht wieder verschwinden. Unser Kompliment, Sie haben es uns nicht leicht gemacht und wenn Sie nicht in *Kongola* angehalten hätten, wer weiß, wie es dann gelaufen wäre! Durch Zufall sahen unsere Kollegen Sie und so mussten wir einfach nur auf unser Glück hoffen. Aber erst einmal gibt es eine Runde Bier, dann erzählen wir weiter." Johanna und Peter sehen sich an, voller Verzweiflung, doch ist ihnen klar, dass sie im Moment nichts anderes tun können, als abzuwarten und zuzuhören. Bierdosen knacken und zischen beim Aufmachen. Jeder nimmt einen tiefen Schluck und sie schauen neugierig auf die zwei Männer. „Unsympathisch sehen sie nicht aus, beide sehen flott in ihrer Uniform(?," denkt Johanna. „Was mag da jetzt kommen?" Einer der Männer fängt an zu erzählen.

„Unsere Chefin Mrs. Makuhulu gab unseren Kollegen den Auftrag, Sie zu finden. So weit wir das mitbekamen, sollte ein Ehepaar Sie zu unserer Chefin bringen. Aber da ging wohl auch etwas schief, obwohl es erst hieß, es sei alles in Ordnung! Dann meldete sich ein Herr van Hook, der Sie übergeben wollte und so wurden unsere Kumpels losgeschickt. Meine Chefin war sehr nervös, sie erzählte uns aber nicht warum. Der Treffpunkt war *Livingstone* in einem Café. Unser Boss hatte das aus Sicherheitsgründen so geplant, falls es Schwierigkeiten geben sollte, so sagte sie es unseren Kollegen. Sie hatten oft mit ihnen Kontakt und sie mussten die jeweiligen Situationen schildern. Darum waren sie nicht dort! Sie waren wirklich sehr vorsichtig, aber dann wurden Sie entführt unser Kollege er bekam einen Schlag auf den Kopf und war für eine kurze Zeit außer Gefecht. Mit so etwas hatten sie nun wirklich nicht gerechnet. Es war von unserer Mrs. Makuhulu nicht klug den Kollegen nichts Näheres zu sagen. Die beiden haben im Vorfeld auch nichts bemerkt, was sie hätte stutzig machen können. Sie stellten sich wie totale Anfänger an. Es ging so schnell! Die Kollegen waren in dem Kaffee und sahen zu, wie das Auto gestoppt wurde. Natürlich stürmten die beiden los, aber Ihre Entführer haben sich die vielen Menschen zu Nutze gemacht. Natürlich sind unsere Kumpels gleich hinterher, aber die waren schlauer als wir und wir sahen kurz, dass sie mit einem

Messer bedroht wurden. Sie wussten genau, wohin sie wollten. Die Kollegen hatten das Problem, wie das unserer Chefin erklären, dass sie quasi vor unseren Augen entführt wurden? Sie waren einfach nicht mehr zu sehen! Wir warteten dann, um ehrlich zu sein aus Hilflosigkeit. Also sagten wir uns, irgendwie müssen sie ja wieder von den Fällen zurück kommen. Da gibt es keinen Weg, woanders wieder zum Vorschein zu kommen. Natürlich war unsere Angst riesig, dass man ihnen etwas antun würde, die Chefin hätte sie geviertelt oder schlimmeres! Wir hatten auch sie, Peter, gesehen und es war klar, dass sie auch hinter den dreien her waren. Warum auch immer, aber unsere Kollegen bauten auf sie, dass sie vielleicht Glück hatten. Sie hatten zwar keine Ahnung, was sie mit der Sache zu tun haben. Weil Sie ein Weißer sind, sagten sich die Kumpels, er gehört zu der jungen Frau. Die beiden wurden recht mutlos, sie mussten sich eingestehen, dass sie versagt hatten. Sie trauten sich nicht die Chefin anzurufen. Wie sollten sie ihr das erklären? Sie beschlossen zu warten und waren auf das Donnerwetter gefasst, dass bei dem Kontrollanruf kommen würde. Das Donnerwetter war zum Glück nicht so groß und die Order hieß warten und wehe es geht noch einmal was schief! Dann sahen die Kumpels sie beide wieder und das Katz und Mausspiel kennen Sie ja! Leider ging das mit dem Hotel auch schief. Sie hatten vor, Ihnen morgens beim Frühstück alles in aller Ruhe zu erklären. Sie hatten erfahren, dass sie ein Zimmer genommen hatten. Nur, das sie schon so früh aufstehen, dass hatte sie sehr überrascht! Sie waren wieder weg! So eine Schmach! Sie mussten wieder feststellen, dass man sie sehr *galant* ins Aus geschickt hatte. Aber sie machten sich auf den Weg, denn ihre Überlegung war die, dass Sie in Richtung Windhoek sind. Das Glück war mit ihnen, per Zufall erkannten wir Sie, Johanna, als Sie aus dem Rückfenster Ihres Autos schauten. Denn die beiden fuhren ja ins Blaue, wir wussten ja nicht, welches Auto wir verfolgen sollten. Aber du Jeff, du bist wirklich mit allen Wassern gewaschen! Wie du das an der Grenze geschafft hast, dass musst du mir noch erzählen! Ihr hattet die beiden wieder elegant abgehängt! *In Kongola* hatte unsere Chefin schon dafür gesorgt, dass nach ‚Weißen' Ausschau zu halten ist. Nicht nur dort! Auf der ganzen Strecke! Noch ein Zufall, dass Ihr von uns erkannt wurdet! So viele Weiße sind ja hier nicht zu sehen. Nur, Jeff, du Schurke, warst natürlich wieder mal schneller! Aber da war uns das Glück hold! Wir dachten uns, dass du wieder einen Trick anwenden würdest. Aller Wahrscheinlichkeit würdest du ein Versteck suchen! Jeff reckte sich und schaute sichtbar stolz in die Runde. „Ja ich fahre gerne Touristen über geheime Strecken," und sein Lächeln reichte ihm fast bis zu den Ohren. Wir wussten schon, nur Glück kann uns Dummköpfen helfen! Wir telefonierten herum, bei Camps und Lodges und wir hatten Glück, wie Ihr seht! Bei eurem Camp, war es erst schwierig, denn dort lagern nur Touristen, aber der Anruf wegen dem Boot und der Frage wann Ihr euch angemeldet hattet, das war unser Glück ! Wir haben eigentlich zu allen Camps einen ‚guten Draht', das heißt, wenn ‚besondere' Gäste kommen, redet man halt darüber. Ihr ward solche Gäste einfach weil Ihr in den Zeitpunkt der Anmeldung gepasst habt, so war das unser ‚Glück.' Hättet Ihr kein Boot gechartert und mit dem Wildhüter nicht so nett geplaudert, säßen wir jetzt nicht hier, so konnten wir einfach besser nachhaken mit unseren Fragen".

„Ach das war der Anruf! Ich habe mich schon gewundert, für wen ich etwas abholen soll! Aber da wir uns alle untereinander helfen, denkt man sich nichts weiter dabei. Wie soll einer auf die Idee kommen, dass hier meine Gutmütigkeit ausgenutzt wird. Kein Verlass mehr, selbst hier im tiefen Afrika wird so einer wie ich gelinkt!" Grinst er spitzbübisch.

„Na, komm Kumpel, so schlimm ist es auch wieder nicht, es wird nicht dein Schaden sein! Meine Mrs. ist recht großzügig und soviel ich weiß, in diesem Fall besonders." Einer der Männer steht auf, verbeugt sich und sagt, „mein Name ist David und das ist Hango, ich denke, nun können wir gemütlich essen, schlafen hier heute Nacht und morgen wird es sicher ein sehr guter Tag! Nach dem Stress!" Er lacht sichtlich erleichtert und strahlt die drei an.

„Ich verstehe das alles noch nicht! Wohin und zu wem werden wir gebracht?" In Johannas Kopf überschlägt sich einfach alles! War dies ihre Mutter? Ratlos blickt sie die zwei Männer an.

„Genaues wissen wir auch nicht, wir bekamen den Auftrag und da fragen wir nicht groß nach, warum und weshalb, dass ist nicht unsere Aufgabe. Wir bekamen schon mit, dass es für unseren Boss und unsere Chefin sehr wichtig ist und das sie beide nervös waren. Wir sind jedenfalls heilfroh, dass wir Sie jetzt endgültig gefunden haben, lange hätten wir es mit den Pannen, die uns allen passiert sind, ohne Ärger nicht verheimlichen können. Wir dürfen gar nicht daran denken, was passiert wäre! Sie sind zwar sehr fair und gerecht und es gibt viele Leute, die für sie arbeiten. Wir alle tun es gerne für ihn und seine Mistress. In diesem Land ist vieles im Argen, aber bei den Beiden können wir nur sagen, es macht Spaß für sie zu arbeiten, sie bezahlen gut, so können wir unsere Familien ernähren."

Auf der Terrasse ist schon der Tisch gedeckt, von dem Grill weht ein verlockender Duft, der Rotwein in den Gläsern leuchtet in den letzten Sonnenstrahlen. Das abendliche Farbenspiel spiegelt sich in dem Wasser und sanft wiegt sich das Schilf in dem leichten Abendwind. Die ersten Lichter gehen an und verzaubern die nächste Umgebung, das Wasser fließt nun schwarz und still seinen Weg. Johanna schaut sich um, alles wirkt recht elegant und sehr geschmackvoll. Die Kerzen auf dem Tisch flackern und lassen die Schatten tanzen. Sie hebt ihr Glas, meint, „so kann man auch leben! Hier gilt wohl auch der Spruch: „Das Leben ist schön, aber teuer, es geht auch billiger, aber dann ist es auch weniger schön. Was aber so nicht ist!" Denn hier in Afrika ist es in einem Camp anders, doch an Erlebnissen nicht zu übertreffen. Eine ganz andere Form Afrika zu erleben; geht ihr dabei durch den Kopf. Bisher war es ihnen ja kaum vergönnt gewesen ‚ihr' Afrika zu erleben. So schick wie sie es gerade erleben ist es neu. Wir erleben ständig etwas neues, denkt sie schmunzelnd, wir hätten uns das nie getraut oder besser, der Preis hätte nicht gestimmt!

Bei einem Spaziergang durch die Anlage stellen sie fest, hier gibt es gar keine Straße, dafür aber eine Landebahn. „Kommen die Gäste hier echt nur per Flugzeug?" „Ja, und per Boot. Das ganze Gebiet hat nur diese Lodge, das Camp, in dem ihr seid und das Camp von William. Dafür gibt es eben auch so einzigartige Erlebnisse. Hier ist es wichtig, dass in den National Parks nur eine bestimmte Anzahl von Touristen ihren Urlaub hier verbringen dürfen."

„Ja, das stimmt. Was wir erlebt haben, übertrifft alles

und wird einfach unvergesslich bleiben."

„Na, dann trinken wir noch einen Absacker, wie es bei euch heißt und ich denke, es war ein langer aufregender Tag heute!" meint William in die Runde, mit seinem fröhlichen Lachen.

Johanna hat sich in die Kissen gekuschelt und schnurrt wie eine kleine Katze. „Was für ein Gefühl, ein weiches Bett, Kissen, eine Decke die wie eine Feder so leicht ist. Komm schnell her und lass dich auf die Traumwolke fallen." „Gleich Liebling, ich bin noch unter der Dusche, die ich voll genieße." Sie liegt da, schaut zu der Terrassentür hinaus auf das Wasser, das silbern glitzernd sich seinen Weg bahnt. Von weit her hört man die *Hippos* schnarchen und einen Löwen laut brüllen. „Mein Gott, hat der eine Stimme! Wenn der so letzte Nacht gebrüllt hätte, das hätte mein Herz nicht überstanden. Aber hier in dem großem Bett, ist das schön und weit weg von den Gefahren da draußen." Peter kommt herein mit seinem um die Hüften geschlungenem Badetuch, lässt es langsam fallen und sich auch. Johannas Arme fangen ihn auf, Sie schmiegt sich an ihn und meint: „Hast du den Löwen gehört? Ich dachte schon, nun wirst du auch ganz wild, mir wurde schon bange!"

„Das kann gut sein, fühlst du nicht meine Mähne" und er schüttelt sein nasses Haar. „Ich habe dich zum Fressen gern, aber du, du wirst nur angeknabbert dafür viel und oft!" Ein Grunzen und Johannas Nase, Hals und ihr Mund werden zum Lustobjekt. Sie windet sich unter ihm und er setzt sein Knabbern genüsslich fort, bis sich ganz nahe sind und sie nur flüstern kann, „ich bin du und bist ich! Halte mich immer fest"!

Beide liegen zusammengerollt unter der leichten Decke, noch ahnen sie nicht, was der Tag ihnen alles bringen wird. Der Morgen mit seinen noch sanften warmen Farben, die Sonne die in das Zimmer scheint und die Sonnenstrahlen tanzen auf der zart gelben Wand. Johanna räkelt sich im Bett, genießt den Blick nach draußen und bedauert: „Schade, dass wir nicht schwimmen gehen können. Aber was uns von Krokodilen erzählt wurde und was ich selber erlebt habe, da sage ich doch lieber, nein danke." „Da hast du recht, es soll hier riesig große geben, besonders ein Krokodil, was den Löwen fraß. Sicher hätte das Reptil seinen Spaß an uns, wäre aber nicht so gesund für uns beide," lacht Peter.

Es klopft und einer der Männer, David, fragt, ob sie zum Frühstück kommen wollen. „Ja, wir sind in 10 Minuten fertig", ruft Johanna. „Also mein Herr und Gebieter, dann ziehen wir unser Kampfgewand an."

„Na, das nenne ich einmal eine gute Anrede, schade dass es keine Zeugen dafür gibt, aber du darfst mich auch weiterhin „mein Herr und Gebieter" nennen!"
Sie lacht herzhaft, küsst ihn auf den Mund, krault in seinem Haar und meint: „Träum weiter!"
„Schade, ich hätte dich auch meine Herrin genannt, aber so... gehen wir einfach als Mann und Frau zum Frühstück. Ich glaube der Tag wird vor allem für dich heute noch ein paar Überraschungen haben."
„Ich hatte es so schon verdrängt, jetzt wird mir wieder ganz flau im Magen, nur gut, dass ich dich habe, alleine möchte ich das nicht durchstehen. Sag, dass alles gut wird", und blickt Peter ängstlich an. Er nimmt sie fest in den Arm, atmet den Duft ihres Haares ein, streichelt sie, flüstert ihr in das Ohr „alles wird gut, ich weiß es einfach, wir werden noch viele schöne Tage erleben, ich bin ja immer bei dir!" Der helle und sehr einladende Speiseraum empfängt sie beide. Da ist es sehr gemütlich, alles offen, aus dicken Balken gebaut

mit dem typischen dicken Grasdach. Es herrscht ein angenehmes Klima, nicht zu heiß, aber auch nicht zu kühl rund herum ein toller Blick auf die Weite des Wassers, mit seinen Nebenflüssen und den Ufern, die zum Teil mannshoch sind. „Wo ist eigentlich Jeff? Der ist doch immer der erste auf den Beinen?"

„Ich habe ihn heute schon sehr früh zu eurem Camp gebracht, er war einfach unruhig, wegen seinem Auto", kommt es von David.

„Auch in einer Einöde sollte kein Auto alleine herum stehen", sagt William. „Ihr werdet ihn wiedersehen, er kennt die Adresse, wohin er fahren soll", keine Sorge lächelt freundlich Hango. „Wir hätten uns aber gerne von Jeff verabschiedet, er ist einfach ein netter Kerl, wir haben ihm so viel zu danken."

„Das werden Sie. Unsere Order lautet, Sie endlich nach all den Aufregungen in guter Laune zum Ziel zu bringen.

Nach dem Frühstück, wenn Sie dann fertig seid, dann kann es losgehen. Es ist nicht weit, etwa 15 Minuten, dann sind wir vor Ort".

Ein kleines Flugzeug steht auf der Piste und es sieht so aus, als lächle die Maschine und lädt uns ein in die

Maschine zu steigen, aber das wäre ja wohl der Gipfel von all den Geschichten, wenn jetzt auch noch Flugzeuge einladen und lächeln! denkt Johanna für sich. Sie fühlt sich, als ob eine Faust in ihrem Magen Boxübungen vollbringt. Einer der Männer steigt in das Cockpit und startet den Motor. Kaum sind sie hinein geklettert, da setzt sich die Maschine auch schon in Bewegung, und erhebt sich in den blauen Himmel. Johanna schaut nach unten, alles wird zwergenhaft klein, fast unwirklich. Gerade eben noch standen wir bei den Hippos und bei den Elefanten. Alles ändert sich so schrecklich schnell. Die Empfindungen überschlagen sich, was eben noch bedrohlich und voller Ängste war, wurde beschaulich und friedlich, aber jetzt weicht es einem neuen Gefühl. Angst, Neugier ein Gefühl in einem luftleeren Raum zu fliegen. Johanna bewundert, wie der kleine Flieger eine Wende fliegt, sie sieht die Flussarme. Ob wir unser Camp sehen können? Aber schon dreht die Maschine wieder ab. Es dauert wirklich nicht lange, bis sie die Häuser von *Kongola* sehen. Peter sitzt nur ruhig da, ihm ist anzusehen, wie es in ihm arbeitet. Mal ist ein zustimmendes Nicken, dann sind wieder Zweifel in

seinem Gesicht. Schon breitet sich die Steppe vor
ihnen wie ein breites Band aus, als die Maschine im
Landeanflug ist. Vor ihnen liegt ein riesiges Gelände.
„Ist das ein Park mit einer Landepiste"? überlegt Peter.
In einiger Entfernung ist ein großes Haus mit mehreren
Nebengebäuden zu erkennen. Die Maschine setzt
sanft auf,sie rollen sanft und gemächlich auf den
kleinen Tower zu. „Bitte Aussteigen! Willkommen auf
Onkava, wir werden schon erwartet! Der Wagen bringt
uns zum Haus." Johanna und Peter schauen sich an,
was sollen sie dazu sagen? Er schubst sie an und
flüstert ihr zu. „Auf in den Kampf, meine Liebe!"
Die Fahrt geht erst durch die Steppe, das hohe
goldene Gras wiegt sich in großen Wellen, die am
Horizont enden. Sie sehen einen weitläufigen sehr
gepflegten und doch sehr natürlichen Park vor sich.
Ein Paradies für die Vögel. Je näher sie dem Haus
kommen sehen sie Blumenrabatten, blühende
Sträucher mit englischem sehr grünem Rasen.
Johanna schaut den Rasen verwundert an, schubst
Peter und meint: „ Wie um alles kann man hier einen
englischem Rasen pflegen? Bei der Hitze! Die
Blumenrabatten, nicht eine vertrocknete Blume ist zu

sehen! Wenn all diese Männer die mit den Pflanzen beschäftigt sind, nur dafür da sind, dann wundert es mich nicht! " Ein breiter Kiesweg führt zu dem großen weißen Haus. Johannas Herz fängt wie verrückt an zu schlagen, am liebsten würde sie aus den Wagen springen und weit fortlaufen, aber sie weiß und will es jetzt wissen, dass sie hier auf all ihre Fragen die Antwort erhalten wird. Da sieht sie Gestalten die oben auf der großen Treppe stehen, schemenhaft und doch kommen sie ihr vertraut vor. Sie schließt die Augen, will nicht sehen, was sie da erwartet. Aber wie sie die Augen wieder öffnet da stehen alle immer noch dort. Ihr Herz macht einen großen Sprung, sie glaubt zu ersticken, denn ihr bleibt die Luft weg vor lauter Überraschung.

„Peter, da sind ja Mama und Papa! Wie kommen denn die hierher und wer ist diese Frau und der Mann, die neben ihnen stehen?" In ihrem Herzen weiß sie die Antwort. Will sie es aber wirklich wissen? Es hilft ja gar nichts, sie muss aussteigen und sich all dem hier stellen. Zögernd steigt sie aus, schaut dabei ihre Eltern an, die aber nur ein erleichtertes Lächeln zeigen und sie ganz fest in die Arme schließen. „Ach Mama, ich bin so froh, dich zu sehen, du warst nicht mehr in dem Hotel. Keine Nachricht von dir. Weißt du eigentlich, wie bescheuert ich mich gefühlt habe bei all den Aufregungen, die hier so gelaufen sind?! Warum ging denn niemand an das Handy?" kommt es leicht vorwurfsvoll, verwirrt aber erleichtert von Johanna. „Mein Schatz, das wissen wir! Dass mit dem Handy war einfach Pech! Jetzt lache nicht, aber deinem Vater ist es in der Eile, in der wir waren, auf dem Klo einfach aus der Hosentasche gefallen, er war so schusselig vor Aufregung, so konnten wir das Handy leider auch nicht mehr herausfischen. Somit hatten wir auch die Nummer von Peter nicht, denn leider haben wir unser Telefonregister zuhause vergessen und somit konnten wir niemanden anrufen. Ja, so war es, wenn etwas schiefgeht, dann geht alles auch gründlich daneben! Nun beruhige dich erst einmal! Komm, ich darf dir jetzt eine ganz liebe Frau vorstellen. Sie ist deine leibliche Mutter. Das ist Stella. Sie wird dir alles in Ruhe erzählen. Hier ist ihr Mann Neo, aber der ist nicht dein Vater." Johann schaut von einem zum anderen, es rauscht in ihren Ohren, *leibliche Mutter, Mama!* Stella geht auf Johanna zu, mit Tränen in den Augen, die ihr über die Wangen laufen. Sie nimmt schüchtern Johannas Hand und sagt sichtlich um Fassung ringend; „Mein Kind, da bist du endlich!" Johanna mustert Stella und sieht sich selber! Die gleichen Gesichtszüge, die gleichen Haare, die genauso lockig wie ihre sind. Stella sieht so liebevoll und warmherzig aus. Eine Frau, von der niemand Angst zu haben braucht. Sie strahlt nur Güte aus. Der Mann Neo, ein großer stark wirkender Mann mit ernstem Blick. Aber wenn sie genauer hinschaut sieht sie auch bei ihm, dass er voller Güte ist. Neo nimmt Johannas Arm und Peters Hand, führt sie in das Haus. Da ist es angenehm kühl und der erste Eindruck ist für Johanna einfach verwirrend. Sie bleibt einen Moment stehen, um alles auf sich wirken zu lassen und schon weiß sie, genauso würde ich mein Haus einrichten. Neo führt sie durch einen Salon mit einem riesigen Kamin; große Holzschränke, die den Raum beherrschen. Auf dem Boden liegt ein riesiger gewebter Teppich mit bunten Ornamenten, der dem Raum eine Heiterkeit gibt. Eine große Tür führt auf die Terrasse, der Wind bauscht die weißen Gardinen auf. Da stehen bequeme Sessel um einen Tisch, mit Bergen von frischem Obst, kleinen

Gebäckstückchen mit unbekannten Leckereien in Schalen und Tellern. „Setzt euch erst einmal hin, was möchtet ihr trinken?"

Unbemerkt nähert sich eine junge Frau dem Tisch und wartet auf ihre Wünsche.

„Ich hätte gerne einen Saft mit Wasser verdünnt und du, Peter?"

„Einen Kaffee nehme ich gerne."

Johannas Anspannung lässt etwas nach und ihre Augen wandern immer zu Stella. Diese elegante Frau, in einem Kleid im modernen Stil, der Stoff mit afrikanischen Mustern. Das ist ihre leibliche Mutter? War das mein innerer Drang, diese Ferien hier zu verbringen? Dass ich meine Wurzeln finde? Ist das Schicksal? Sie nimmt Peters Hand, schaut ihn fragend an, ob er auch diese Gedanken hat? Er zwinkert ihr zu, drückt ihre Hand und sie weiß, er ist ja bei mir!

Nachdem jeder etwas zu Trinken hat, breitet sich einen Moment lang Schweigen aus, jeder schaut etwas verwundert, neugierig, sehnsüchtig und auch erleichtert auf sein Glas. Stella, die kaum einen Blick von Johanna lassen kann und nervös ihre Hände verschränkt, schluckt ein paar Mal, setzt an, um etwas zu sagen, dann gibt sie sich einen Ruck, wendet sich Johanna zu und sagt: „Ich werde dir nun alles erzählen, damit wir uns danach entspannt kennenlernen können, was uns mit deinen Eltern", da zögert sie kurz, aber spricht sofort weiter, „schon gelungen ist." Johanna schaut alle an und fragt, „wie kommt es denn, dass ihr hier seid?"

„Weißt du Johanna, als wir von Peter den Anruf bekamen, dass du entführt worden bist, da flogen wir sofort nach *Kassane*. Mit Peter überlegten wir, was wir tun können. Aber das weißt du ja schon."

„Ja" kam es von Stella, „der Anruf von Herrn van Hook, der alles regeln wollte. Du kannst dir vorstellen, wie sich unsere Gedanken überschlugen. Das Ehepaar Friedrichs, die euch ja bekannt sind, die hatten den Auftrag, euch zu uns zu bringen. Sie hatten etwas eigenmächtig gehandelt und euch nur dringend gebeten, hierher zu kommen. Sie konnten ja nicht ahnen, dass noch andere Leute an euch interessiert waren. Dieser Herr van Hook sagte, dass du bei ihm bist und er wird dich uns übergeben. Er hatte von irgendjemand von euch Wind bekommen. Er erzählte uns, dass Gefahr für euch besteht, er das aber alles im

Griff hat und wir auch nicht so genau abschätzen konnten, was van Hook wirklich so treibt, haben wir zu seinem Vorschlag Ja und Amen gesagt. Wir wollten einfach kein Risiko eingehen. Gehört hatten wir schon einiges von diesem van Hook, ein gerissener Kerl, er soll sehr geschäftstüchtig sein. Doch Geld war uns in diesem Fall unwichtig. Wir machten uns natürlich Gedanken, wie es deinen Eltern geht. Denn sicher wolltest du dich ja ab und zu melden und dass du dann bestimmt vermisst wirst. Denn wenn ich eine Toch…. sie schluckte und lacht, ich würde sofort hinterher fliegen. Dieser Gedanke mit dem noch so kleinem Hoffnungsschimmer, dass deine Eltern so handeln. Wir hofften, dass du Peter mit den Eltern telefoniertest. So bangten wir, dass wir es schaffen, deine Eltern hierher zu bekommen. Wenn wir alles den Eltern erklären, so können wir das auch gemeinsam tun. So unsere Gedanken. Also machten wir uns auf die Suche. Wir telefonierten mit sämtlichen Hotels. Wir hatten ja nichts! Keine Namen, wir suchten die berühmte Stecknadel im Heuhaufen. Von dir Peter wussten wir ja nur von den Friedrichs. Wenn ich ehrlich bin, Hoffnung hatte ich sehr wenig, aber ein starker Drang beherrschte mich. Uns war klar, dass es nur purer Zufall ist, wenn wir etwas Brauchbares hören. Ja, dass Wunder passierte, dass die Dame am Empfang eures Hotels uns mit Sabine verband. Das war der erste Kontakt zwischen deiner lieben Sabine und mit einem zärtlichen und dankbaren Blick zu Sabine, konnten wir alles erklären. Dann machten wir ihnen den Vorschlag, zu uns zu kommen, da wir euch ja erwarteten. So konnten wir schon etwas Vergangenheitsbewältigung tätigen und ich erfuhr eine Menge über dich. So haben wir hier voller Erwartung auf euch gewartet." Stella nimmt noch einen großen Schluck und beginnt ihre Geschichte zu erzählen.

„Ich lebte früher in einem kleinen Dorf, in der Nähe von *Witflei,* so ca. 55 km von *Gobabis* entfernt, wo mein Vater als Oberhaupt herrschte und über alle Entscheidungen das Sagen hatte. Das Dorf, groß ist es nicht, es besteht aus mehreren kleinen Häusern, na ja, besser Hütten, wie sie bei uns üblich sind. Nach der Schule war es meine Aufgabe, unsere Ziegen zu hüten. Dabei begleitete mich oft ein weißer Junge, er war zwar etwas älter als ich, aber er war so lustig. Er wohnte im nächsten größeren Ort, der nicht weit entfernt war. Seine Eltern arbeiteten dort für mehrere Monate, ich glaube sein Vater war Arzt. Wir verstanden uns recht gut, er wollte gerne meine Sprache lernen und ich seine. Es machte viel Spaß, wir lachten viel bei „unserem Sprachunterricht". Er fand es lustig, mit mir die Ziegen zu hüten und es machte ihm nichts aus, zu unserem Dorf zu laufen. Manchmal trafen wir uns auch auf halben Weg. Wir lernten beide sehr schnell, er brachte mir Comikhefte mit, die ich toll fand. Dafür versuchte er die Ziegen zu trainieren. Was natürlich nicht klappte. Wir haben sehr viel gelacht dabei. Ich fand ihn aufregend, so ganz anders als die Jungen von unserem Dorf. Ich fühlte mich ernst genommen, für ihn war ich eine gute Freundin. Natürlich war das verboten! Ein Mädchen hat zu gehorchen und alleine mit einem Jungen zu sein, war einfach tabu. Aber ich kümmerte mich nicht darum. Ich fand den Elias einfach lustig und mit ihm war es nie langweilig. Er war eben anders als die Jungens im Dorf. Natürlich spielte sich Elias gerne auf, er war ja ein Junge. Ich fand das normal, alle Jungens und Männer sind so! So merkte ich lange Zeit nicht, dass Elias immer Besitz ergreifender wurde. Ich versuchte, mit meiner Mutter darüber zu reden, aber sie sagte nur, halte dich fern von dem Jungen. Es ist nicht gut! Mädchen spielen nicht mit Jungen! Mein Vater drohte mit Schlägen. Ich versuchte ja auch zu gehorchen und ging mit den Ziegen weiter weg, damit Elias mich nicht finden konnte. Aber er suchte mich, es war ein Spiel von ihm und er war dann sehr stolz wenn er mich gefunden hatte. Leider war er dann sehr sauer auf mich. Ich versuchte ihm zu erklären, dass es nur böse Worte zu Hause gibt, dass es hier anders ist als bei ihm in Deutschland. Das es verboten ist. Er meinte nur: "Du gehörst mir!" Mir machte dass Angst. Ich versteckte mich immer mehr vor ihm. So auch am Tag meines Geburtstags, ich wurde 15 Jahre, ich lief mit meinen Ziegen zu einer Stelle, wo ich meinte, da findet er mich nicht. Aber Elias entdeckte mich. Er machte mir wieder eine Szene und dann fiel ihm ein, dass es mein Geburtstag war und er wollte mir einen Kuss geben, was ich aber überhaupt nicht wollte und ihn fort stieß. Da wurde er richtig böse und warf mich auf die Erde. Niemand soll dich haben, rief er immer wieder. Er war viel stärker als ich. Meine Tränen nutzen gar nichts. Er sah mich einfach als seinen Besitz an. Nun, ein paar

Wochen später ahnte ich dann, dass dieser Überfall Folgen hatte. Ich vertraute mich meiner Mutter an, die aber gleich ein großes Geschrei anfing. Welch ein Unglück! „Du hast Schande über uns gebracht!" Natürlich bekam das auch mein Vater mit und er marschierte zu den Eltern von Elias. Wie das so ist, beschuldigte dessen Familie mich als leichtes Mädchen, das nicht weiß, was sich gehört. Mein Vater drängte auf die Hochzeit, er machte Elias Vater sogar das Angebot ein Brautgeld zu zahlen. Aber sein Vater wollte das nicht. Nun hatte mein Vater ein Problem mit mir! Verheiraten konnte er mich nicht, mit dieser Schande. Auch wenn eine Familie bereit gewesen wäre, ihren Sohn mit mir zu verheiraten. Der Preis, den sie von meiner Familie gefordert hätten, wäre für meinen Vater viel zu hoch gewesen. Das hätte er nicht bezahlen können. Dann die Schmach! Die war ja noch schlimmer! Seine Tochter, nun keine Jungfrau mehr! Er befand sich in einer schlimmen Situation. Da er für das Dorf das Oberhaupt war, musste er ein Vorbild sein. Das Weinen meiner Mutter half überhaupt nichts. Er beschloss nach einem Tag, mich aus der Gemeinschaft auszuschließen.

Mein Vater warf mich einfach aus dem Dorf. Ich musste weg von meiner Familie! Ich stand da und wusste nicht, wie mir geschah! Ich war doch hilflos ohne meine Familie, ohne mein Dorf! Ich war ein Nichts! Wohin sollte ich überhaupt gehen! Meine Mutter gab mir ein kleines Bündel, mit den wenigen Sachen, die ich besaß. Sie weinte, nahm mich noch einmal in den Arm, dann drehte sie sich um und ging von mir fort. Erst stand ich einsam und fassungslos da, ich konnte es nicht verstehen, was sie mit mir machten. Ich war doch noch ein Kind! Mama rief ich, aber meine Mutter kam nicht zurück! Ich ging zu der großen Straße und lief einfach in Richtung *Gobabis*. Ein Auto hielt an, nahm mich bis zur Stadt mit. Dort lief ich ziellos herum und fragte mich durch, ob nicht jemand eine Hilfe im Haus oder zum Putzen gebrauchen könnte. Eine Frau nahm mich mit ins Haus und fragte mich aus, wieso ich alleine eine Arbeit suchen würde, denn das müsste doch der Vater machen? Ich erzählte ihr mein ganzes Elend, sie hörte mir stumm zu. Dann meinte sie, ich solle bei ihr warten. Sie muss was erledigen. Ich wartete eine lange Weile dann kam sie mit einer jungen Frau zurück. „Du

kannst mit dieser Frau gehen. Sie kann dir helfen".
Unterwegs erzählte mir die Frau, dass sie Frauen wie
mir hilft. Außerhalb von *Gobabis* habe sie eine kleine
Farm, wo ich in Ruhe auf das Kind warten kann." Stella
nimmt ihr Glas und trinkt einen großen Schluck.
Johanna greift nach Stellas Hand und hält sie einfach
fest.

„Ich war so erleichtert, dass es jemand gab, der mir in
meiner Situation beistand und ich nicht mehr alleine
war." Die Farm war wirklich klein. Es gab ein
Gemüsegärtchen, um den ich mich kümmern musste.
„Es gab immer Arbeit für mich, die Tage waren lang, es
gab immer etwas, was eben auf einer Farm so anfällt.
Marietta die sich nie als Chefin aufspielte war sehr nett
und wir hatten viele Gespräche um das Baby und oft
fragte sie mich, wie ich mir das Leben mit einem Baby
vorstelle? Natürlich wusste ich darauf keine Antwort
und so erzählte sie mir immer öfter, dass es viele
Frauen gibt, die Kinder wollen und keine bekommen
können. Sie machte es sehr geschickt und am Ende
der Schwangerschaft sagte ich „Ja" dazu, dass mein
Baby eine andere Mutter haben soll. Sie erzählte mir
Geschichten, die wie Märchen klangen, alles so

wunderschön, dass ich mich doch freute, dass mein Baby es einmal so gut haben könnte.

Ja, dann war es soweit. Eines nachmittags, am 30.4 1990 gingen dann die Wehen los. Du hattest es nicht eilig auf die Welt zu kommen. So als wolltest du so lange wie möglich bei mir bleiben. Nach 11 Stunden kam dein kräftiges Geschrei. Es klang wie ein Protest. Ich streckte meine Arme aus, um dich in den Arm zu nehmen, aber die Frau, die mir bei der Geburt half, nahm dich und verschwand. Ich schrie, „gib mir mein Kind", Marietta tröstete mich und sagte ziemlich kalt: „Du weißt doch, dass du das Kind nicht willst, es ist so das Beste!" Ich weinte mich in den Schlaf, ich konnte und wollte nicht glauben, was da passiert war. Das Baby war doch da. Es war doch mein Kind!

Nun, um es abzukürzen. Nach knapp einer Woche ‚warf' mich Marietta freundlich raus und beschaffte mir eine Stelle als Haushaltshilfe in *Ghanzi*. Sie gab mir Geld für den Bus und eine Adresse. Natürlich wollte ich eigentlich wieder nachhause fahren, ich hatte ja nun kein Kind mehr. Aber es war so ein Groll in mir, nein, dass konnte ich nicht tun. Niemals! Ich fuhr wie im Fieber nach *Ghanzi* und suchte die Familie. Alle waren sehr nett. Ich hatte es wirklich gut und lernte dort auch sehr viel, denn es war eine wohlhabende Familie mit einem großen Haushalt. Aber ich vergaß dich nicht! Nach vielen Monaten fiel auch der Hausfrau auf, dass ich ständig traurig aussah. Sie nahm mich zur Seite und ich erzählte ihr meine Geschichte. Sie versprach, sich zu erkundigen und Nachforschungen anzustellen. Aber nichts geschah! Entweder wollte sie mich damit trösten, oder sie hatte nichts erreicht! So vergingen einige Jahre. Zwischendurch fuhr ich einmal nach *Gobabis* und suchte nach Marietta, aber die Farm gehörte jetzt einer anderen Familie. Keiner wusste, wo Marietta hingegangen war. Meine letzte Hoffnung starb damit. Dann machte meine Hausfrau mir einen Vorschlag. Ihr Bruder, der in *Maun* lebt, suchte dringend eine Haushälterin und da ich so tüchtig sei, wäre sie sehr froh, wenn ich hingehen würde. Ich überlegte kurz, dann sagte ich zu. Mein neuer Arbeitgeber kam selbst, um mich abzuholen. Er war ein sympathischer Mann, so etwa 20 Jahre älter als ich, was ich beruhigend fand. So war ich plötzlich in *Maun* und fühlte mich ausgesprochen wohl. Die Arbeit war nicht schwer, mein Boss gab mir freie Hand, es machte Spaß, für ihn zu arbeiten. Manchmal, wenn ich abends das Essen servierte, sagte er: „Komm setzt dich zu mir." Das wurde dann zur Gewohnheit. Er fand es einfach netter, nicht alleine zu essen. Öfters gab es auch abends sogenannte Geschäftsessen und es machte mir richtig Spaß wie die Hausherrin aufzutreten. Ich wunderte mich oft, wieso mein Chef keine Frau hat und schließlich nahm ich allen Mut zusammen und fragte ihn warum. Sein Gesicht wurde unendlich traurig und er erzählte mir, von seiner großen Liebe. Eine typische Geschichte! Mein Chef war damals noch kein wohlhabender Mann, aber er liebte diese eine junge Frau wie sie ihn auch liebte. Nur, für den Vater waren andere Verbindungen wichtiger, er verheiratete seine Tochter. Für meinen Chef gab es keine andere Frau mehr. So gingen mehrere Jahre in das Land. Aber du warst immer in meinem Herzen und es legte sich wie ein Schleier über mich. Mein Chef versuchte ein paar Mal, mich an ‚den Mann' zu bringen, da er meinte, ich sei zu jung um ohne Mann zu sein. Aber ich wollte einfach nicht. Dann war eines Tages ein Gast da, der hatte etwas, was mich neugierig machte. Er Neo blieb mehrere Tage und ich merkte, dass er auch mich nicht übersah. Er sah mich rein ‚zufällig' im Garten und verwickelte mich in ein Gespräch und was mich am meisten erstaunte, er brachte mich zum Lachen. „Ich sei schön, wenn ich so lache", meinte er. Irgendwie liefen wir uns in diesen Tagen immer wieder über den Weg und fanden jedes Mal ein interessantes Thema. Ich bemerkte bei mir, dass ich traurig war, als er sich verabschiedete. Aber er sagte beim Abschied; „Wir sehen uns wieder!" Richtig Herzklopfen hatte ich wenn das Telefon läutete, hoffte, er sei es. Nun, nach drei Wochen war er wieder da und mein Hausherr meinte plötzlich, ich solle mir doch einmal frei nehmen. Ich könnte doch mit Neo einen Ausflug machen. Es wurde ein wunderschöner Tag, wir fuhren mit dem Boot in das Delta, gingen essen, die Stunden vergingen wie im Flug. Er erzählte mir, er sei ein recht erfolgreicher Geschäftsmann, er lebe in *Kongola* auf einer großen Farm und dass er in *Angola* und *Botswana* Geschäfte macht mit landwirtschaftlichen Maschinen und Geräten. Auch mit Deutschland sei er im Geschäft. Ich konnte gar nicht genug hören, es war alles so interessant. Ich fühlte mich einfach wohl in seiner Nähe, es war so, als würden wir uns schon ewig kennen. Am nächsten Tag schaute mein Chef mich etwas verschmitzt an und ich fragte mich, was das zu bedeuten hätte. Er lächelte geheimnisvoll und ging in sein Büro. Später, ich war gerade in der Küche, kam Neo herein, er nahm meine Hände, die ich ihm sofort entziehen wollte, denn sie waren nass vom Gemüseputzen. Er zog mich aus der Küche in den Garten. Wir setzten uns auf eine Bank, er küsste meine nassen Hände schaute mich mit einem schüchternen Lächeln an, auch etwas Ängstliches war in seinen Augen zu sehen und fragte mich mit ernster Miene, ob er die Ehre haben dürfte, mich zu fragen, ob ich seine Frau werden wolle. Ich starrte ihn an, mein Herz schlug mir bis zum Hals, schon wollte ich freudig ja sagen, als eine eisige Hand sich um mein Herz legte. Ich senkte den Kopf und sagte leise, nein, es geht nicht! Neo schaute mich an, als hätte ich ihm eine Ohrfeige verpasst, er wurde ganz starr und nur ein „warum"? kam es leise von ihm. Ich schaute ihn verzweifelt an und sagte leise: „Es gibt etwas in meinem Leben, was du nicht billigen wirst."

„Könntest du mir das erklären und es mir überlassen, ob ich es billigen kann oder nicht?" Neo nahm meine

Hand und schaute mir in die Augen:

„Also, los, erzähle mir das!" Ich holte Luft und erzählte ihm von Elias und von dir. Er wurde sehr ernst, sah mich an und dann nahm er mich in seine Arme und murmelte in mein Ohr: „Du armer Schatz! Glaubst du, dass ist ein Grund, dich nicht zu mögen? Also, möchtest du meine Frau werden?"

Ja, da konnte ich mit einem erleichtertem Lächeln *„Ja"* sagen.

In *Kongola* feierten wir unsere Hochzeit auf der Farm mit all den Angestellten. Es war wirklich ein schönes Fest. So nach und nach haben wir immer öfter über dich geredet und ob es möglich sein könnte, dich zu finden. Neo hatte ja geschäftlich auch mit Ausländern zu tun und wenn sich eine Gelegenheit ergab, erzählte er von dir und erwähnte, dass wir dich finden möchten! So traf er eines Tages einen Mann Namens Flatcher und der sagte dann, er habe einen Freund, der ein recht dunkles Kind hat. Aber, so sagte er gleich, die leben schon lange in Deutschland. Er meinte, sie hätten damals etwas von München gesagt. Ja, da lief unsere Suchaktion an. Wir fanden ein Detektivbüro, das auf solche Suchaktionen spezialisiert ist. Wir hatten den Namen und die Stadt! Das war sehr viel! Das Ehepaar Friedrich, die für das Detektivbüro arbeitete fand heraus, dass deine Eltern damals in *Windhoek* lebten, das sie nach München umgezogen waren und du in Hamburg lebst. Wir überlegten wie wir vorgehen wollen. Denn es war uns auch klar, dass wir dich nicht einfach überrumpeln könnten. Das Ehepaar, was euch dann eine ganze Weile im Visier hatte, bekam durch Zufall heraus, dass ihr hierher fliegen wolltet. Sie waren damals ganz zufällig in dem Reisebüro, wo ihr die Reise gebucht habt. Sie fragte hinterher die Angestellte geschickt aus, um mehr Informationen über eure Reise zu bekommen. Geplant hatten wir, dass das Ehepaar eine gute Gelegenheit findet, dich/ euch einzuladen, was ja auch geklappt hätte und wir hätten uns vorgestellt. Aber dann lief alles aus dem Ruder! Erinnert ihr euch an eure zweite Übernachtung? Da hatte das Ehepaar euch in ein Gespräch verwickelt und sie hatten euch zu uns eingeladen. Sie waren sich absolut sicher, dass Ihr hierher kommt. An jenem Morgen ward ihr sehr früh schon fort, bevor sie euch bitten konnten, doch gleich mit ihnen zu uns zu fahren. Sie gaben uns das telefonisch durch und du kannst dir sicher vorstellen, wie ich mich fühlte! Ich konnte es einfach nicht fassen, dass alles gut werden würde. Aber ein gewisser van Hook, der seine Finger gerne, da wo Geld im Spiel ist, hatte irgendwie von unserer Geschichte gehört und wollte daran auch verdienen. Auch er hatte euch beobachtet und verfolgen lassen. Bei der zweiten Übernachtung hörten seine Leute dann von *„Maun"*. Nun, war es für diese Leute, besser diesen Mann nicht schwer, sich bei euch einzuschmeicheln und euch einfach anzusprechen.

„Das war dieser Sam, wie konnten wir so naiv auf ihn herein fallen." Sagt erregt Johanna, die einen roten Kopf bekommt, als sie den Namen hört.

„Da die Fredrichs sich so sicher waren, dass ihre Suchaktion vorbei war, ließen sie euch zufrieden. Aber, van Hook trat da in Aktion! Da er nur von Johanna wusste, war klar, dass nur Johanna zu ihm gebracht wurde. Also, wurde Peter einfach im Delta „Entsorgt". „So kam ich mir auch vor! Verloren im Okawango- Delta! Das war wohl war, ich musste mir selber helfen, wusste nicht wohin, warum und weshalb," sagt Peter, der heftig atmet und nun sehr erregt ist.

Van Hook rief uns an, dass sie dich, Johanna jetzt haben. Er tat so, als wäre er für das Büro der Detektei tätig. Alles wäre etwas kompliziert, man müsse auf Umwegen fahren, um für deine Sicherheit zu sorgen. Du würdest uns heil und unversehrt übergeben. Von dir Peter war gar keine Rede! Wir waren natürlich der Meinung, dass es um euch beide geht! Van Hook berichtete uns, andere Erpresser würden auf der Lauer liegen und er halte es für sicherer, dich in *Livingstone* zu übergeben. Du würdest für eine kurze Zeit bei ihm sein, aber *Livingstone* wäre einfach sicherer. Natürlich würde das alles etwas teurer werden! Aber das war für uns ja nun wirklich kein Thema! Uns kam das zwar alles sehr merkwürdig vor, aber wir wollten ja, dass ihr so wenig wie möglich beunruhigt sein solltet, glaubten wir es ihm das. Nero, er misstraute dem allen, er holte einige Informationen über den van Hook ein. Dann, aus einem Instinkt und der Sorge heraus fragte er in den Hotels nach und erfuhr von deinen Eltern und von Peter. Aber dann überschlug sich alles! Van Hook rief uns an, und sagte, wir könnten unsere Tochter, nach der Geldübergabe in einem schwarzem Audi auf dem

Parkplatz, vor einem Kaffee am dem Eingang zu den Viktoriafällen in Empfang nehmen. Wir gingen auch darauf ein. Aber wir beschlossen, dass wir unsere besten Männer hinzuschicken. Unsere Überlegung war, wenn etwas schief läuft, dann sind diese Männer erfolgreicher, als wir selbst. Uns fiel auch ein, dass wir deine Eltern doch schon zu uns zu holen, damit wir uns alle hier bei uns treffen! Also riefen wir sie an, erklärten alles. Sie waren einverstanden, sie wollten sofort losfahren! Wir lebten mit einer unerträglichen Spannung. Aber wir wussten, in *Livingstone* würdet ihr bei meinen Männern im Auto sitzen und alles würde gut. Dann kam der nächste Schock! Meine Männer sahen, wie du entführt wurdest. Damit hatten sie nun wirklich nicht gerechnet und standen für einen Moment wie versteinert da. Als sie endlich handeln konnten, wurde ihnen ihre Hautfarbe zum Verhängnis. Die ,Weißen' wurden eben schneller an den Kassen abgefertigt. So hatten sie dich wieder verloren! Ein Drama! Deine Eltern waren mittlerweile hier angekommen und wir konnten uns kennen lernen und gemeinsam dieses Drama durchleben. Nach einer langen Weile kam ein Anruf mit der Aufforderung,

50.000 $ die wir zu zahlen hatten. Da hatten wir natürlich auch einige Forderung, von dir selber etwas zu hören, dass es dir gut geht. Das gefiel diesem „Herren" natürlich nicht. Wir sagten „holt sie ans Telefon dann gibt es Geld"! Wir besprachen uns mit unseren Männern, die weiterhin bei ihrem Auto bleiben mussten, sie würden einfach warten. Ein Nervenspiel begann für alle aber wir vertrauten unseren Männern. Dann aber war euer Jeff der große Held! Meine Männer konnten es nicht fassen, dass er einfach cleverer war als sie. Es waren unsere Männer, die euch verfolgten! Natürlich wissen wir jetzt auch, dass wir Fehler gemacht haben, aber es war uns so wichtig, dass du uns kennenlernst. Was daraus für ein Chaos entstand, hatten wir nie beabsichtigt. Wir lebten nur in großer Sorge. Alles lief so ganz anders, als wir es uns vorgestellt hatten! Toll, wie ihr das gemeistert habt. Dir, Peter gebührt unser besonderer Dank. Erstaunlich, wie klug du und Jeff das geschafft habt. Wir finden es einfach unglaublich, was ihr geleistet habt. Wie viele Widrigkeiten musstet ihr ertragen. Ohne zu wissen, ob das schließlich zu einem guten Ende führen würde. Ja, jetzt bist du hier, liebe Johanna ich kann es kaum fassen, dass nach 26 Jahren mein Traum wahr geworden ist."

Johanna hatte gespannt Stellas langer Geschichte gelauscht, ein Gefühl von Ironie macht sich in ihr breit. Sie schaut von einem zum anderen und meint dann trocken: „Da macht man eine Urlaubsreise und am Ende hat man zwei Mütter und zwei Väter, wenn das kein Souvenir ist! Mein Gott, wie soll ich das alles in mein Gepäck bekommen!" Ein erleichtertes Lachen folgt und Sabine fügt hinzu: " Typisch Johanna!"

Inzwischen steht viel leckeres Essen auf dem Tisch und Neo lässt wie auf Kommando den Sektkorken knallen.

„Prost, trinken wir auf unsere gemeinsame Tochter, auf Peter und auf die Zukunft, die wir alle gemeinsam erleben wollen. So ein Zusammentreffen zeigt uns allen, wie das Leben voller Geheimnisse ist. Wir alle gehen durch Höhen und Tiefen, mal sind wir glücklich, mal total enttäuscht. Aber dann überschüttet uns das Füllhorn des Lebens, mit so viel Glück. So wie es uns allen im Moment geht. Doch lasst uns erst einmal essen und diesen Tag genießen."

„Eigentlich müsste so langsam….," will Peter sagen,

als ein lautes Hupen ertönt, und Jeff erscheint.

„Alles bei euch okay?" Auch ihm ist die Erleichterung anzusehen, da alle aussehen, als ob Glückseligkeit vom Himmel auf sie herab gefallen wäre. Stella und die anderen lachen und begrüßen ihn. „Ich danke Ihnen, Jeff, von Herzen dafür, dass Sie Peter so unterstützt haben in diesen Tagen der Verwirrungen.. Wollen Sie ein paar Tage hier mit uns verbringen und auch Sie William? Das würde uns sehr freuen. Letztlich wurden Sie ja auch beide missbraucht!"

„Na ja, missbraucht ist ein bisschen übertrieben, sagen wir, auf allen Seiten wurden die Register gezogen. Zum Glück, nicht zum Schaden der beiden hier, und von Jeff und mir auch nicht."

Es wird sehr spät an diesem Abend, sehr viel wird erzählt. Sabine soll immer über Johanna berichten, was sie als Kind mochte, was sie ärgerte. Stella kann nicht genug davon hören. Neo schenkt eifrig vom südafrikanischen Wein ein. Die beiden Mütter, die beiden Väter, Johanna und Peter, deren Anspannung endgültig verschwunden ist, sie alle fühlen sich nach all diesen Tagen der Aufregung erleichtert. Die Mütter, Sabine und Stella machen Pläne, wann sie sich in

München sehen können, damit Stella all die vielen Fotos von Johanna betrachten kann. Schon begrüßen die ersten Vögel mit ihrem Gesang den Tag, als sie alle müde in ihre Betten verschwinden.

Peter blinzelt in die Sonnenstrahlen und schaut auf die schlafende Johanna. „Wie glücklich sie aussieht"! Sie wischt noch im Halbschlaf eine Haarsträhne aus der Stirn greift neben sich zu Peter, der sich über sie beugt und sie zärtlich küsst. Einen Moment lang schaut sie sich suchend um, streichelt Peter, murmelt noch verschlafen, „Im Moment wusste ich echt nicht, wo wir sind, mein Traum war gerade so schön."

„Hey, du, zwick mich, damit ich weiß, dass ich mich wieder in der realen Welt befinde." Peter schaut sie auch noch etwas verschlafen an: „Ich finde, du bist ziemlich real, mindesten für mich!" Er zieht sie zu sich und murmelt in ihr Haar: „Es fühlt sich sehr real an, sehr sogar!"

Beim späten Frühstück, kommen alle so nach und nach an den Tisch und freuen sich über die Köstlichkeiten. Stella räuspert sich, „ich konnte nicht gleich einschlafen und mir kam da eine Idee.

„Ich habe mir überlegt, ob wir nicht alle in das Dorf

fahren, wo ich her komme und ich meinem Vater mal zeige, dass ich auch ohne ihn mein Leben gemeistert habe. Ich denke, auch meine Mutter wird sich freuen, uns alle zu sehen. Damals war ihr der ganze Schmerz anzusehen, aber was hätte sie tun können? Meinem Vater die Stirn bieten? Nicht in diesem Dorf! Was haltet ihr davon? Du Johanna, könntest deinen Großvater kennen lernen, egal wie er sich verhalten wird, wenn wir plötzlich vor ihm stehen. Vielleicht kann ich Frieden mit ihm schließen. Es wäre doch zumindest ein Abschluss oder besser noch ein Neuanfang." Johanna schaut erst auf Peter, der blickt sie an, sie suchen den Blick von Sabine und Stefan. Erst ein kurzes Zögern dann aber ein zustimmendes Nicken. „Das ist natürlich eine ziemlich Strecke" meldet sich Jeff zu Wort, der sofort die Route im Kopf hat. Wir nehmen die 88 durch die Stadt *Rundu*, von dort Richtung *Grootfonstein, Otjiwarongo*. Ab da können wir uns überlegen, die kleine Straße zu fahren, die nach *Gobabis* führt, oder wir fahren über *Windhoek* Entschuldigung, ich war im Moment noch der Fahrer, der die armen Touristen retten muss". Lacht er Peter mit leichten Grinsenan an. Johanna überlegt einen

Moment, „wenn ich es mir wünschen darf, bin ich für die kleine Straße. Das ist sicher etwas Besonderes."

Peter lächelt sie an, „typisch für dich, aber ich gebe dir Recht, scheinbar ist dein Bedarf an Abenteuer noch nicht ausgeschöpft". Stella gibt zu Bedenken, „heute wollen wir uns lieber noch entspannen. Im Pool baden oder einfach in Ruhe die letzten Tage verarbeiten. Wir sollten diese oder jene Situation in eine Schublade stecken und die erst einmal verschließen, aber so, dass wir sie bei Bedarf wieder öffnen können. Es darf nichts für alle Zeit endgültig weggeschlossen werden, alles gehört zu uns, was auch immer geschieht. In unserem Buch des Lebens ist ja alles aufgeschrieben und alles geschieht so wie es uns bestimmt ist."

Am Pool, erzählt William viel von ‚seinem ‚Fluss'. „Wisst ihr was es alles jeden Tag immer wieder zu erleben gibt? Wie viele abenteuerliche Szenen bekam ich vor die Kamera, wie oft blieb mir fast das Herz stehen, weil ich mich manchmal zu dicht an die Tiere anschlich. Der Geruch, die Geräusche, es ist wie eine Gier, ich bekomme nicht genug davon. Mein Hobby ist es Tierfotos zu machen, besondere versteht sich, und mein Traum ist es, einen Bildband zu erstellen, der sich hoffentlich gut verkaufen lässt. Jeder hat doch so seinen Traum. Fotos habe ich schon sehr viele, aber irgendwann kommt das absolute, einmalige Foto, erst dann ist das Buch perfekt."

„Na, höre einmal, brachten die Elefanten am Quandoriver in der eintretenden Dämmerung nicht eine super Bilderserie?" Johannas Blick hat etwas Verträumtes, als sie daran denkt. Es war doch alles gerade erst und doch ist es schon Vergangenheit, geht es ihr durch den Kopf. „Das stimmt schon, das war eine gigantische Situation, aber ich denke immer, es kommt noch ein Motiv und noch eines. Ich bin immer so unschlüssig. So werde ich nie das Buch schaffen!

„Ich denke, du solltest dir einfach sagen, das wird *das* Buch. Später folgt das nächste und so weiter und so werden bald auf der ganzen Welt deine tollen Bilder zu sehen sein. Dazu bist du hier, habe den Mut und mache es. Schieß- deine Fotos"! Es ist deine Berufung", es ist dein Ding, bittet Johanna! „Johanna, Johanna! Da hast du mich genau an meiner schwachen Punkt erwischt. Aber du hast recht, ich muss mir einfach sagen: Ja, ich mache das! Du hast mich jetzt sehr aufgemuntert mir Mut gemacht, ich werde an dich denken, dich anrufen, wenn der Mut mich verlässt".

Sie erzählten von vergangenen Tagen, nun konnte über vieles gelacht werden. Johanna hebt ihr Glas Saft hoch, schaut alle an und meint ernst, „ich hatte mir die Ferien schon so vorgestellt, mit einem kühlem Glas Wein, netten Menschen die mit uns plaudern und wir uns austauschen über die kleinen Abenteuer des Tages. Was ist nun? Wir sitzen mit netten Menschen hier, nur dass mir diese Menschen plötzlich sehr nahe stehen und wir mit Recht sagen können, wir haben Land und Leute kennen gelernt und so fast nebenbei auch noch neue Eltern bekommen!"

Jeff schnäuzt sich die Nase er wirkt schon einige Zeit unruhig und springt auf. „Leute, ich muss nach Hause! ich finde es schön hier, es ist ein gutes Gefühl, dass alles so gelungen ist. Es ist auch schön, hier mit Euch herum zu sitzen, eine ganz ungewöhnliche Situation für mich. Vielleicht ist es das, ich muss immer denken, jetzt kommt gleich etwas Neues, Jeff dann mal los, zeig was du kannst!" Er seufzt und etwas sehnsüchtig sagt er, „dann gibt es noch Amanda, ich habe mich an sie gewöhnt und sie fehlt mir. Ich glaube, ich sollte ihr etwas mehr den Hof machen, bevor ein anderer ihr schöne Augen macht. Sie hat sich in meinem Herzen festgesetzt. Ihr braucht mich nicht mehr, da bin ich mir ganz sicher!"

Da ruft Peter ihm zu, „ja Jeff, dann musst du das tun, was ein Mann tun muss! Du musst am Ball bleiben! Amanda ist wirklich ein tolles Mädchen! Also, lieber Jeff, dann mal los und zeig was du kannst!" Dazu denkt er, das ist noch ein echtes I-Tüpfelchen, eine Love - Story! Wozu doch solche Abenteuer gut sind, wie wir es hier erleben. Da gibt es neben den Aufregungen auch solche zarten Pflänzchen der Liebe, die langsam wachsen, oder schon erblüht sind. Jeff umarmt Johanna, Peter und William, es fällt ihm schwer zu gehen. Kurz vor dem Auto nimmt Neo ihn zur Seite, drückt ihm einen Umschlag in die Hand mit einem herzlichen Dankeschön. Mit einer kleinen Träne, die ihm die Wange herunter läuft steigt er erleichtert mit der Hoffnung, dass niemand seine kleinen Tränen gesehen hat, in sein Auto und freut sich über seinen Verdienst, grinsend sagt er noch trocken zu Peter und mit gespielter ernster Miene: „Ich sage es doch: Touristen geben immer ein gutes Trinkgeld, wenn man nett ist!" Sie winken ihm hinterher, bis ihn die Staubwolke verschluckt hat. Peter muss etwas schlucken, als Jeff mit seinem Landrover verschwunden ist. Er hatte ohne große Worte zu ihm gehalten, ohne viel zu fragen, es schweißte sie zusammen.

„Ja Leute, auch ich muss wieder zu meinem Camp, Gäste haben sich angekündigt. Wieder traurige Gesichter aber ich fahre erst morgen, ich möchte noch ein paar Stunden mit euch allen verbringen". Stella versichert ihm, dass er jederzeit willkommen ist. „Dein Buch wird hier seinen Platz haben".

Den weiteren Tag verbringen alle mit ihren Erinnerungen oder lassen einfach die Seele baumeln. Stella geht mit Johanna spazieren und zeigt ihr die ganze Farm. Sie stellt alle Mitarbeitern vor und erzählt von Neos Arbeit. Johanna soll sich wie zuhause fühlen. Beiden ist anzumerken, wie ähnlich sie sind, so entsteht mit jeder Stunde ein engeres Band zwischen ihnen. Peter beobachtet Sabine und Stefan mit der Sorge, ob sie sich wohl abgeschoben fühlen. Doch nach außen hin lassen sie sich beide nichts anmerken. Ja, eher ist ein Hauch von Erleichterung in ihren Gesichtern. Zum Glück, denkt Peter, so hat sich alles ja sehr gut gefügt. Die „Mütter" Stella und Sabine verstehen sich, die „Väter" erzählen sich sehr viel über ihre Arbeit. Eigentlich wäre doch alles auch einfacher gegangen, ohne gefressen zu werden, mit wunden Füßen mitten durch Rudel wilder Tiere zu laufen. Aber, jetzt wo alles überstanden ist, was haben sie Außergewöhnliches erlebt! Nein, ein Pauschalurlaub ist das nun wirklich nicht!

Am Abend bei einem Glas Wein schaut sich Johanna den Himmel an, ruft den anderen zu, „schaut euch das an." Sie sehen die Sonne, die sich verabschiedet und rot wird, als schäme sie sich. Johanna fragt, „ob der Mond ihr einen etwas schlüpfrigen Witz erzählt hat, dass der Himmel leuchtend rot wird? Darum verschwindet sie wohl auch so schnell. Vor Scham versinkt sie einfach." „Sag mal, was hast du denn für Gedanken? Ich glaube die Sonne, die so einige Jahre auf dem Buckel hat, die wird sicher nicht von einem Witz vom Mond rot werden. Aber wer weiß?" lacht Neo sie an. Der Wind rauscht nicht mehr, sondern säuselte nur noch. Eine wohltuende Ruhe senkt sich auf alles herab und ein Gefühl der Harmonie und Zuversicht macht sich breit. Man sitzt noch eine Weile zusammen, der Sternenhimmel spannt sein Dach über sie und der Mond, der jetzt hell und rund ist, er scheint sie anzulächeln.

Ein sehr herzliches Abschiednehmen am Morgen, William bedankt sich:" Es war toll mit euch, trotz der Aufregungen, es hat mir großen Spaß gemacht. Macht's gut und wir bleiben in Verbindung und wenn ich zweifle, dann rufe ich euch an!"

„Das kannst du glauben, wir sind bestimmt nicht zum letzten Mal hier, um mit dir auf dem Wasser zu fahren. Das war so wunderschön, da können wir nie genug bekommen! Vergiss nicht uns dein Buch ‚William und die wilden Tiere` zu schicken."

Es ist noch sehr früh, alle sind schon auf den Beinen. Eine Nervosität liegt greifbar in der Luft. Man sieht Stella ihre Anspannung an. Was jetzt vor ihr liegt, fällt ihr schwer, aber sie will diesen Weg gehen. Sie muss ihn gehen, um ihren eigenen Frieden zu finden. Sabine und Stefan sitzen in Neos Auto, Peter fährt Johanna und Stella. Stella muss ständig Johannas Hand nehmen und streicheln. Mal schaut sie glücklich aus, aber gleich sind die Zweifel und auch Ängste da. Ab und zu fällt ein Schatten über ihr Gesicht, wenn Johanna das sieht, ahnt sie, was es zu bedeuten hat. Diesen Schritt den sie gerade machen will, dann kommt der Tag, wenn sie wieder im Flugzeug sitzen. Daran mag Johanna auch nicht denken. Es gibt da noch vieles für die Zukunft zu besprechen. Jetzt, wo sie zwei Mütter hat und zwei Väter, da muss geteilt werden in der Zukunft.

Die Fahrt verläuft sehr angenehm, in *Rundu* bietet sich ihnen ein Bild, das schwer einzuordnen ist. Ein Markt, der sehr weitläufig ist, aber die Menschen, sie wirken so, als wären sie vor irgendetwas auf der Hut. Staubig und abweisend wirkt alles auf sie, nichts ist von der Freundlichkeit anderer Orte zu spüren. Sie halten an, Neo schlägt vor, hier eine Pause zu machen, da es eine Weile keine größeren Orte gibt. Sie gehen über den Markt, sie fühlen sich unter den misstrauischen Blicken nicht wohl. Einen Moment bleibt Johanna bei einem Stand stehen, wo eine junge Mutter ihr Kind stillt. Sie denkt gerade, wie friedlich dieses Bild ist, der böse Blick der jungen Frau macht dieses friedliche Bild zunichte. Sie gehen durch eine Passage mit mehreren kleinen Geschäften und landen in einer kleinen Oase, einem Gartenlokal mir Bäumen und Blumen in dieser staubigen unfreundlich wirkenden Stadt, ein erfreuliche Abwechslung. Nach der Rast sind sie froh, die Stadt hinter sich zu lassen. Eine sehr lange Zeit fahren sie durch eine eintönige Steppe ohne Abwechslung. In *Grootfonstein* finden sie ein luftiges Lokal und Peter schaut ganz entzückt: Ein Internet Kaffee! Jetzt erst, nicht bei Stella, die auch Internetanschluss hat, überkommt ihn die Sehnsucht, mit seiner Welt Kontakt aufzunehmen. Peter bekommt einen seltsamen Blick und schaut, als sei er aus einem Traum erwacht. Er springt auf,,Leute, ich muss mal ans Internet. Ich glaube, ich weiß nicht mehr, wie so etwas geht. Ihr entschuldigt."

„Was ist denn mit Peter los, er konnte doch bei uns jederzeit ins Internet?" „Ich glaube, er hat es wirklich bei euch vergessen, so wie er geschaut hat. Ihr müsst wissen, Computer sind sein Leben und er hatte sein Laptop nicht mit auf die Reise genommen, mir zu liebe. Natürlich hat er sein Smartphone, aber durch all die Ereignisse trat sein „anderes" Leben in den Hintergrund. Aber nun macht er wieder einen Schritt auf sein Leben zu. Gönnen wir es ihm, wir haben ja unseren guten Kaffee!" Nach einer Weile kommt Peter zurück, schaut mit einem zufriedenen Lächeln Johanna an, um zu sagen: „Es geht noch! Stellt euch nur vor, meine Kollegen wollten schon eine Suchmeldung rausgeben und was so richtig fies ist, sie haben gewettet um eine ganze Kiste Sekt, dass ich es nicht durchhalten werde, mich nicht bei ihnen zu melden! Aber durch unsere besonderen Umstände, habe ich es fast durchgehalten! Nun haben meine Kollegen die Kiste Sekt gewonnen."

„Gott sei Dank gibt es die Klimaanlage im Auto, wir wären alle schon gar gekocht," meint Nero trocken, der gerade von einer Runde um das Auto herum zurück kommt und wieder in das kühle Auto steigt.

„Wir kommen jetzt nach *Otjiwarongo*. Dort suchen wir ein Hotel und sinken sehr früh in die Betten", lächelt Neo ihnen zu.

Beim Frühstück erklärt Neo, dass ihre Reise bald zu Ende ist. Kurz hinter Otjiwarongo biegen wir bis zum ‚*Klein Waterberg*' ab, um auf der C30 bis nach *Gobabis* zu fahren. In *Gobabis* geht es dann rechts ab. Stella wird immer stiller und nervöser. Auch Johanna erfasst eine Unruhe, obwohl sie nicht recht weiß, warum sie nervös ist! Sie kennt doch ihre Großeltern gar nicht. Die letzten 50 km ziehen sich sehr lange hin, oder auch sehr schnell. So genau kann Stella das nicht wissen, am liebsten würde sie ‚Halt' rufen, ‚wir kehren um', aber sie weiß, da muss sie jetzt durch! Ihr ist kalt, sie fühlt als lege sich ein eiserner Ring um ihre Brust. Sie nimmt Johannas Hand, hält sie ganz fest und flüstert kaum hörbar, „Hilf mir, dass ich nicht wieder davon laufe, auch wenn ich es dieses Mal bin, die fort geht." Johanna hält ihre Hand, streichelt sie und sagt: „Was auch geschieht, wir haben uns, du hast das alles geschafft und kein Vater der Welt kann dir jetzt etwas antun!"

Da sind schon die ersten Hütten, alles ist so, wie Stella es in Erinnerung hat. Nichts hat sich groß verändert. Ein paar Hütten sind dazu gekommen und eine Hütte aus Blech mit einem Schild ‚Supermarket.' Johanna möchte laut loslachen, es wirkt so absurd hier! Dann kommt ihr aber der Gedanke, wieso ist die Hütte aus Blech? Es muss darin doch furchtbar heiß sein? Aber das ist sicher der Fortschritt, der hier Einzug gehalten hat! Am Brunnen stehen Frauen und Kinder, ihr Geplauder ist zu hören sie werfen ihnen neugierige

Blicke zu. Stella schaut mit starrem Blick auf das Dorf, auf die Menschen. Sie sieht die Ziegen, die wie damals alles Grüne fressen. Auch das ist nichts Neues. Eigentlich müssten die Menschen doch gelernt haben, dass Ziegen einfach alles fressen! Aber, denkt sie gleich, eine Kuh ist zu teuer! Also bleibt alles wie es war. Den Weg zu der Hütte ihrer Eltern kennt sie noch genau. Der leichte Wind wirbelt den Staub auf. Sofort wirft sie einen Blick auf ihre Füße, sie waren immer staubig damals, Schuhe hatte sie nie welche an. Tausend Erinnerungen jagen ihr durch den Kopf, alles ist so vertraut und doch ist ihr alles fremd. Sie fahren direkt vor die Hütte. Noch einmal tief Luft holen und einen Schritt aus dem Auto, auf den Boden ihrer Heimat. Sofort stürmen alle Kinder aus dem Dorf auf sie zu mit viel Lärm. Stella nimmt Neos Arm und Johannas Hand. Mit jedem Schritt, den sie auf die Hütte zugeht, ringt Stella nach Luft, aber sie geht jeden Schritt bewusst langsam, so als kann sie das, was womöglich kommt, noch etwas hinaus schieben. Sie betreten die Hütte, in der es dämmrig ist und sie sich erst einmal an das wenige Licht gewöhnen müssen. Da stehen zwei Menschen in der Hütte, nicht wie Stella sie in Erinnerung hat, alt sehen sie aus ganz steif stehen sie da. Bis mit einem leisen Schrei die eine Gestalt sich nähert und vor Stella stehen bleibt. „Meine Stella, ich wusste es, dass der Tag kommt, wo du den Weg zu uns wieder finden wirst." Sie hebt die Hand und streichelt Stella ganz sanft über das Gesicht und Stella sieht, dass ihre Mutter weint. Da öffnen sich Arme. Sie sinkt in die Arme ihrer Mutter und bittere Tränen fließen über die verlorene Zeit. Sie löst sich von ihrer Mutter und wendet sich der anderen Gestalt zu, bleibt vor ihm stehen. Sie schaut in das Gesicht, das von unendlich vielen Falten gezeichnet ist, die dem Gesicht seinen Charakter verleihen, aber auch Schmerz und Trauer ausdrücken.

„Papa, darf ich dir meine Tochter Johanna vorstellen? Ich habe sie vor ein paar Tagen erst gefunden und denke, dass du, ihr ein Recht darauf habt, sie zu sehen. Johanna, das sind deine Großeltern. Das Schicksal hat uns alle hierher geführt, es sollte so sein und wir danken, denn was wir erlebt haben, welchen weiten Weg wir gehen mussten, was wir verloren hatten und auch wieder gefunden haben. Wie wir geworden sind ohne die Fürsorge der Eltern. Es soll kein Vorwurf sein, ich stehe hier nicht, um euch anzuklagen. Das Recht habe ich nicht, ich bin hier um euch zu zeigen, wer und wie wir sind und was aus uns geworden ist." Stellas Vater schaut nur auf sie, ein Zucken geht durch sein Gesicht und mit Mühe sagt er: „Stella, wenn du je es schaffen kannst, dann verzeihe mir! Ich glaubte damals, ich müsse so handeln, um allen im Dorf zu zeigen, auch wenn es um meine Tochter geht, musste ich als Oberhaupt so handeln, um zu zeigen, dass ich gerecht bin. Als Vorbild für das Dorf! Wie habe ich mich geirrt! Kurz nachdem du weg warst, bereute ich meine Worte. Ich ging los, um dich wieder zurück zu holen, aber ich fand dich nicht! Überall fragte ich, aber niemand hatte dich gesehen. Die Verzweiflung schlug wie eine Brandung über uns zusammen, wir waren am Ertrinken. Deine Mutter, sie fand keine Worte mehr zu mir. Ich stand alleine da mit meiner Schuld. Es gab keine Erleichterung, die Last, sie hatte uns fest im Griff. Als dann nur noch die Leere blieb, wir keine Worte fanden, lebten wir einfach so dahin. Ohne Ziel, ohne Hoffnung, gestorben schon zu Lebzeiten. Stella, Kind, lass dich anfassen, sonst glaube ich es nicht!" Stella tritt ganz dicht vor ihn und ein ganz tiefes Keuchen, das all die Last in sich trägt, entweicht ihrem Vater, da hält er sie in seinen Armen, aber sie kommen ihr so leicht und kraftlos vor. Ihr starker Vater, der sich nun bemüht, sie mit seiner ganzen Kraft zu umarmen und sie in seinen Armen festzuhalten. „Papa, mein Herz war voller Groll auf dich, aber als das Schicksal mir meine Johanna wiedergab, da beschloss ich, auch keinen Zorn mehr auf dich zu haben und ich möchte, dass Johanna sehen kann, wo ihre Wurzeln sind." „Johanna, meine Enkeltochter, komm zu deinem alten törichten und dummen Großvater, der sich im Moment für den glücklichsten Mann hält und es nicht fassen kann, dass all seine Gebete erhört wurden." Er nimmt die Hand seiner Frau, sieht sie an und sagt zu Johanna: „Jetzt können auch Worte von deiner Oma mich wieder erreichen." „Opa, schön, dass ich dich nun kennen lernen kann. Es ist ein gutes Gefühl, zu wissen, wo meine Wurzeln sind. Ich ahnte es nicht, aber nichts hätte mich abbringen können, diese Reise nicht zu tun, sie war wichtig für mich, nur ahnte ich nicht, wie viele Schwierigkeiten zu meistern waren. Es war eine Fügung, die mich trieb und zum Glück hatte Peter

313

keine Einwände wegen dieser Reise. Oma, ich glaube, ich habe an dich tausend Fragen!" Damit nimmt sie Omas Hand und alle stehen in der Hütte, etwas verlegen wischen sie sich Tränenspuren fort.

„Das hier ist Peter, mein bester Freund und ich hoffe, wir werden gemeinsam alt, denn nach dieser Feuertaufe, die wir erlebt haben, kann uns nichts mehr trennen." Stella hat Neos Hand genommen und stellt ihn den Eltern vor und Neo sagt schlicht: „ Es tut mir leid, dass ich nicht bei euch um die Hand eurer Tochter anhalten konnte, wie es Sitte ist, ich habe sie geheiratet ohne euch zu fragen und sie hatte –Ja- gesagt!" „Neo, ich bin stolz, dass du meine Stella auch ohne meine Erlaubnis zur Frau genommen hast. Es zeigt mir, was du für ein guter Mann bist!" Sein verschmitztes Lächeln voller Erleichterung, vertrieb all die dunklen Wolken. Alles wurde um sie hell und heiter. Der blaue Himmel, die Sonne lacht und sämtliche Vögel scheinen dasselbe Lied zu singen. Der Großvater nimmt die Hände von Johanna und Peter schaut die beiden an und sagt sehr ernst: „Ich vertraue sie dir an und ich weiß, dass mein Enkelkind bei dir in sehr guten Händen ist. Ich wünsche euch ein langes glückliches Leben!" Sabine und Stefan stehen abseits, sich fest an den Händen haltend, sehen mit feuchten Augen zu, wie eine auseinander gerissene Familie wieder zusammen findet. Stella kommt auf sie zu und stellt sie ihren Eltern vor. Stellas Mutter schaut Sabine sehr ernst in die Augen und sagt fast schüchtern, „unsere Johanna hätte keine besseren Eltern haben können. Danke für all die Liebe, die ihr, unserer Enkelin gegeben habt"!

„Mutter, sorge dafür, dass die fetteste Ziege gebraten wird, heute feiern wir, es ist ein wunderbarer Tag dafür. Das Dorf wird heute erleben, wie es ist, wenn die verloren geglaubte Tochter wieder nach Hause gekommen ist. Stolz führt der Vater alle durch das Dorf: Stella, Neo, Sabine, Stefan, Johanna und Peter. Viele konnten sich noch an das Drama, das sich damals ereignete, erinnern. Großes Staunen, große Freude ist auf den Gesichtern, nur für die Kinder sind sie Fremde. Sie finden es aufregend, denn wann kommen schon einmal fremde Weiße in das Dorf? Bald sitzen alle mitten auf dem Dorfplatz, alle reden durcheinander, die Frauen putzen Gemüse, die Ziege am Spieß verbreitet ihren verlockenden Duft. Es ist ein besonderer Tag. Das Erzählen nimmt kein Ende. Johanna und Stella sitzen bei ihrer Mutter und Oma. Die wollen alles genau wissen und können es nicht glauben, dass Stella nur 50 km weit weg war damals. Stellas Mutter schaut plötzlich etwas unsicher und ihre Stirn legt sich in Falten. Sie weiß nicht so recht, ob sie das was ihr noch auf der Seele liegt sagen kann. Oder soll sie besser schweigen? Nein, sagt sie sich, es ist schon genug geschwiegen worden! Sie steht auf nimmt Stellas Arm und sagt, „komm lass uns ein paar Schritte gehen." Stella blickt sie ängstlich an, was mag jetzt kommen? „Ich muss dir das noch sagen, wenn wir gerade dabei sind, alles wieder ins Lot zu bringen. Vor ungefähr 3-4 Jahren kam ein Mann in unser Dorf, er suchte uns und, ja er stellte sich als Elias vor! Du kannst dir denken, wie erschrocken wir waren und wie sich unser Herz verhärtete. Wir machten es ihm schwer, aber er fasste allen Mut und sagte uns, dass er mit dieser Schuld, die er sich aufgeladen hatte, nicht ohne den Versuch der Entschuldigung leben kann. Er erzählte, dass er Medizin studiert hatte und dass er in Windhoek in einer Klinik als Chefarzt tätig sei. Er flehte uns an, ihm von dir und dem Kind zu erzählen.

Natürlich war er erschrocken als wir ihm die Wahrheit erzählten und es war ihm anzusehen, dass er sich noch immer schuldig fühlte. Er sagte, er wolle sich nicht in dein Leben einmischen, aber er möchte gerne, wenn auch leider sehr spät, zu seiner Verantwortung stehen. Erzählt hatte er noch, dass er damals, als er mit seinen Eltern wieder in Deutschland war, immer mehr Streit wegen euch bekam und sich von seinen Eltern früh trennte. Stella merkte gar nicht, dass sie fest die Hand ihrer Mutter umklammerte.

Stella seufzt, „holt mich jetzt auch diese die Vergangenheit ein?" Die Mutter sieht die Verzweiflung im Gesicht ihrer Tochter, streichelte ihr Gesicht meint dann, „er gab mir seine Adresse und bat mich eindringlich, falls wir etwas von dir hören sollten, dir die Adresse und ja", sie kramt in ihrem Rock und zieht einen zerknitterten Brief heraus, der so schwer in ihrer Hand liegt.

„Stella steht sichtlich verwirrt da, nimmt den Brief und weiß nicht, was sie tun soll. Mit so etwas hatte sie nach den Jahren nun wirklich nicht mehr gerechnet oder geahnt!

„Komm Mama, gehen wir zu den anderen, ich muss

alleine sein, ich werde ihn in aller Ruhe nachher lesen." Ein Stimmengewirr schallt ihnen entgegen, Stella bleibt kurz stehen, sieht dem Treiben zu und denkt, „ich komme mir vor, wie am Ende einer langen Reise und doch gehen neue Türen auf, durch die wir alle durch gehen und schon sind wir wieder auf einer Reise und keiner weiß, wohin sie uns führt."

Später beim Essen kommt natürlich auch das Thema, Heimfahrt! Vorsichtig werden Johanna und Peter danach gefragt. „Wisst ihr, noch haben wir zwei Wochen frei, aber wir leben in Hamburg und wir arbeiten dort. Wir wissen, dass ihr darüber traurig seid, aber wir müssen wieder nach Hause."

„Aber, wir wissen nun, dass wir in München bei euch Mama und Papa, bei euch Stella und Neo und hier bei Oma und Opa ein Zuhause haben. Das ist sehr viel und wunderbar! Da wir ja das Reisen hierher schon geübt haben, kann es das nächste Mal nur einfacher werden, ohne diese Aufregungen. Wir werden wiederkommen, oft, sehr oft, denn schließlich gibt es ja noch soviel zu erleben!" Mit einem Blick auf Peter meinte sie sehr ernst: „Ich weiß jetzt auch nach dieser Reise, dass ich mit Peter alt werden kann und will und wenn Peter das auch so sieht, dann können wir es ja so einrichten, hier bei euch allen zu heiraten." Jetzt schaut Peter recht verdutzt drein und meint seinerseits: „und ich dachte das ist schon lange klar, dass wir beide heiraten! Da stehe ich im Dunkeln, wo ich glaubte im Licht zu stehen und du musstest mich noch prüfen? Heiliges Kanonenrohr, das haut mich glatt um!" Peter tut so, als würde er auf Johann fallen, die ihn auffängt, küsst und Peter mit gespielter erleichterter Mine zu allen sagt: "Sie hat mich geküsst, habt ihr das gesehen! Sie will mich!!" Alle lachen und schon stecken die Mütter und Oma ihre Köpfe zusammen. „Schau sie dir an, kaum sind in der Ferne Hochzeitsglocken zu hören, da werden schon Pläne geschmiedet". „Sag mal, warst du dir wirklich nicht sicher mit mir?" „Doch mein Liebster, aber es ist ein großer Schritt, mit einem Menschen immer zusammen zu sein. Es ist ja keine Laune und da dachte ich schon, mal sehen, wie du dich auf so einer Reise verhältst."

"Und?"

„Du bist das Beste, was mir passieren konnte. Denn wenn das kein Beweis ist, was du alles auf dich genommen hast, dann heiße ich ab heute Hugo!"

319

„Wieso kommst du auf Hugo, habe ich etwas verpasst"? Sie lacht, küsst ihn, „Ach das ist nur so gesagt".

Wieder einmal werden die Farben des Tages blasser und schließlich ausgelöscht. Dafür schickt der Mond sein silbern glänzendes Licht und alle Wunden der Zeit deckt er in dieser Nacht alles ganz sanft zu.
Stella steht etwas abseits und liest den Brief von Elias.

Liebe Stella,
ich weiß nicht recht, was du empfinden wirst, wenn du meine Zeilen liest, aber ich hoffe, du liest ihn weiter. So viele Jahre sind vergangen, ich lebe mit dieser Schuld die auf mir lastet. Ich bin nicht mehr der Junge von früher, der so von dir Besitz ergriffen hatte. Nie habe ich dergleichen noch einmal getan. Ich bin ein recht ruhiger Mann geworden. Ruhig und besonnen durch unsere Geschichte! Damals, ich konnte mich nicht zur Wehr setzten, ich fand es schrecklich, was meine Eltern zu deinem Vater sagten, aber ich war noch ein Junge. Der stand Schuldbewusst da, nur hatte der keine Scheibe zerschlagen, er hat dein

Leben zerstört, dass war mir damals schon klar! Nur die Tragweite meines Tuns, die wurde mit jedem Jahr mehr. Ich machte mein Studium, mit meinen Eltern habe ich mich zerstritten. Denn leider haben sie nie ihre Meinung geändert. Es zog mich nach Afrika, ich wollte dich suchen, dir helfen, ich wollte etwas gutmachen, was nicht gutzumachen ist. Dunkel erinnerte ich mich an den Ort, wo du lebst oder lebtest mit deinen Eltern.

Seit 3 Jahren lebe und arbeite ich in Windhoek. Ich bin Kinderarzt in dem katholischen Krankenhaus, in der Stueble Street in Windhoek. Ich musste mich auf den Weg zu deinem Dorf machen.

Stella, wenn diese Zeilen dich je erreichen, du brauchst mir nicht vergeben, ich vergebe mir ja selber nie, aber du sollst wissen, wenn ich etwas für dich, euch tun kann, bitte sage es mir.

Elias

Tränen laufen, Stella weiß nicht warum sie eigentlich weint. Ist es der Kummer der vielen Jahre, oder einfach nur Elias Brief? „So viele Jahre und nun geballt alles auf einmal! Elias ist so etwas von Vergangenheit, ich will ihn nicht in meinem, unserem Leben haben". Gedanken rasen durch ihren Kopf, „jetzt werde ich damit konfrontiert und muss mir die Frage stellen, darf ich das einfach ignorieren? Sage ich es Johanna? Wie wird sie empfinden? Müssen wir etwa noch eine Art Familientreffen machen? Was soll ich tun? Wie soll ich damit umgehen? Soll ich den Brief heute noch Johanna geben? Neo! Neo weiß, was wir tun werden und ganz bestimmt werden wir den Brief jetzt nicht Johanna zeigen."

„Wir verschieben es auf morgen...."

„Heute sind wir glücklich und morgen, da gibt es wieder ein kleines Stück Glück. Johanna und Peter, die werden damit umgehen können." Sie lacht laut und ruft in die Nacht, „in unserem Buch des Lebens, stehen all diese Dinge geschrieben, die geschehen werden, auch, dass mein Kind eine Reise macht, um mich endlich kennen zu lernen. Schade, dass wir nicht in den Seiten blättern können, manches wäre dann nicht so schrecklich schwer gewesen. Johanna und Peter stehen auf dem Dorfplatz, schauen sich an und wie auf Kommando sagen beide: „Fahr nach Afrika und dein Leben wird nie wieder so sein, wie es einmal war!" Johanna fügt hinzu;" Man findet Eltern und hat die Gewissheit, dass wir noch oft hier sein werden!" Peter sagt: „Erfreuen wir uns an dem Augenblick, denn der ist das Leben. Das Leben findet statt, wenn wir fort sind und es findet statt, wenn wir zurück gekommen sind." Johanna meint noch cool, „unsere Vergangenheit ist nun unsere Gegenwart. Wir mussten diese Reise machen um anzukommen und nun wissen wir, dass alles was wir tun einen Sinn hat. Nur wissen wir es zum Glück oder auch leider vorher nicht". „Sag mal meine Liebe, meinst du, es gibt in deiner Familie noch mehr Überraschungen?" Sie lacht und sagt ganz ernst, „was denkst du? Morgen gibt es bestimmt noch etwas Außergewöhnliches, etwas woran wir niemals gedacht haben." „Das glaube ich dir aufs Wort, bei diesem Urlaub! Ich bin schon neugierig, was es diesmal sein wird? Aber ist es nicht verwirrend? Hättest du dir das vorstellen können, hier in einem afrikanischen Dorf plötzlich mit Eltern, Großeltern zu sitzen. Ziege am Spieß und das ganzen Dorf mit Kind und Kegel feiert mit uns"?

„Habe ich vergessen dir das vor der Reise zu sagen? Genauso habe ich mir unsere Ferien vorgestellt! Lacht sie ihn strahlend an."

„Johanna kannst du dir vorstellen, dass wir einmal mit unseren Kindern hier stehen, sie mit dem Wissen aufwachsen zu sehen, dass es völlig egal ist, wie man aussieht? Ob man eine weiße, gelbe, rote Hautfarbe oder süße hellbraune Karamellbonbonfarbe hat?"

„So, so, du siehst das schon jetzt, wie unsere Kinder aussehen werden, sollten wir dann nicht damit anfangen, hier wo meine Wurzeln sind?" „Was jetzt gleich? Du hast vielleicht Nerven! Aber ich wundere mich ja über gar nichts mehr." Er knabbert an ihrem Ohr und flüstert ihr zu, „es muss ja nicht hier auf dem harten Boden sein, ein gemütliches Bett ist doch auch nicht schlecht und Zuschauer, die habe ich nicht so gerne und Applaus brauchen wir nicht."

„Nein mein Herz, das brauchen wir nicht, meine Wurzeln sind ja sehr verzweigt." Sie nimmt seinen Kopf in ihre Hände schaut ihn mit all ihrer Liebe an, er verliert sich in diesen dunklen Augen, in denen er

Afrika sieht. Er nimmt sie in die Arme und fühlt sich verloren im Delta seiner Gefühle und er ist doch so unendlich geborgen.

Ich danke meinem Mann für sein geduldiges Zuhören und die Ermutigungen nicht aufzugeben.

Für die Korrekturen und die vielen Ratschläge bin ich meinen Freundinnen Karen, Marianne und Hilda ebenfalls sehr dankbar.

Auch einen Dank an meinen Bruder Mathias, der geduldig mein „Chaos am Computer" stets wieder in Ordnung brachte.